Lena Luisa Leisten

Je lauter die Stille

Lena Luisa Leisten

Je LAUTER die STILLE

Roman

dtv

FSC
www.fsc.org
MIX
Papier aus verantwortungsvollen Quellen
FSC® C083411

Originalausgabe

Umschlaggestaltung und -illustration: Sandra Taufer
Satz: Fotosatz Amann, Memmingen
Gesetzt aus der Sabon
Druck und Bindung: CPI books GmbH, Leck
Printed in Germany · ISBN 978-3-423-74073-9

1. KAPITEL

Ein Vorschlag

Der Kaffee ist schon wieder kalt. Ich schiebe die Tasse vorsichtig zurück auf den Nachttisch. Richte mich auf. Verstaue Jane Austen und mein Notizheft in der Schublade. Betrachte das zitronengelbe Kleid, das unter dem Nachttisch hervorschaut. Eins der vielen, die Mama irgendwann mal für mich gekauft hat und die ich dann nie angezogen habe.

In den letzten Tagen hat sich der Fußboden in ein Meer aus Klamotten verwandelt. Bunte Stoffe schwappen vom Kleiderschrank bis zur Tür und unter meinen Schreibtisch.

Wenn jetzt Sommer wäre, würde mich das wahrscheinlich nicht so stören. Dann würde ich mich sonnen, auf meinem Doppelbett wie auf einem Floß. Ich müsste bloß die weißgrauen Gardinen ganz aufziehen und ein Fenster öffnen. Und dann könnte ich platt wie eine Flunder im Lichtquadrat schmelzen.

Wenn. Wennwennwenn.

Stattdessen Februar. Immer noch. Februar, bei dem man sich wie jedes Jahr fragt, ob der Winter niemals endet. Ich ziehe mir die Bettdecke wieder über die Schultern. Mein Handy summt. WhatsApp.

Mona: Denkst du noch an das Buch? Wäre wirklich cool, wenn du es mir später mitbringst.

Ach Mist, vergessen.

Ich: Klar, kriegst du. Dann: das Grinse-Emoji.

In der Uni reden jetzt alle von Prokrastination. Das klingt gleich viel besser als Nicht-das-machen-was-man-eigentlich-machen-soll und meint meistens soziale Netzwerke. Ich nenne es Rotation der Sinnlosigkeit: von WhatsApp zu Instagram zu Facebook und dann wieder von vorne. Ein Strudel, der einen immer weiter runterzieht, bis einem irgendwann schwindelig wird. Mir zumindest.

Aber *Wilhelm Meister* nervt auch. Wie er da auf meiner rechten Betthälfte schläft, eigentlich viel zu dick für ein Reclam-Heft. Wie ein gelber Merkzettel, der mich daran erinnert, dass ich endlich mit meiner Bachelorarbeit weiterkommen muss. Nicht wegen einer Frist, das nicht. In Theaterwissenschaften gilt die Frist erst, wenn man das Thema beim Prüfungsausschuss eingereicht und bestätigt bekommen hat. Aber ich will. Fertig werden. Weitermachen. Irgendwas!

Ich versuche es noch mal mit ihm. Blättere durch die Seiten des gelben Klotzes. Starre in den dicht gedruckten Text auf dünnem Papier, bei dem ich immer ein paar Minuten brauche, bis ich mich wieder an die gestelzte Sprache gewöhnt habe. An Worte wie Dilettantismus und Phrasen wie Bretter, die die Welt bedeuten. Aber vor allem an seine gescheiterte Theaterlaufbahn, nicht grade erfreuliche Berufsaussichten.

Wobei das natürlich eine völlig andere Zeit war. Vielleicht wäre Wilhelm Meister als Schauspieler total durchgestartet und hätte das Theater nicht aufgeben müssen, wenn es 1795 schon professionelle Social-Media-Accounts gegeben hätte. Dann hätte er sich vielleicht @theaterismylife oder @stagelover auf Instagram genannt. Nein, @masterwilhelm. Das passt! Online hätte er sich bestimmt besser vermarkten können, mit Selfies und Geheimtipps, was @masterwilhelm zum Frühstück isst. Dann könnte ich seinen Account zumindest abonnieren und meine Zeit auf Instagram damit zur Arbeitszeit machen und endlich meine Bachelorarbeit schreiben.

Wobei es auch traurig wäre, wenn der Account wirklich einen Unterschied gemacht hätte. Wenn nicht die Qualität seiner Arbeit, sondern die Vermarktungsstrategien und Follower-Zahlen entscheidend für seinen Erfolg gewesen wären.

»Mila!«, hallt es leise aus dem Hausflur. Mama. Klopfen. Dann: »Schätzchen, das Abendessen ist in fünfzehn Minuten fertig.«

17:46 Uhr zeigt mein Handy. Montag, 5. Februar. Nicht mal mehr zwei Wochen bis zu den Semesterferien.

»Komme gleich!«, rufe ich zurück.

Zum Glück wollte sie nicht reingekommen. Dann hätte ich mir wieder einen Vortrag über Unordnung als Spiegel der Seele oder Marie Kondo anhören müssen.

Jetzt lohnt es sich auch nicht mehr, anzufangen. Ich lege *Wilhelm Meister* wieder auf seinen Platz und ziehe den Laptop auf meinen Schoß. Öffne WhatsApp Web: Nichts. Instagram: Nervt. Dann tippe ich *Facebook* in die Tastatur. Meine Pinnwand zeigt wie immer nichts Interessantes. Unter dem facebookblauen Balken wachsen die Pinnwand-Beiträge ins Unendliche: gesponserte Werbeanzeigen, irgendwelche Videos, deren Unterhaltungswert das Ablaufdatum überschritten hat. Und Beiträge von

Menschen, die ich kaum noch kenne. Ein Buch der Gesichter, die nichts mehr erzählen. Auch das kurze Glücksgefühl von Rot auf Blau ist weg. Die Freundschaftsanfragen, Nachrichten und Benachrichtigungen halten nicht mehr, was sie versprechen.

Hendrik hat heute Geburtstag. Wer war das noch mal?

Robin, Martin und Lisa interessieren sich für eine Veranstaltung in der Griessmühle. Robin! Toll. Kann eh nicht hin. Und trotzdem bleibt mein Blick an der Pinnwand kleben, während mein rechter Zeigefinger den Cursor auf die Freundschaftsanfragen zieht. Ich scrolle die Liste aus unbekannten Männern herunter. Bis zu den Freundschaftsvorschlägen: Ole Berger, Jana Wagner, Karl Schilling, Marie Gramont.

Stoppe.

Marie Gramont. Schwarz glänzende Haarwellen, die sich um ein Püppchengesicht mit Hollywoodlächeln schmiegen, strahlend weiße Zähne, umrundet von knallrotem Lippenstift.

Schöne Frauen haben mich immer fasziniert. Auch wenn ich natürlich weiß, dass die meisten Bilder bearbeitet sind. Aber mein Blick bleibt trotzdem hängen. Reflex, oder so. Instagram-Logik. Deshalb gehe ich auch gern zum Zahnarzt. Für die ganzen hübschen Zeitschriften mit schönen Frauen, die ich mir nie selbst kaufen würde, weil ich nicht oberflächlich rüberkommen will, wie *so eine*, die nach Beautytipps auf Papier sucht, statt was Anständiges auf Papier zu lesen. Aber beim Zahnarzt hat man ein Alibi, Wartezeit, in der man schamlos in Frauenzeitschriften blättern kann, weil sie jemand anders für einen gekauft hat.

Marie Gramont sieht sehr schön aus. Schauspielerin.

Französin, den Kommentaren nach zu urteilen. 643 Likes unter dem Profilbild, also scheinbar auch bekannter.

Je länger ich ihre Profilbilder durchklicke, umso dezenter wird die Schminke. Oder der Bildkontrast. Ein professionelles Bild folgt dem nächsten. Perfektes Make-up, Licht, Outfit. Paris, Paris, Paris.

Mein Zeigefinger stockt.

Marie Gramont im grün schimmernden Seidenkleid mit Spaghettiträgern auf einem roten Teppich, umringt von einer Gruppe von Leuten. Aber der Typ, der hinter ihr hervorragt, große Statur, athletisch, Anzug, das ist doch … das ist doch … ich spüre meinen Puls in der Schläfe pochen.

Das kann nicht sein!

Mein Zeigefinger macht weiter, klickt auf Download, speichert das Bild für mich auf dem Desktop. Zoomt rein. Lässt den Anzug immer größer und größer werden, bis ich keinen Zweifel mehr habe: Das ist Papa. Das ist mein Papa!

Was zur Hölle macht er da?

Durchatmen.

Vielleicht ist sie eine seiner Mandantinnen? Eine neurotische Schauspielerin, der man eine Rolle versprochen und sie dann last minute doch einer Schöneren gegeben hat? Was sie in eine tiefe Depression gestürzt hat, wofür sie ihre Agentur verklagt und so weiter?

Papa arbeitet in seiner Kanzlei ja öfter für Schauspielerinnen, auch französische, dann über das Büro in Paris. So muss es sein. Sie ist seine Mandantin.

Mein Zeigefinger bleibt misstrauisch. Öffnet meinen Google-Kalender.

Das Bild wurde ziemlich genau vor einem Jahr hochgeladen. Im Februar vor einem Jahr war ich mit Mama in London. Dabei wollten wir eigentlich zu Papa nach Paris. Aber die beiden hatten sich gestritten, worüber, weiß ich nicht mehr. Und dann haben wir stattdessen unseren Städtetrip nach London gemacht, mit Abstecher zu Oma Elly.

»Mila! Das Essen ist fast fertig!«

»Komme«, hauche ich. Dann lauter: »Komme!«

Ich klappe den Laptop zu, lege mein Kissen drauf und schäle mich aus den Decken. Wate über den Fußboden in den Hausflur zu ihrer Wohnung links.

Seit ich vor drei Jahren in meine eigene Wohnung auf der gleichen Etage gezogen bin, hat sich eigentlich nicht viel verändert. Essen gibt's immer noch nebenan, genau wie früher.

Mama hat die Wohnungstür einen Spalt offen gelassen. Beim Betreten der Wohnung wird mir schlecht. In der Küche wirbelt sie an den Herdplatten, mal wieder völlig in ihrer eigenen Welt. Ihre hellblaue Schürze hat sie um ihre schlanke Taille gebunden und die hellblonden Haare locker mit einer silbernen Spange nach hinten gesteckt. Sie wechselt hektisch zwischen den Gewürzgefäßen, dreht abwechselnd ein paar Prisen über die brutzelnde Pfanne auf dem Herd. Die Küche ist ihr Territorium. Jedes noch so kleine Detail hat sie bestimmt. Den Platz der Salz- und Pfefferstreuer auf der langen Regalreihe rechts, deren Abstand zur Arbeitsfläche und dem Herd sie den Handwerkern millimetergenau angesagt hat, als diese vor drei Jahren die neue Küche eingebaut haben. Die Reihenfolge der Messer, die über dem Spülbecken an dem Magnetstreifen kleben. Das Teeservice aus Porzellan mit Goldrand, das auf der Tischecke links am Fenster steht. Direkt bei den Schnittblumen, die sie alle paar Tage wechselt.

Sie schaut zu mir herüber, hält einen Moment inne. Sagt: »Du bist ja schon im Pyjama.«

Mein pinker Lieblingspyjama, den mir Oma Hildegard mit sechzehn zu Weihnachten geschenkt hat. Ja. Wahrscheinlich war ich da schon zu alt für Pink. Egal. Zu Hause ist sowieso alles egal.

»Bist du nicht später noch verabredet?«, fragt Mama.

»Hm, doch«, antworte ich.

Die Mädels. Ich werde mich wohl oder übel noch mal umziehen müssen.

»Setz dich ruhig, Essen ist gleich fertig«, sagt Mama über die Schulter.

Ich setze mich auf den Fensterstuhl beim Teeservice.

Mama schiebt die Paprikas in der Pfanne mit dem Esslöffel zurecht, probiert, salzt nach. Blickt schließlich auf ihre Armbanduhr und sagt: »So, fertig!«

Im Wohnzimmer sind die weißgrauen Gardinen ordentlich zurechtgezurrt. Die Kissen in der Couchecke aufgeschüttelt und haben diesen Knick oben in der Mitte. Vom Schallplattenspieler plätschert Griegs Morgenstimmung. Der Esstisch unter dem Kronenleuchter erinnert mal wieder an ein Stillleben. Wenn Mama den Tisch deckt, hat das immer was Künstlerisches. Die Wasserkaraffe mit Zitronenscheiben, ein Tomate-Mozzarella-Kranz, die grünen Servietten unterm Silberbesteck.

Ich setze mich auf meinen Platz am Fenster gegenüber von Mama. Neben Papas Platz am Tischende, wenn er denn mal da wäre.

»Ist alles in Ordnung? Du siehst so blass aus«, fragt Mama und zieht die Augenbrauen besorgt nach oben.

Ich starre bloß auf meinen Teller, weil ich nicht weiß, was, wann, ob ich etwas sagen oder doch besser schweigen sollte.

»Komm, wir essen erst mal was«, sagt Mama schließlich.

Sie hat die Schürze ausgezogen. Ihre beige Bluse in ihre schwarze Hose gesteckt, sodass ihre Taille betont wird, die immer schlank war, solange ich mich erinnern kann. Dazu ihr blassrosa Lippenstift. Dezent, ehrlich schön. Kein knallrotes aufgesetztes Hollywoodlächeln.

Sie legt mir eine gefüllte Paprika auf den Teller, dekoriert ein paar Tomate-Mozzarella-Scheiben dazu und reicht ihn mir.

»Du könntest das als Kunst verkaufen«, sage ich.

Sie fragt erstaunt: »Gefüllte Paprika?«

»Nee, so allgemein. Du könntest doch Foodstylistin oder Foodartist sein. Weil du immer alles so schön machst.«

»Na, dann hat das Kunstgeschichtsstudium wohl doch was gebracht.« Sie lächelt. Sagt: »Probier doch erst mal, ob's auch schmeckt.«

Ich probiere. Antworte: »Schmeckt.«

Sie schaut zufrieden. Ihre rosige Gelassenheit tut mir weh. Sie passt nicht, da ist irgendwas. Hinter der Fassade, ihrer, Papas. Ich spüre es doch.

Ich stelle mir vor, wie ich aufstehe und die Tischplatte hochstemme. Wie die Glaskaraffe herunterrollt und auf die Dielen knallt, das Wasser in den dunklen Ritzen versickert. Wie ich zum Plattenspieler gehe und das Kliviergeklimper ausmache. Bloß damit endlich mal was passiert. Ich würd's auch selbst wieder aufräumen.

Mama zupft die grüne Serviette unter dem Silberlöffel hervor und tupft sich damit die Mundwinkel ab. Schneidet weiter an ihrer gefüllten Paprika. Hält die Finger dabei so elegant, wie sie uns das beim Ballett immer beigebracht haben.

Wofür dieser ganze Zirkus? Für mich? Ich möchte wieder einmal fragen, warum sie nach ihrem Studium nicht gearbeitet hat. Da war ich doch schon drei oder vier, schon im Kindergarten, das wäre doch gegangen. Also nicht *nicht* gearbeitet. Sie hat immer gearbeitet. Sie hat sich immer gekümmert, um mich, den Haushalt, Veranstaltungen für Papa organisiert, Ausstellungen von Freunden kuratiert – aber halt ohne Bezahlung.

Vielleicht hätte sie gearbeitet, wenn sie Papa nicht schon mit einundzwanzig geheiratet und dann direkt mich bekommen hätte. Vielleicht liegt es in Wirklichkeit an mir. Vielleicht würde sie sonst in einer Galerie sitzen und Ausstellungen gegen Bezahlung kuratieren, statt Paprikas zu dekorieren.

Mama hört auf zu kauen und schaut misstrauisch auf meinen Teller. Fragt: »Schmeckt es dir wirklich?«

»Doch, doch, ich hab bloß zu viele Süßigkeiten gegessen«, antworte ich hastig.

Ihre Stirn kräuselt sich vor Misstrauen. Wir wissen beide, dass das gelogen ist. Ich esse schon seit Jahren keine Süßigkeiten mehr.

»Wegen der Prüfung, die Klausur in Englisch. Der Stress«, füge ich hinzu.

Sie nickt langsam, kaut weiter, nimmt einen Schluck Wasser.

Dann hält sie wieder inne, schaut mich mit ihren hellblauen Augen an und sagt, ganz klar und bestimmt: »Du wirst das wie immer hervorragend machen.«

Ich nicke. Wahrscheinlich hat sie sogar recht. Bisher

sind die Klausuren nie schiefgegangen, obwohl ich immer zu spät mit dem Lernen anfange.

»Wie war dein Tag?«, versuche ich, das Gespräch auf sie zu lenken.

Sie kaut. Tupft sich noch mal die Mundwinkel ab. Meint: »Ach schön, Karin und ich waren beim Pilates. Danach noch für Kaffee und Kuchen im Einstein.«

Das machen sie öfter. Karin ist Journalistin, aber keine von der guten Sorte, wenn man ihre Geschichten so liest. Geschichten, die sie gerne auch privat mit einer Unbeschwertheit weitertratscht, die mich jedes Mal stutzig macht. Über Prominente, Leute mit Geld und Schönheits-OPs, Cellulite und schillernden Beziehungskrisen. Zeug, das ich mir nicht mal beim Zahnarzt gerne anschaue.

»Und? Was Neues aus der Welt der Schönen und Reichen?«, frage ich belustigt.

»Na Mensch, wir reden doch nicht nur darüber«, sagt Mama streng. Schmunzelt dann aber doch und fügt hinzu: »Gut, so kurz vor der Berlinale kannst du dir ja vorstellen, dass sie nichts ausgelassen hat.«

Ich nicke. Mehr wollte ich auch nicht wissen.

Karin und sie kennen sich jetzt schon bestimmt zehn Jahre. Ich bin nicht sicher, ob das Wort Freundin auf sie zutrifft. Sie war immer da, wenn Mama und Papa einen Streit hatten, und hat Mama dann zu Sport und Kaffeekränzchen begleitet. Trotzdem hat es sie nie davon abgehalten, sich den juristischen Rat oder Beistand von Papa einzuholen. Loyalität wird zwischen Cellulitedramen und Promibeziehungen vermutlich nicht besonders großgeschrieben.

»Wann kommt Papa eigentlich aus Paris zurück?«, frage ich und versuche, möglichst beiläufig dabei zu klingen.

»Ende der Woche«, sagt Mama. »Das hat er zumindest gestern noch gesagt.«

Wenn Papa auf Reisen ist, haben sie oft Streit. Missverständnisse oder einfach zu wenig Kontakt. Ich weiß nicht, ob es ein stiller Protest von Papa gegen moderne Kommunikationsmittel ist oder ob er einfach nicht gerne telefoniert. Also privat. Bei Geschäftskunden sind Telefonate nie ein Problem. Auf jeden Fall ist Mama deshalb oft enttäuscht. Wegen der Leerstelle, die seine Abwesenheit jedes Mal hinterlässt und wegen der ich sie schon ein paarmal am Küchenfenster habe weinen sehen. Früher. Im letzten Jahr eigentlich nicht mehr. Wahrscheinlich hat sie ihre Enttäuschung jetzt in Pilates kanalisiert.

»Willst du noch eine Paprika?«, fragt Mama.

In meinem Teller schwimmt nur noch eine unästhetische braune Masse. Fast geschafft. Auch das mit dem Schweigen über die Gramont.

»Nee danke«, antworte ich. Überlege. Frage: »Warst du eigentlich schon mal in Papas Büro in Paris?«

»Wie kommst du jetzt darauf?«, fragt Mama.

»Nur so. Willst du nicht wissen, wie seine Arbeit dort ist?«

»Ach, ich versteh ja nicht mal hier, was dein Vater in seiner Kanzlei treibt.«

Dein Vater. Wenn es Stress gibt oder Unstimmigkeiten, ist Papa immer mein Vater. Wenn die Kommunikation stimmt und es harmonisch ist, nennt sie ihn Andy-Darling.

»Wer versteht das schon?«, antworte ich.

Mama nickt. Schaut dann ein paar Sekunden zu lange aus dem Fenster.

»Ist auch okay«, sagt sie. »Hat eben jeder sein Gebiet.«

Sie legt ihre Serviette zu Messer und Gabel auf den leeren Teller.

»Danke für das Essen«, sage ich. Stehe auf, lege auch mein Besteck auf den Teller und hebe ihn auf, um ihn in die Küche zu tragen.

»Lass ruhig, Schatz, ich mach schon. Du bist ja gleich verabredet«, sagt Mama und nimmt mir den Teller aus der Hand. Sie steht auf. Ihre Augen sehen traurig aus, ein Stich Rot im Weißen. Vielleicht hätte ich nicht über Papa reden sollen und über ihr Studium und überhaupt. Ich greife ihren Teller und die Gläser und trage beides in die Küche.

Nach dem Abräumen begleitet Mama mich zur Wohnungstür. Umarmt mich zum Abschied.

Das mochte ich nie, Umarmen. Eine Situation, in der ich einfach nicht weiß, wie man das am besten macht, wie lang, wie fest, wie überhaupt, selbst bei Mama.

In ihrer Umarmung überkommt mich plötzlich so eine Traurigkeit. Ein Kloß aus Traurigkeit im Hals, der sich nicht runterschlucken lässt. Als würden wir uns jetzt richtig verabschieden. Dabei gehe ich doch nur nach nebenan. Aber es fühlt sich an, als sei etwas in mir schon weg, etwas, das sich irgendwo zwischen Paprikafotografie und Tomate-Mozzarella verabschiedet hat. Oder doch schon viel früher. Von alleine, nicht, dass ich es entschieden hätte.

»Mach nicht zu lang«, sagt Mama noch.

2. KAPITEL

Kreativ oder konservativ?

Draußen ist es schon wieder stockduster. Das Laternenlicht zeichnet die verzierten Hauseingänge der Niebuhrstraße nach, vor denen die teuren Nachbarautos ihr Revier markieren. Vereinzelt hängen noch Weihnachtsbeleuchtungen in den Fenstern.

Es ist meistens ruhig hier zwischen Savignyplatz und U-Bahnhof Wilmersdorfer Straße. In der kleinen Niebuhrstraße, um die die großen – Kantstraße, Lewishamstraße und Kurfürstendamm – ein Dreieck bilden. Weniger Menschen als in der Kantstraße, wo die Charlottenburger Familienväter morgens in Anzügen durch die Grünphase preschen, weil das Kind außerplanmäßig lange gefrühstückt hat. Und dann abends schick mit ihren Kollegen zum After-Work-Drink ausgehen oder in einem der unzähligen Asiarestaurants essen, die sich zwischen die Delikatessengeschäfte, Konditoreien und den Bonsaibaumladen reihen.

Es ist leer hier, im Vergleich zur dicht befahrenen Lewishamstraße. Und nicht so affektiert wie auf dem Gucci-Ku'damm. Dem Abschnitt Kurfürstendamm, wo sich Geschäfte von Gucci, Prada und Louis Vuitton die Hand geben und man sich zwischendurch nicht nur Caffè Latte, sondern auch Botox to go holen kann.

Das alles ist meine Niebuhrstraße nicht und deshalb mag ich sie vielleicht. Obwohl es natürlich zu ruhig ist.

Bis zum Schwarzen Café sind es bloß fünf Minuten. Ich gehe die Straße herunter, lasse das Handy in die Jackentasche gleiten. Dann ein Vibrieren. Ich ziehe es wieder hervor.

Anruf. Mona. Im Hintergrund lautes Summen, Lachen, Klirren. Sie scheint schon dort zu sein. In der Café-Menge. Sitzt bestimmt zwischen den Leuten, mit einem ihrer großen Jurabücher. Durch nichts und niemanden aus der Ruhe zu bringen.

Mona: »Hey, ich wollte dich nur noch mal an das Buch erinnern.«

Fuck.

Ich antworte: »Ah Mist, das hab ich jetzt vergessen. Ich bin schon unterwegs, aber warte, ich geh noch mal zurück.«

»Nee, komm her. Ich kann's sonst auch morgen abholen.«

Ich nicke. Überlege. Sage: »Du bist schon da, oder?«

»Ja«, antwortet sie, »alleine, wie immer. Aber lerne, also kein Problem.«

Wie immer.

»Bin gleich bei dir«, antworte ich und lege auf.

Von außen wirkt das Schwarze Café eher unscheinbar. Cremige Fassade und ein dunkles Fenster, auf dem ein bunter Papagei und der Caféname in Leuchtschrift zu sehen sind. Aber dank der schwarzen Toiletten und der pinken Neonseife versprüht das Café einen Hauch Kreuzberg in der schicken City West und zählt wahrscheinlich deshalb zu den beliebtesten in der Gegend. Ein Magnet für Hipster und Touristen und – uns halt.

Ich schiebe die schwarzen Vorhänge im Eingang zur Seite, grüße die Barmänner rechts hinterm Tresen im Vorbeigehen. Man kennt sich. Hier haben wir schon so viele Abende verbracht. Auf Unikrisen und Zukunftspläne angestoßen. Gelacht, geheult, gefrühstückt – all day long.

Ich steige die Treppe zur oberen Etage empor. Dem freudigen Raunen entgegen, das unter dem abgeblätterten Goldanstrich an der Stuckdecke und den abwechselnd dunkelgrünen, weißen und schwarzen Wänden schwebt. Wie jedes Mal ist das Café gut besucht. Deutsche und englische Worte hüpfen zwischen den kleinen Tischen mit Teelichtern durcheinander. Mona sitzt alleine an einem Holztisch, in den schon Unzählige ihre Unterschrift eingeritzt haben. Mit ihrem weißen Rollkragenpulli und ihrem dunkelblauen Rock wirkt sie adrett. Wie immer. Ihre schwarzen glatten Haare reichen ihr bis zu den Schultern. Und wie immer hat sie sich über ein großes Jurabuch gebeugt, aus dem schon ein Haufen bunter Merkzettel herausragen.

»Du bist ja wieder ekelhaft fleißig«, scherze ich, als ich an ihren Tisch komme.

Sie kichert ein ›Schön, dich zu sehen‹ zu mir herauf. Dann eine kurze Umarmung. Ich knöpfte mir den Mantel auf und setze mich zu ihr. Sie schiebt ihr dickes Buch in ihren braunen Lederrucksack unter dem Tisch, reicht mir dann die Speisekarte und sagt mit Blick auf ihre halb ausgetrunkene Milchkaffeeschale: »Schau ruhig, ich hab schon.«

»Hast du was von Fanny und Emma gehört?«, frage ich.

»Nee, aber die kommen bestimmt zu spät«, antwortet sie. »Wir sollten immer zehn Minuten mehr einplanen, dann sind wir alle gleichzeitig da.« Eine Sekunde später: »Emma!« Mona zeigt auf den Treppenaufgang. Zu dem platinblonden Long Bob auf einem rosa Mantel. Darin sieht man Emma den Designstudiengang wahrscheinlich auch auf hundert Meter Entfernung an. Sie schwebt die Treppe herauf, dreht sich zu uns, lächelt cool mit dem rechten Mundwinkel. Am Tisch streift sie sich den Mantel von den Schultern. Faltet ihn mit einer Handbewegung, wie die H&M-Kassiererinnen das immer machen, und legt ihn über der Stuhllehne ab. Platziert ihr Handy in der Tischmitte und setzt sich. Erklärt: »Fanny kommt gleich, steht unten und quatscht mit dem Barkeeper.«

»Typisch«, antwortet Mona. Sie zieht die Augenbrauen hoch, lässt sie unter ihrem geraden Pony verschwinden und nimmt einen Schluck von ihrem Milchkaffee.

»Mensch, Mona, Kaffee?«, fragt Emma und schaut mit ernstem Gesichtsausdruck auf ihre Milchkaffeeschale, schüttelt den Kopf und grinst dann wieder. »Ich dachte, wir trinken heute? MondayFunDay!«

Und zu mir gewandt: »Es gibt News, ne?«

»Hä, was …?«, setzte ich an.

Weiß sie jetzt von Marie Gramont? Habe ich irgendwas geliked auf Facebook? Aber meine Frage wird durch ein lautes »Meeedels« durchstochen. Fanny. Ihre Heidi-Klum-Imitation ist unverkennbar und definitiv nicht zu überhören. Sie kommt uns in ihrem hellgrünen Mantel entgegengehüpft und lässt dabei die roten Locken um ihr breites Grinsen tanzen. Legt ihr Handy zu Monas, wirft ihre Jacke über den leeren Stuhl an unserem Tisch und gleitet mit einem eleganten Knicks darauf herab. Immer ein spektakulärer Auftritt. Nicht ohne aufmerksame Blicke vom Nebentisch selbstverständlich. Fanny eben. Ihre quirlige Art, von der eine magische Anziehungskraft ausgeht, vor allem auf Männer. Resultierend in Material für massenhaft Geschichten, von denen wir wahrscheinlich gleich wieder die neusten hören werden. Und wir hören sie gern, so ist es nicht. Auch wenn es manchmal ein bisschen, na ja, viel Fanny ist und mir der ein oder andere Typ schon fast leidtut.

»Filmreif, Fanny«, sagt Emma lachend. »Filmbusiness läuft?«

»Läuft«, bestätigt Fanny. »Der Studentenfilm, von dem ich erzählt hab. Dafür drehen wir jetzt noch zwei Tage, der wird bestimmt ganz cool! Bin schon megaaufgeregt!« Sie reißt die grünen Augen für einen Moment weit auf, lächelt dann wieder. Zwirbelt eine Locke um ihren Finger und lehnt ihr Sommersprossengesicht entspannt im Stuhl zurück.

Ihre Augen leuchten immer, wenn sie von ihren Proben spricht. Dann fängt sie an, wild zu gestikulieren, berichtet, was ihr schon alles Peinliches am Set passiert ist. Mit dieser sprudelnden Energie. Verpackt in selbstironische Geschichten, bei denen sogar Mona manchmal laut losprustet vor Lachen. Davon hat Fanny Tausende auf Lager. Geschichten aus ihrer zwar noch nicht besonders langen, aber dafür umso aufregenderen Schauspielkarriere. Die Geschichten von den Drehs, wenn sie denn klappen, höre ich am liebsten, weil sie so nah am Theater sind. Wie oft wir schon zusammen in den neuesten Produktionen, Theaterstücken und Filmen waren! Wie oft wir möglichst kultiviert in der Schaubühne herumstolziert sind! Und anschließend unsere stundenlangen Diskussionen über gute und schlechte Schauspieler, das geht nur mit ihr.

»No Budget halt«, fährt Fanny in ihrem Bericht fort. »Aber ich hab auch 'ne Zusage für 'ne Werbung bekommen, yay!« Sie klatscht die Hände zusammen, strahlt und lässt ihre Locken auf und ab tanzen.

»Cool! Richtig gut!«, gratuliere ich.

Emma umarmt sie, meint: »Na, das gleicht die brotlose Kunst doch wieder aus.«

Nur Mona gratuliert nicht, brummt bloß trocken: »Ah gut.«

Emma schaut irritiert zu ihr. Schlägt ein Bein über das andere und lehnt sich misstrauisch in ihrem Stuhl Richtung Gang.

Mona: »Du hast mir gar nicht mehr auf meine letzte WhatsApp geantwortet. Das war vor mehr als zehn Tagen.« Sie schaut streng zu Fanny.

Das muss man ihr lassen: Wenn sie was stört, dann druckst sie nicht lange rum. Hält auch nicht Ewigkeiten die Klappe, so wie ich. Sie spricht einen immer direkt drauf an.

Einer der Kellner, der mit den müden Augen, der trotz Massenbetrieb immer extrem entspannt zwischen den Tischen hin und her schlurft, kommt an unseren Tisch. Fragt, ob wir schon bestellt hätten, während seine Augen die Nebentische scannen.

»Nee. Aber ich würd einen Moscow Mule nehmen«, antworte ich.

»Yeah, Baby«, kommentiert Emma und nickt, »für mich auch.« Fanny schließt sich uns an. Und Mona nach einem langen Seufzen und einem Blick auf die Uhr, wahrscheinlich im Kopf durchrechnend, wie viel Zeit ihr dann heute oder morgen noch fürs Lernen für ihr Staatsexamen bleibt, schließlich auch. Der Kellner notiert und schlurft dann davon.

»Sorry, Babe«, sagt Fanny, greift nach Monas Hand, schaut sie mit ihren Katzenaugen an, »war so viel los mit den Proben und so.«

»Ja, ja«, grinst Emma, »aber alle drei Stunden 'ne neue Story auf Insta posten.«

Fanny dreht sich zu Emma und ihre strahlenden Augen verfinstern sich. »Alter, das ist mein Business, das gehört nun mal dazu!«, sagt sie kratzig.

Emma schaut mich mit gespitzten Lippen und hochgezogenen Augenbrauen an, als würde sie ironisch ›ja klar‹ sagen. Ich kann mir ein Grinsen nicht verkneifen.

Fanny verschränkt die Arme ineinander, guckt grimmig zu Emma, die sofort ein »Spaß-Spaß« hinterherschiebt und ihr einen Kuss auf die Wange drückt.

»Ja, ist in Ordnung«, meint Mona versöhnlich, »wenigstens sehen wir uns jetzt alle mal wieder.«

Und auch das ist eine ihrer besonderen Qualitäten: Sie ist verdammt verständnisvoll und nie lange böse auf einen.

Da sitzen wir nun, die alte Ballett-Clique. Wieder vereint nach mehr als drei Wochen, in denen wir es nicht geschafft haben, unsere Terminkalender mit Unikursen, Sport, Datingdrama und Social-Media-Apathie für ein Verertreffen zu synchronisieren.

Wie einfach das früher war, als wir alle noch zur Schule gegangen sind. Alle bis 13 oder 14 Uhr und danach hatte man Zeit für Verabredungen. Für Ballett oder Geigenunterricht und sonst bloß ein paar Hausaufgaben, ansonsten frei. Alles wurde einem vorgegeben, ein fertig durchgeplanter Stundenplan, den man nicht selbst erstellen und alle drei Monate aktualisieren musste. Bin ich zu jung für ein Früher-war-alles-besser? Wahrscheinlich.

Aber den gemeinsamen Ballettunterricht, damals, als ich mit zehn noch mal neu anfing, den vermisse ich wirklich sehr. Gut, Fanny hat nur ein knappes Jahr durchgehalten und Emma, die uns mit ihren dreizehn Jahren vermutlich schon einiges an Pubertät voraushatte, ist dann auch immer seltener gekommen. Aber trotzdem hat es uns doch bis heute verbunden. Der Muskelkater, die aufgescheuerten Füße, die heimlichen Witze hinter dem Rücken von Frau Lambert, die Aufregung vor den Aufführungen. Okay, die Aufregungen hätte man von mir aus auch weglassen können, ich wollte immer lieber hinter der Bühne sein. Aber diesen Teamgeist, das Gruppengefühl, das vermisse ich doch. Das hat uns näher zusammengebracht. Wer weiß, ob wir ohne Ballett so gut befreundet wären.

Der Kellner schlurft zu uns. In der Hand ein Tablett mit vier großen Gläsern mit Gurkenscheiben. Fanny zückt ihr Handy und filmt, wie er die Gläser vor uns abstellt und dafür Begeisterungsklatschen von Emma erntet. Die nächste Insta-Story. Sind wohl wieder drei Stunden um.

Emma hebt ihr Glas in die Luft und sagt feierlich: »Auf Mila! Und dass nicht alle Typen Vollidioten sind.« Sie zwinkert mir zu.

Die drei heben ihre Gläser über die Tischmitte. Mona schaut mich fragend an.

Robin. Fuck. Wahrscheinlich hat Fanny das auf der WG-Party letzte Woche mitbekommen. Dass wir ewig im Flur standen und geredet haben. Und dann Emma erzählt. Boah, nee. Dann quetschen sie mich gleich wieder aus. Das passt jetzt gar nicht.

Wir klirren. Trinken.

»Kommt, wir machen noch ein Foto zu viert!«, sagt Fanny in die Runde und zupft schon mal ihr Samtshirt zurecht.

»Mensch, reicht die Story nicht?«, entgegnet Emma. Greift dann aber doch nach ihrem Handy.

»Frag die am Nebentisch«, sagt Fanny und zeigt mit den Augen auf die zwei Typen. »Wir müssen alle aufs Bild!«

Es nervt einfach nur. Das sind die Momente, in denen ich es hasse, Teil dieser Insta-Generation zu sein. Ständig photoready, sonst kann man gleich zu Hause bleiben. Wo man eh dauernd ist, weil keiner Bock hat, ständig photoready zu sein, und alle keine Zeit mehr für Treffen haben, aber trotzdem noch Zeit, um auf dem Handy andere in Dauerschleife anzuglotzen und sich dann noch drei Nuancen weniger photoready zu fühlen. Da muss man die Treffen dann doch nicht auch noch mit dem Handy verbringen. Meine Meinung. Und Monas Meinung. Wir sind auf jeden Fall Team Grumpy Cat in unserer Gruppe, wenn es um Social Media geht. Mona konsequent, hat schließlich nicht mal Instagram, seit sie für ihr Staatsexamen lernt, und ich eher inkonsequent: wenig posten, zu viel schauen.

Emma lehnt sich ein Stück zur Seite, zu den Typen, die am Nebentisch an ihren Weingläsern schnuppern. Fragt: »Würdet ihr kurz?« Sie hält ihnen ihr Handy hin und erklärt: »Wir brauchen neues Material für Instagram.«

Der eine setzt sein Glas ab. »You want me to take a picture?«, fragt er mit einem französischen Akzent, ganz in Schwarz gekleidet, vom Rollkragenpullover bis zu den Mokassins. Mit seinem Schnurrbart und den überschlagenen Beinen unter überkreuzten Armen sieht er aus, als würde er Werbung für Weinproben machen. Oder er hat sich schon fürs Berghain angezogen.

»Yes, please«, antwortet Emma.

Der Typ nimmt ihr Handy und stellt sich damit vor unseren Tisch in den Gang. Schiebt seine schmale Hüfte gekonnt nach vorne. Vielleicht doch Weinmodel.

An unserem Tisch bringen sich alle in Position: Fanny setzt ihr strahlendes Schauspielerinnenlächeln auf, Mona ihre Brille ab. Emma taxiert mit coolem Blick die Kamera.

Den Moment, bevor ein Foto geschossen wird, finde ich eigentlich spannender als das Foto selbst. Der ist doch viel mehr ein Auszug aus der Realität. Zeigt die Angleichung des Selbst an ein bestimmtes Bild, das man gerne für später und für andere festhalten möchte. Besonders lustig, wenn die Diskrepanz richtig groß ist zwischen intuitivem Verhalten und statischer Selbstpräsentation, #duckface.

»You ready?«, fragt der Fotograf und knipst dann fleißig. Reicht Emma anschließend mit einem Zwinkern das Handy und meint: »I took a few.« Setzt sich dann wieder in elegante Kreuze.

»Schickst du mir die gleich?«, fragt Fanny und greift nach ihrem Handy neben ihrem Glas. »Aber alle.«

»Klaro«, antwortet Emma und grinst, »kannst dann das aussuchen, auf dem du am besten aussiehst.«

»Boah, Emma!«, faucht Fanny sie an und legt ihr Handy wieder auf die Tischplatte.

»Sorry, man kann dich einfach so gut damit ärgern«, lacht Emma und drückt sie noch mal fest an sich.

»War's das jetzt?«, fragt Mona.

Die beiden nicken, als hätte die Lehrerin sie zur Ruhe ermahnt.

»Was ist jetzt los, Mila, hast du jemanden kennengelernt?«, fragt Mona und leitet damit die Newsrunde ein.

Ich verschränke die Arme vorm Körper, automatisch. Lehne mich zurück. Sage: »Ihr zuerst.« Drehe den Kopf zu Emma und frage: »Was ist mit diesem Künstlertypen? Johannes, oder so?«

Emma nimmt einen großen Schluck aus ihrem Glas, antwortet knapp: »Kein Plan.« Scheint auch nicht wirklich Lust auf die Newsrunde zu haben. Ihr Blick wirkt starr, aber das kann bei ihr auch täuschen. Das Desinteresse. »Haben uns ja über Tinder kennengelernt, vor vier Wochen. Dann ein paar Tage hin- und hergeschrieben«, erklärt sie.

»Und dann das Date«, fasst Mona zusammen. »Aber das war doch schön, oder? Hattest du doch geschrieben.«

»Ja«, sagt Emma. Sie macht eine lange Pause, bei der sie die Stirn in kleine Falten legt, gedanklich in irgendwas zu kramen scheint, schließlich ein »Leider« auspackt. Und: »Das zweite auch. Voll romantisch und so. Und ohne, dass wir im Bett waren.«

»Wow, und das auf Tinder«, lacht Fanny und spitzt gespannt die Lippen.

»Ja, aber dann … gar nichts«, sagt Emma. »Seit zwei Wochen!« Über ihr sonst eher blasses Gesicht mit den hellen Augenbrauen und Wimpern – sie schminkt sich eigentlich bloß die Lippen – zieht sich eine Schicht Rosa. »Er liked immer schön meine Bilder und kommentiert meine Storys, aber Treffen hat er zweimal abgesagt, beide Male ein paar Stunden vorher. Hab auch nachgefragt und er meint, er würde so gerne, aber er hätte superviel zu tun grade. Blablabla.«

»Benching«, meint Mona. Sie rückt ihre Brille zurecht und stützt ihr Kinn auf der Hand ab.

»Meinst du echt?«, fragt Emma und versucht, dabei immer noch cool zu schauen, aber ihre Wangen verraten mehr.

»Oder ist er verreist?«, fragt Mona vorsichtig.

Emma schüttelt den Kopf.

»Hm, ja dann hält er dich warm, würde ich sagen. Paar Likes und nette Worte, immer bei dir im Gedächtnis bleiben, aber mehr ist nicht drin. Weil da wahrscheinlich noch jemand anders ist. Mindestens. Aber falls die abspringt, bist du wieder im Rennen«, erörtert Mona.

»Aber wir waren noch nicht mal im Bett! Was hat er davon?«, fragt Emma.

»Bestätigung«, antwortet Fanny.

Und sie muss es wissen. Bei ihren ganzen Tinderboys und Verehrern auf Instagram habe ich mich schon öfter gefragt, für wen sie eigentlich wirklich was empfindet. Ihre ganz persönliche Fankollektion, in der sie gern mal blättert wie früher in einem Stickersammelheft. Da ist sie mindestens so schlimm wie die Typen, die wir bei jedem Treffen auseinanderanalysieren.

Mona fährt sich mit der Hand übers Kinn, überlegt laut: »Oder er ist in einer festen Beziehung. Dann bist du sein Sidekick. Ohne schlechtes Gewissen, ist ja nichts gelaufen bisher.«

Emma greift ihr Handy aus der Tischmitte. Tippt entschieden darauf herum. Hält einen Moment inne. Klickt. Kommentiert: »Gelöscht.«

Mit einem Gesichtsausdruck, der stark nach Zitrone pur aussieht, legt sie das Handy zurück und brummt: »Scheiß-Tinder!«

»Wir sprechen uns dann in einem Monat wieder«, grinst Fanny. Jetzt ist sie diejenige, die Emma einen Kuss auf die Wange drückt und sie in den Arm nimmt.

Emma ist eigentlich nicht so leicht aus der Ruhe zu bringen. Zumindest nicht mehr, seit sie sich vor vier Jahren von ihrem Psychopaten-Ex-Freund getrennt und die verkorkste Beziehung monatelang durch eine Liste an One-Night-Stands ersetzt hat. Listenplätze wie auf einem Wahlzettel, nur dass für sie immer schon vorher feststand, dass keiner die Wahl gewinnt.

»Das hätte mir die Therapeutin aber auch echt mal sagen können«, meint Emma und zieht ihre Augenbrauen hoch. Sie lehnt sich im Stuhl zurück, breitbeinig. Wenn man so sitzt, ist einem wahrscheinlich auch alles egal. Weil man sich damit abgefunden hat, dass sämtliche Konventionen, an die man mal geglaubt hat, einem patriarchalen Datingsystem entspringen, dass einem niemals die gleiche Beinfreiheit eingeräumt wird wie Männern, außer man nimmt sie sich selbst.

Von der Therapie erzählt sie fast nichts. Ich weiß bloß, dass sie da jetzt seit zirka einem halben Jahr hingeht. Und dass es eine tiefenpsychologische Therapie ist, wo man Sachen aus der Kindheit aufarbeitet, Eltern, Traumata oder so.

»Und bei dir?«, Emma schaut Mona an, die nachdenklich an ihrer Gurke knabbert. »Was ist mit dem Typen aus der Lerngruppe?«

Mona schiebt sich den Rest Gurke in den Mund, schüttelt den Kopf und murmelt bloß ein störrisches »Nichts«, während ihr gerader Pony das Brillengestell streichelt. »Der ist wohl in ’ner offenen Beziehung und für so einen Quatsch hab ich jetzt echt keinen Nerv. Da date ich lieber

Jura in Vollzeit.« Das sagt sie todernst, ignoriert unser Schmunzeln.

Fanny hebt den linken Arm, als würde sie gleich einen Showact präsentieren, und verkündet mit theatralischer Stimme: »Ladys und Gentlemen, die Never-ending-hate-Story.«

Jetzt muss Mona doch lachen. »So schlimm ist Jura jetzt auch nicht«, ergänzt sie.

Fanny greift nach ihrem Handy zwischen unseren Gläsern. Tippt. Runzelt die Stirn.

»Na, schon fünf Minuten und noch keiner auf deine Story geantwortet?«, fragt Emma.

»Ja ja«, sagt Fanny genervt. Legt ihr Handy wieder weg, schaut mich plötzlich mit einem breiten Grinsen an und fragt: »Und du hast dir Robin geangelt?«

Robin. Sofort dieser Duft in meiner Nase. Sein Duft. Nach irgendwas Fruchtigem, Zitrone oder Orange, gemischt mit dieser Männerparfumnote, klassisch herb. Ich muss lächeln. Scheiße. Grade jetzt, wo mir alle auf die Lippen starren.

»Endlich einer, der kein Vollidiot ist, was? Dass wir das noch erleben!«, wirft Emma triumphierend ein.

Ja, ich bin vielleicht etwas wählerisch. Aber Emma übertreibt jetzt echt. »Na ja, also, ich weiß nicht … keine Ahnung, was mit Robin ist. Was soll ich nach zwei Dates schon sagen. Aber er ist echt nett«, druckse ich herum.

Und dann lassen sie natürlich nicht locker. So lange, bis ich erzähle: Robin, sechsundzwanzig, studiert Politikwissenschaften im Master, schreibt daneben ab und zu Artikel, meistens politische. Echt gut aussehend, nicht so das klassische Schönheitsideal, eher schlaksig, wobei, das klingt zu negativ, einfach schlank und recht groß.

Richtig schöne Augen, auf jeden Fall blau, oder doch grün? Warum fällt es mir so schwer, mich an diese Details zu erinnern? Aber definitiv schwarze Haare und echt schöne Gesichtszüge.

»Und wo habt ihr euch kennengelernt?«, wirft Mona ein.

Eigentlich passt das jetzt alles nicht, möchte ich antworten. Sorry, Boykott der Newsrunde. Eigentlich sind meine Eltern grade wichtiger. Aber was bei denen schiefläuft, weiß ich ja auch nicht wirklich. Ich versuche, es wegzuschieben. Das Gefühl. Diese Zerrissenheit.

Und das mit Robin und mir wird wahrscheinlich auch eh nichts. Mit Politik kann ich nicht viel anfangen. Da habe ich immer das Gefühl, dass ich nicht mitreden kann, weil ich mich nicht gut genug auskenne. Ist das nicht ein Problem? Sind Gemeinsamkeiten nicht wichtig? Man muss sich doch gut unterhalten können. Wobei, als ich ihn auf der WG-Party kennengelernt habe, auf die mich Fanny mitgeschleppt hat, haben wir uns schon ziemlich gut unterhalten. Es gab nie diese peinliche Stille. Vielleicht, weil er so viele Fragen gestellt hat. Nicht diese bescheuerten Lieblingsfragen: Was ist deine Lieblingsmusik, dein Lieblingsclub, dein Lieblingsfilm? Da habe ich nie eine Antwort drauf. Und meistens sage ich dann eh nur irgendwas, das möglichst cool klingen soll.

Ja, und die beiden Treffen danach waren auch ziemlich schön. Beide Male bestimmt fünf oder sechs Stunden. Essen, Kaffeetrinken, Spazierengehen, reden, so vertraut. Irgendwas an ihm fühlt sich so verdammt vertraut an, irgendwas in seinen Augen oder wie er mich ansieht. Ach, keine Ahnung.

»Und wie küsst er?«, fragt Fanny und schaut mich

gespannt an. Aber ich muss sie enttäuschen. Kein Kuss, nichts.

War das vielleicht nur freundschaftlich?

»Vielleicht ist er einfach nur anständig«, beantwortet Mona meine Frage, ohne dass ich sie laut stellen muss.

»Soll's noch geben«, sagt Fanny.

»Außer auf Tinder«, brummt Emma.

»Was ist eigentlich mit Jonas? Seid ihr jetzt zusammen?«, frage ich Fanny. Komisch, dass sie noch gar nichts erzählt hat. Jonas war bei unseren letzten Treffen hoch im Kurs: auch Schauspieler in Berlin, erfolgreich, attraktiv, romantisch, spannendes Netzwerk – viele Häkchen auf ihrer Prioritätenliste.

»Ja, schon«, sagt Fanny und schaut verschmitzt, fügt hinzu, »aber jetzt gibt's halt auch noch Phil ...« Dabei fährt sie sich durch die Haare, wickelt wieder eine Locke um den Finger.

»Wie jetzt, beide gleichzeitig?«, fragt Emma erstaunt. Fanny nickt und nimmt genüsslich einen Schluck aus ihrem Glas.

Irgendein Typ ist da immer, das kennen wir ja von ihr. Geschichten von, ehrlich gesagt, verlorenen Seelen, die sie anhimmeln, bis Fanny sie fallenlässt, weil ein Besserer um die Ecke kommt. Aber dass sie zwei Typen gleichzeitig an der Angel hat, das ist schon next level.

»Aber du warst doch schon fast mit Jonas zusammen, oder?«, fragt Mona nach.

Fanny zuckt mit den Schultern. Sagt: »Der Sex mit Phil ist einfach was ganz anderes. So eine Ebene hab ich mit Jonas nicht.«

Bei solchen Geschichten frage ich mich jedes Mal, ob Beziehungen zwischen zwei Menschen überhaupt noch funktionieren können. Heute. In einer Zeit, in der alle ständig um sich selbst kreisen, alle nach mehr streben, mehr Erfolg, mehr Geld, mehr Bestätigung. Was scheinbar den Preis fordert, immer weniger an einer Sache, einem Job, einem Ort und dann wohl auch an einem Menschen festzuhalten. Maximal geiler Job, plus geiles Gehalt, plus geile Freizeit – dann braucht man auch den maximal geilen Partner. Dieses ständige Optimierungsdenken, das sich mittlerweile auf alle Lebensbereiche auszudehnen scheint, die Idee, dass wir uns das perfekte Leben wie mit Legosteinen selbst zusammenbauen können, immer höher, immer weiter. Und dann braucht man natürlich auch den perfekten Lego-Partner, der mit einzieht. Und wenn der aktuelle Partner nicht passt, dann wird er fallen gelassen oder man baut ihn sich notfalls mit Ersatzteilen. Was Lego-Partner eins nicht hat, kann Lego-Partner zwei liefern. Einfach online bestellen. Solange der Vorrat reicht! Wie traurig.

»Wissen die das?«, frage ich.

Diese Genugtuung in ihrem Gesicht gefällt mir nicht. Das ist doch nichts, worauf sie ernsthaft stolz sein kann?

»Wir sind halt Künstler«, entgegnet Fanny, »wir sehen das alles nicht so konservativ.«

»Nicht so konservativ wie *ich*. Das willst du doch sagen, oder?« Ich spüre die Hitze in meinen Kopf steigen.

Fanny verschränkt ihre Arme vor der Brust. Maunzt: »Ja, was soll auch diese Frage!«

Die Stimmung ist plötzlich aufgeladen, um hundertachtzig Grad gekippt, von der einen auf die andere Sekunde, Grün auf Rot. Mona und Emma sind ruhig. Das Glas in meinen Händen ist kalt, meine Hände schwitzig. Aber mein Mund redet weiter: »Ich mein ja nur, Emmas Typen haben wir für so ein Verhalten auch kritisiert. Und was du machst, ist ja eigentlich noch 'ne Nummer krasser. Findest du das nicht ziemlich egoistisch?«

»Soll das jetzt ein Verhör sein?«, fragt Fanny. »Ganz ehrlich, nur weil du was nicht verstehst, musst du nicht anfangen, mich zu kritisieren. Was weißt du schon von Beziehungen?«

Ein Schlag in die Magengrube. Sie weiß genau, dass das meine Schwachstelle ist. Dass ich nie einen Freund hatte, dass ich immer einen Rückzieher mache, wenn's ernster wird. Dass ich deshalb natürlich oft das Gefühl habe, nicht mitreden zu können.

»Ich hab dich bloß was gefragt, Fanny«, antworte ich, versuche, ruhig zu bleiben. Presse meine Hände um das Glas, als könnte ich mich daran festhalten.

»Ach komm, tu doch jetzt nicht so«, entgegnet sie wütend. Zögert einen Moment, fährt sich durch die Haare. Schaut mich dann entschlossen an und erklärt: »Ich bin Single, ich kann machen, was ich will.«

»Ja, mit Gefühlen spielen«, sagt mein Mund. Dabei will ich eigentlich überhaupt nichts mehr sagen. Wir sind schon zu tief drin, der Konflikt schon vor uns ausgegossen, greifbar überzieht er die ganzen Unterschriften auf der Tischplatte, wo wir ihn alle sehen können.

Wieder ein Moment ekelhafter Stille. Dann springt Fanny von ihrem Stuhl auf, zieht wütend ihre Tasche zu sich und kramt ihr Portemonnaie hervor. Knallt einen Zehneuroschein auf den Tisch und faucht: »So einen Scheiß muss ich mir nicht anhören.«

Sie zieht ihren Mantel über, zerrt ihre Locken aus dem Kragen und marschiert an den Tischen vorbei und die Treppe hinunter. Ohne mich noch mal anzusehen. Selbst die Typen am Nebentisch haben für einen Moment ihre Unterhaltung unterbrochen und gucken ihr irritiert hinterher.

Ich bin wie festgetackert auf meinem Stuhl, das Glas zwischen meinen Händen fühlt sich wie ein Teil von mir an. Ich blinzele langsam, wie bei diesem View-Master-Spielzeug früher, klick, klick, klick, immer ein neues Diabild. Aber jetzt will einfach kein neues kommen. Das Treppengeländer bleibt leer.

»Ich bin gleich wieder da«, murmele ich der Tischplatte zu. Rutsche von der Bank, folge dem dunklen Teppich, der zu den Toiletten führt. Die Leute um mich herum an den Tischen, ihre Gespräche, ihr Gelächter, alles klingt bloß noch dumpf, während ich vorbeigehe.

Im dunklen Toilettenraum bleibe ich vorm Spiegel stehen. Starre auf das Becken darunter. Am liebsten würde ich meinen Kopf da hineinstecken und nicht mehr rauskommen.

Ich drücke auf den Knopf vom Wasserhahn, lasse das kühle Wasser über meine Hände strömen, sammele eine Pfütze, tauche mein Gesicht hinein. Heiße Tränen ins kalte Wasser.

Fanny und ich haben uns schon öfter gestritten. Es war nie ganz einfach zwischen uns. Wie Feuer und Wasser fühlt es sich manchmal mit ihr an. Manchmal auch, als sei es vor allem ihr leuchtendes Spiegelbild auf meiner glatten Oberfläche, in das sie so gern hineinschaut und das sie an mir hält. Aber vielleicht bilde ich mir das auch ein. Wie oft habe ich mich schon gefragt, was sie eigentlich genau von mir erwartet?

Mein eigenes Spiegelbild sieht verheult aus. Die Wimperntusche verschmiert unter den blauen Augen. Dazu die blonden Haare, die strohig herunterhängen. Traurig. Ich sehe aus wie ein trauriges Manga-Mädchen.

Aber ich bin fest davon überzeugt, dass es zwei Arten gibt, wie man in einen Spiegel schauen kann. Durch eine Linse, die andere geformt haben: ihre Anforderungen, oberflächlichen Ideale, ihr Streben nach Perfektion, all das, von dem man in den wohlwollenden Frauenzeitschriften liest, dass man es nicht bräuchte. Oder man schaut durch das alles hindurch und in sich hinein. Dieser Gedanke, dieser Blick beruhigt mich immer.

Auf dem Weg zurück zum Tisch summt es wieder, das bunte Café, die Leute, fröhlich im Kerzenschein. Mir fällt erst jetzt auf, wie voll es geworden ist. Kein einziger Tisch ist mehr unbesetzt.

Mona und Emma haben die Köpfe zusammengesteckt, hören aber auf zu reden, als sie mich den Gang entlanglaufen sehen.

»Sorry«, entschuldige ich mich, »jetzt hab ich euch die Stimmung versaut.«

»Ach, passt schon«, antwortet Emma ruhig.

Mona schaut besorgt hinter ihren Brillengläsern zu mir herauf, fragt: »Ist alles in Ordnung?«

Klar, alles super, möchte ich antworten. Die Ehe meiner Eltern ist wahrscheinlich im Eimer. Ich muss in einer Woche eine Klausur schreiben, die mit Abstand die schwerste meines ganzen Bachelorstudiums ist. Und mit der Bachelorarbeit sollte ich auch langsam mal anfangen. Ich habe Angst, mich in einen Typen zu verlieben, der genauso ein Vollidiot sein könnte wie alle eure Ex-Freunde. Und jetzt ist Fanny auch noch sauer auf mich, weil ich die Klappe einfach nicht halten konnte. Muss ich noch mehr sagen?

»Mila, willst du nicht mit uns reden?«, fragt Emma und schaut mich irritiert an.

Irgendwas sollte ich schon sagen. Obwohl ich finde, dass man nicht über alles reden muss. Manche Gedanken sind es nicht wert, mit Ton unterlegt zu werden. Dann werden sie doch nur größer, verteilen sich im Raum oder ziehen noch weiter, wer weiß, wohin noch, und wer weiß, was von ihnen übrig bleibt, wie sie gefiltert und erneut zusammengesetzt werden, in den Köpfen der anderen.

Nein. Reden ist oft sinnlos. Zum Beispiel, wenn man von vornherein weiß, dass man keine Chance hat. So wie früher bei Papa, als ich ihn überzeugen wollte, dass ich noch eine Portion Eis bekommen sollte. Mama wäre eh dagegen gewesen. Dann also: Papa, ich finde, ich sollte heute noch eine Portion bekommen. Und Papa bloß: Na, kannst du mir dafür auch ein gutes Argument geben, Emilia? Und dann: Nichts. Ich weiß nicht mehr, was mein Argument war. Ob ich noch versucht habe, mit ihm zu diskutieren? Vermutlich nicht. »Was gibt es schon für Argumente für Nachtisch, außer, dass er halt schmeckt?«, murmle ich.

»Hä?«, fragt Mona.

»Ach sorry, laut gedacht«, antworte ich und greife nach meinem Glas, trinke einen Schluck. Erkläre: »Ich glaube, mein Vater hat eine Affäre.«

Ausgesprochen klingt es, als ob es jemand anders gesagt hätte. Für einen Moment ist es still an unserem Tisch.

»Ach, vielleicht habe ich auch was falsch verstanden«, rudere ich zurück.

»Warum?«, will Mona wissen. Ich erzähle knapp die Fakten, das Facebook-Profilbild, der Urlaub. Dass er seit Längerem distanzierter ist, viel seltener zu Hause.

»Deine Eltern sind auch schon krass lange zusammen, ne?«, fragt Emma anschließend.

»Das ist doch egal«, antwortet Mona.

Aber ich weiß, worauf Emma hinauswill. Natürlich ist es eine lange Zeit. Von zwanzig bis jetzt, bis Mitte vierzig, mehr als das halbe Leben. Natürlich ist so was immer seltener, Eltern trennen sich eben.

»So hab ich's nicht gemeint«, sagt Emma.

»Mich wundert das mit Facebook«, meint Mona. Dabei rückt sie ihre Brille zurecht, so wie sie das immer tut, wenn sie misstrauisch ist oder angestrengt nachdenkt.

»Du bist da noch?«, fragt Emma. »Ist doch nichts mehr los.«

»Nur für Veranstaltungen und Geburtstage«, erkläre ich, »und manche Kontakte wären sonst halt weg.«

»Stimmt«, gibt Emma zu, »aber Mona hat recht. Das mit dem Profil ist schon komisch, als hätte Facebook das gewusst und wollte dir das mitteilen.«

»Nee, das meinte ich nicht«, sagte Mona, »aber es gibt vielleicht einen Algorithmus, der den Vorschlag auf deinem Profil generiert hat. Irgendeine Gemeinsamkeit von euch, die Facebook erfasst hat.«

»Ja, und die heißt Andreas Mertens«, sagt Emma ironisch. »Dein Vater ist bei Facebook?«

»Nee, meine Mutter auch nicht«, antworte ich.

Unser Kellner biegt um die Ecke. Emma kann seinen Blick grade noch einfangen und gibt ihm ein Zeichen. Fragt nach Wasser. Dann zückt sie ihr Handy und tippt darauf herum. Öffnet ihren Facebook-Account. Und sagt: »Scheiße, sieht die gut aus.«

Wir betrachten das Profilbild von Marie Gramont, ihr breites Grinsen mit der Fünfzigerjahre-Seitenscheitelfrisur.

»Alter«, sagt Emma plötzlich. »Die ist mit Fanny befreundet! Wusstest du das?«

Nein, ich wusste es nicht, habe es aber natürlich schon gesehen. Vermutlich auch der Grund, warum sie mir vorgeschlagen wurde, keine mysteriöse Facebook-Überwachungs-Story. Facebook will halt, dass man sich findet und anfreundet und dann noch mehr Gründe hat, seine Zeit da zu verbringen und gesponserte Werbeanzeigen anzugucken.

»Vielleicht haben sie sich mal bei einem Dreh in Paris kennengelernt, wer weiß. Die hat sicher viele Kontakte«, sage ich. Und bekomme plötzlich trotzdem das Gefühl, gar nichts mehr zu wissen. Ist das alles überhaupt wahr? Oder habe ich mir das nur eingebildet? Konstruiere ich künstlich ein Drama, das gar nichts mit der Realität zu tun hat? Und wofür? Um nicht über meine Klausur nachzudenken? Über die Bachelorarbeit und über die Frage, was ich danach machen soll?

Ich mustere wieder die Tischplatte, das helle Holz, die vielen Unterschriften, die hier hinterlassen wurden. Eine Plattform mit Notizen, bloß im real life, nicht online. Handschriften, dem Zufall der Holzstruktur überlassen. Spuren von Menschen, die doch viel mehr Echtheit verkörpern als bearbeitete Bilder. Da steht: Maruschka, Lara + Marc. Und was? Ah. Titten.

»Lasst uns langsam los«, sage ich. »Bin echt müde.«

Wir bezahlen und verlassen das Café. Vor der Tür umarmen wir uns. Ich verspreche, dass ich mich bald melde, obwohl ich es grade nicht wirklich versprechen kann.

»Auch wenn's nichts Neues gibt«, sagt Mona über die Ränder ihrer Brille.

###

Wieder in meiner Wohnung, überfällt mich wirklich die Müdigkeit. Ich streife mir nur die Stiefel ab und werfe mich dann im Mantel aufs Bett. Strecke alle viere von mir und starre die hohe Decke über mir an. Irgendwo zwischen Tagtraum und Tapete taucht Fanny auf. Stapft wütend durch die Straßen, mit ihren wallenden, roten Locken. Wie ein Löwe, stolz und schön, durch das graue Berlin. Vorbei an mir. Dreht sich nicht mal um.

Ich blinzle. Greife nach meinem Handy in der Jackentasche. Das Display zeigt einen Anruf und eine WhatsApp von Mama: Abendessen nächsten Freitag, wenn Papa wieder da ist. Wir drei und Lachs und Kartoffelgratin und selbst gemachte rote Grütze mit Vanillesauce.

Und ein Haufen Fragen.

3. KAPITEL

Eine neue Haut

Pinker Schlafanzug, Zopf, Laptop, Chaos. In meinen vier Wänden ist alles wie immer. Und gleichzeitig auch nicht.

Mein Bauch knurrt. 10:14 Uhr, sagt die Anzeige auf meinem Laptop. Ich klappe ihn zu und schiebe ihn auf den Nachttisch. Mama ist bestimmt beim Pilates. Ich ziehe die Bettdecke von mir, richte mich auf, lasse die Füße auf dem Boden ankommen. Stütze die Ellenbogen auf den Knien auf, die Stirn in die Hände.

Warte.

Weiß nicht, worauf. Dass irgendwas passiert? Irgendwas, das mich den Kopf von den Händen nehmen und aufstehen lässt?

10:35 Uhr.

Ich lege mich wieder hin, zurück zu Wilhelm. Verschränke die Arme hinterm Zopf und starre den Stuck an der Decke an. Ein Muster aus Blättern und Blumen, das um den Raum wächst.

Irgendwie märchenhaft, wenn sie echt wären. Kein Stuck, keine Decke, sondern Blumen und blauer Himmel. Und um mich herum bloß montierte Pappwände. Und Wilhelm wäre real, wir in einer Theaterszene. Wir im

Ehebett auf der Bühne, umgeben von Wänden, und dann: Bam! Fallen die Wände. Da liegen wir, die Szene geht los. Wilhelm: sehr verschlossen. Ich: sehr desinteressiert. Wir sind schon lange nicht mehr glücklich. Liegen bloß noch nebeneinander, jeder im Kopf mit sich selbst beschäftigt. Schon lange läuft nichts mehr, wir teilen bloß noch das Bett aus Gewohnheit.

Früher, da haben wir noch geredet, er vom Theater 1795, ich vom Theater heute. Jetzt schweigen wir nur noch. Das eigentliche Problem ist: Ich habe einen Neuen, den Laptop. Es musste ja so kommen. Mit Wilhelm war es zwar anders, den konnte ich sonntags bei Oma zum Kaffee mitbringen, die hat sich immer gefreut. Der ließ mich gut dastehen, smart und ein bisschen oldschool. Aber mit dem Neuen kann Wilhelm einfach nicht mithalten. Weil er Netflix und YouTube und Instagram und Facebook kann und das einfach mehr Anziehungskraft hat. Weil Bilder mehr Sehnsucht versprühen als Buchstaben, rote Herzchen und Emojis schneller Glücksgefühle erzeugen als Goethe.

Das könnte ich aufschreiben, irgendwas draus machen. Wobei, na ja, ist auch Schwachsinn. Und warum muss ich eigentlich immer ein schlechtes Gewissen haben, wenn ich hier mal einen halben Tag am Laptop hänge? Warum akzeptiere ich nicht einfach, dass ich mir halt manchmal fünf Stunden was auf Netflix anschaue und dazwischen Instagram-Bilder? Wieso immer vernünftig sein und alles pünktlich mit eins abschließen? Wieso noch an meinen alten Hobbys festhalten? Ballett und Geige, wer macht das heute schon freiwillig in seiner Freizeit?

Ich schaue zur Decke hoch, die doch ziemlich weiß ist. Ziehe den Laptop wieder hervor, zurück auf die Knie.

Öffne Facebook.

Meine Finger möchten Marie Gramont in die Suchleiste eingeben, aber ich verbiete es ihnen. Gehe zu den Veranstaltungen. Veranstaltungen, die mir gefallen könnten: ein Vortrag im Tak, im Theater Aufbau Kreuzberg? Nee. *Returning to Reims* an der Schaubühne? Hm, warum schlägst du mir keine Clubs vor? Wahrscheinlich, weil Facebook weiß, dass ich so gut wie nie in Clubs gehe. In diese andere Welt von Berlin. Einen inner circle aus drei Bezirken mit rhythmusgeladenen Tanzflächen, schweißdurchtränkten Körpern und koksgepuderten Nasen. Das, was jeder Zugezogene als meine Heimat bezeichnet. Das, was nicht mal eine Straßenecke meiner Welt ist, meiner Charlottenburger Spießerzelle, höchstens in den Geschichten von Fanny und Emma.

Zurück zu Facebook. Veranstaltungen. Kürzlich angekündigt: Griessmühle. Ja, schon mal gehört.

Robin! Bei *interessiert* steht Robin. Vielleicht ist er da? Dann treffen wir uns zufällig und ich trage irgendwas cooles und bin auch supercool und dann wird alles gut.

Himmel, ich kann mich selbst nicht mehr ernst nehmen.

Soll ich hingehen? Nee, das wirkt ja total stalkermäßig.

Aber das wird schließlich bei Facebook angezeigt. Sollte er halt nicht auf *interessiert* klicken, wenn das keiner sehen soll. Und wenn er nicht da ist, dann bleibe ich eben allein. Stört doch keinen. Und ich komme endlich mal raus. Raus aus diesen vier Wänden, Bam! Aus Charlottenburg, aus den Schranken in meinem Kopf.

Nee, das mach ich nicht. Mein Bauch knurrt wieder. Mist. Ich stehe auf, gehe durchs Zimmer zu meinem Schreibtisch. Trete auf irgendwas Hartes, auf einen Ballettschuh unter dem roten Pullover. Wenigstens weiß ich jetzt, wo die sind. Ich greife nach meinem Schlüsselbund auf der Tischplatte, ziehe den mit dem Blumensticker heraus. Gehe in den Hausflur und schließe nebenan auf. Zweimal. Mama ist wirklich weg. Im Flur riecht es angenehm nach Kaffee. Kaffee mit Zimt und Haselnuss, ein aromatischer Wolkenmix, der an den dick gerahmten Bildern mit Edgar Degas' Tanzszenen vorbeizieht, mir entgegen und binnen weniger Sekunden die Schalter in meinem Kopf auf wach stellt.

In der Küche auf dem Tisch am Fenster hat Mama einen Brotkorb mit frischen Brötchen in die Tischdekoration eingefügt. Der Korb mit Vollkornbrötchen, die Schalen mit Obst, das Kaffeeservice und eine Käse-Hummus-Platte, alles auf weißer Tischdecke. Absolut instagrammable, aber damit beschäftigt sie sich ja nicht. Stattdessen malt sie solche Arrangements manchmal auf der Staffelei in ihrem Zimmer mit Aquarellfarben auf dem dick gewebten Papier, richtig schön. Wenn sie die ausstellen würde, würde die bestimmt jemand kaufen. Vielleicht sollte ich ihr doch noch mal empfehlen, sich einen Instagram-Account anzulegen.

Ich gieße mir Kaffee in die saubere Tasse und stelle ihn in die Mikrowelle. Schiebe mir ein Müslibrötchen in den Mund, während der Kaffee seine Runden dreht. Esse es auf, bevor die neunzig Sekunden rum sind. Dann hole ich die dampfende Tasse heraus und gehe zum Kühlschrank. Die Milch kauft Mama nur für mich, selten zum Kochen oder Backen. Sie trinkt bloß Milch aus Kokosnüssen oder Mandeln, wie ein typischer Berliner Hipster.

Das wäre mal was, Mama in Mum-Jeans und weißem T-Shirt in irgendeinem Café in Neukölln. Mit Mandelmilchkaffee und Laptop. Sie könnte bei irgendeinem Meeting um 11 Uhr dabei sein, zwischen den ganzen Touristen und anderen Leuten, die irgendwas Freelance-mäßiges, irgendwas Kreatives machen. Wer hat sonst schon Zeit, um 11 Uhr Mandelmilchkaffee in Neukölln zu trinken?

Vielleicht sähe ihr Leben so aus, wenn sie mich nicht bekommen hätte. Vielleicht wäre alles anders gekommen, wenn sie direkt angefangen hätte zu arbeiten, sich nicht so sehr auf Papa und mich konzentriert und mehr für sich gemacht hätte. Papa macht ja auch dauernd was für sich in seiner Bücherfestung.

Monas Buch! Ich gehe rüber, in sein Zimmer, während die Kaffeetasse ohne mich weiterdampft. Papas Zimmer ist mehr Bibliothek als irgendwas anderes. Die komplette linke Seite des Raumes besteht aus Bücherregalen, die fast bis an den Deckenstuck reichen. Viel Jura zu seinem Gebiet, Film- und Kulturrecht. Aber noch mehr Romane. Die ganzen französischen Klassiker von Sartre und Baudelaire bis Saint-Exupéry. Prousts *Suche nach der verlorenen Zeit*, die ihn immer besonders fasziniert hat, auch wenn er mir nie richtig erklären konnte, warum.

Den Raum unerlaubt zu betreten fühlt sich immer noch merkwürdig an. Genau wie früher, als ich hier noch gewohnt habe. Andreas' Arbeitszimmer war immer eine Art abgetrennter Ort, an den er sich oft zurückgezogen hat und nicht gestört werden wollte. Eine geschlossene Tür hieß: Nicht stören, ich arbeite. Einen Spaltbreit geöffnet: kurze Unterbrechung okay. Und eine offene Tür: Komm ruhig rein, ich lese bloß die Zeitung.

Ich schließe leise die Tür hinter mir. Gehe um den Schreibtisch herum. Setze mich auf den großen Sessel.

Auf dem Schreibtisch herrscht eine Unordnung wie auf meinem Fußboden. Viele Papiere lose übereinander. Ungeöffnete Briefe. Notizen, so krakelig, dass ich kein Wort entziffern kann. Wie kann man sich in seiner Position so eine Sauklaue leisten? Wahrscheinlich schreibt er meistens E-Mails, alles digital, was er offiziell hasst und heimlich praktisch findet.

Während ich im Stuhl vor- und zurückwippe, fällt mein Blick auf die vielen französischen Absender auf den Briefumschlägen. Ich hebe vorsichtig ein Blatt mit Zeigefinger und Daumen auf, lasse es abrupt wieder fallen, als hätte ich eine glühend heiße Kohle angefasst. Stehe auf. Setze mich wieder hin. Hebe ein zweites Papier auf. Ich fange an, vorsichtig die Blätter durchzukämmen. Versuche dabei, jedes Einzelne genau an die Stelle zurückzulegen, wo es vorher lag. Bis ich irgendwann alles gesehen und wieder zurückdrapiert habe.

Nichts. Nichts von Marie Gramont.

Gut, das Bild ist auch schon ein Jahr alt. Der Fall sicher abgeschlossen. Und wenn es mehr als nur Arbeit war, dann werde ich nichts mitten auf dem Schreibtisch finden.

Aber vielleicht in der Kommode darunter. In der obersten Schublade liegt ein Zigarrenstummel im Aschenbecher und zwei halb aufgegessene Tafeln Schokolade. Definitiv auch nicht nach Mamas Geschmack. Sie ist ziemlich streng, wenn es ums Rauchen und Süßigkeiten geht.

Ich halte inne. Was, wenn ich hier etwas finde, das ich gar nicht finden will? Wäre es nicht einfacher, nichts zu wissen?

Zweite Schublade. Ich suche, aber auch da ist nichts Verdächtiges. Doch in der letzten Schublade, ganz unten, unter noch mehr losen Blättern: ein Brief von Marie Gramont.

Mein Herz klopft plötzlich so stark, dass ich nichts mehr höre. Bis auf das laute Pochen, immer schneller. Ich setze mich auf den dicken Teppichboden vor dem Schreibtisch, der aussieht, als ob hier noch nie jemand draufgestanden oder gesessen hätte. Lege mich vorsichtshalber auf den Rücken, falls mir schwindelig wird. Hebe den Umschlag in die Luft, ziehe den Brief heraus.

Mon Chérie.

Kotzreiz. Mein Französisch ist nicht perfekt, aber es reicht, um zu verstehen, dass das hier ein Liebesbrief ist.

Es ist die Rede von *unseren Nächten* und *mein Held, mein Retter.* Der Brief trieft vor Sehnsucht und großen Gefühlen, verpackt in süße französische Floskeln und blumige Metaphern, ekelhaft!

Ich schiebe ihn mit schwitzigen Händen in seinen Umschlag zurück. Höre die Wohnungstür. Mama. Fuck!

»Miiila!«

Ich fahre zur Tür herum, schiebe den Brief hektisch unter den Teppichrand. Aber die Tür bewegt sich nicht, Mama kommt nicht rein. Geschlossene Tür heißt immer noch: nicht stören. Ihre leisen Schritte auf den knarrenden Dielen ziehen vorbei. Ich hole den Brief unter dem Teppich hervor, lasse ihn wieder in der untersten Schublade verschwinden, unter den Papieren. Meine Beine zittern wie Wackelpudding beim Aufstehen. Ich kann keinen klaren Gedanken fassen, das Hirn voller Gedankenwolken, die viel zu schnell vorbeiziehen. Fühle nur noch: Ich muss hier weg. Langsam öffne ich die Tür, husche durch den Flur, tapse zurück in meine Wohnung. Schnell. Ich reiße mir den Pyjama vom Körper, greife mir die Jogginghose und das T-Shirt über meinem Schreibtischstuhl. Ziehe beides über, dann zur Garderobe, Mantel, Schuhe, Schlüssel und raus.

Vor der Tür bläst mir ein eisiger Wind in den Mantel. Ich knöpfe ihn zu, während meine Beine hastig laufen, rechts einbiegen, die Bleibtreustraße runter. Dann über die Mommsenstraße und weiter, bis ich auf dem Ku'damm stehe. Realisiere, dass ich definitiv falsch angezogen bin. Die Luft sticht in meiner Lunge. Trotzdem sauge ich sie ein wie ein Raucher nach einer langen Zigarettenpause. Es hilft.

Ich gehe langsamer, beobachte die Menschen um mich, das geschäftige Treiben. Ich will irgendwohin, wo mich niemand kennt. Club, vielleicht in einen Club. In die Griessmühle. Ich will jemand anders sein. Wie online, machen doch eh alle. Wenn schon faken, dann richtig. Dann bis in der Realität.

###

Abends. Als ich am S-Bahnhof Sonnenallee aus dem Waggon heraustrete, scheint sich der Wind etwas beruhigt zu haben. Der Bahnhof wirkt verlassen, bloß graue Fliesen und Snackautomaten unter grellem Licht. Ansonsten nur eisige Dunkelheit. Es ist noch stiller als am S-Bahnhof Savignyplatz. Scheinbar hat Neukölln dienstagabends doch was Besseres zu tun.

Ich trage die Doc Martens, die ich heimlich gekauft und noch nie in Gegenwart von Mama oder Papa getragen habe, weil sie bestimmt Panik bekommen würden, dass ich nun zum Punktum konvertiert bin. Dazu schwarze Skinny Jeans und ein Top mit Leopardenmuster. Die

Haare offen, glatt gegelt und sogar Lippenstift. Das Outfit ist wichtig fürs neue Identitätsgefühl. Wie beim Theater. Die Schminke, das Kostüm, das hilft. Ich versuche, mich mit der Rolle zu identifizieren, die ich mir gegeben habe. Ich bin jetzt eine, die selbstbewusst ist und schon zehnmal hier war. Eine, die unter der Woche nie früh aufsteht. Eine mit Freelance-Leben, und das kann morgen auch ab 14 Uhr losgehen. Oder ich habe mir das Ego durch die Nase gezogen.

Ich bleibe neben dem Snackautomaten stehen. Jetzt könnte ich mir stattdessen auch ein Snickers ziehen und einfach wieder nach Hause fahren. In meine Wohnung, wo ich niemanden spielen muss. Will ich das hier wirklich? Alleine? Aber ich bin eh alleine. Jeder ist allein.

Ich gehe langsam die Treppe herunter. Auf den Straßen unter dem S-Bahnhof ist alles noch verlassener. Stockduster, bloß ein paar Autos.

Sonnenallee 221, wo soll das bitte sein? Hier sieht nichts nach Menschen und Party aus. Bloß düstere Büsche und eine leere Straße. Google-Maps sagt, dass ich am Straßenrand entlangmuss. Bis ich vor einem Weg stehe, der in die Dunkelheit führt. Cool, gar nicht gruselig hier.

»Suchst du die Griessmühle?« Eine junge Frau, Dreadlocks, Piercing in der Lippe und ganz in Schwarz. Sie schaut mich freundlich an. Strahlt diese unerwartete Hilfsbereitschaft aus, die mich an WG-Partys erinnert, auf denen sich plötzlich alle um einen kümmern, der bloß noch über der Toilette hängt, weil er's übertrieben hat. Diese unerwartete Solidarität, die in einer fremden Wohnung aufkeimt, so stark wie für ein Familienmitglied. Dabei hat man sich grad erst kennengelernt, aber ist sich vielleicht doch näher, als man es mit seiner eigenen Familie je war.

»Ja, Griessmühle«, antworte ich.

Sie lächelt. Wahrscheinlich sieht sie durch meine coole Fassade hindurch, sieht mir die Unerfahrenheit an.

»Da musst du einfach den Weg da entlang«, sagt sie und zeigt auf den dunklen Weg, der nur schwach beleuchtet ist. »Immer an dem Graffiti an der Wand da rechts lang«, fügt sie hinzu.

»Gehst du auch hin?«, frage ich.

Sie lacht, schüttelt den Kopf. Sagt: »Nee, ich hab erst mal genug vom Wochenende.«

Ich nicke. Keine Ahnung, was das heißen soll. Sie verabschiedet sich. Und ich stehe wieder allein vor dem dunklen Weg. Mache ein paar Schritte auf die schwach beleuchteten Graffiti zu, bewege mich langsam an der Wand entlang. Betrachte bunte Figuren auf schwarzem Untergrund, irgendein hockendes Tier mit einer Maske in den Händen, ein weißes Männeken, das einer Frau mit roter Wallemähne einen Blumenstrauß hinhält, ein Totenkopf und Knochen.

»Bist du allein hier?«, der Türsteher schaut mich skeptisch an. Seine linke Augenbraue steht steil Richtung Nasenrücken. Er betrachtet meinen Ausweis. Rechnet vielleicht nach, wie alt ich heute bin. Schaut dann wieder zu mir.

»Meine Freunde sind schon drin«, lüge ich.

Er gibt mir den Ausweis zurück. Winkt mich durch. Nach der Garderobe gehe ich direkt zur Tanzfläche. Besonders viele Leute sind nicht grade hier. Ich finde mich in eine kleine tanzende Gruppe ein und versuche, ganz der Musik zu folgen.

Es ist fast genauso dunkel wie draußen. Bloß farbiges Licht, aus kleinen Scheinwerfern unter der Decke. Geländer und Treppen aus Metallstreben, alles wie in einem Gewölbe. So muss es sein, wenn man einen Gullideckel öffnet und in den Untergrund hinabsteigt, bloß bunter und ohne ekligen Geruch.

Der Raum ist klein, die Luft stickig, aber ich bin wenigstens nicht allein. Ein paar Fremde um mich herum, die vielleicht genauso lost sind wie ich und zum Glück keine Fragen stellen. Und die bunten Lichter und der Bass, der meine Armhaare streichelt. Meine Gedanken haben endlich Sendepause. Daran könnte ich mich vielleicht doch gewöhnen.

»Bist du alleine hier?«, eine Stimme an meinem Ohr.

Ich schaue hoch, über mir ein großer Typ in T-Shirt, sehr viel Bart.

»Ich bin Gregor«, sagt er und streckt mir die Hand entgegen.

»Mila«, sage ich und wippe weiter zur Musik. Versuche, in seinen Augen zu lesen, ob er ein Psychopath sein könnte. Aber er sieht okay aus, ein bisschen verpeilt vielleicht.

»Bin nur zum Tanzen hier«, erkläre ich.

»Cool, find ich gut«, sagt Gregor.

Ich überlege, ihm zu sagen, dass ich zum ersten Mal in Berlin bin und weder Job noch Ziele im Leben habe, aber Berlin einfach the-best-city-ever ist. Spare mir dann aber doch den Sarkasmus. Vielleicht besteht die Ästhetik eines Clubgesprächs grade darin, dass peinliche Stille einfach übertanzt werden kann.

»Willst du?«, fragt Gregor, er hält mir seine Bierflasche hin. Sein Lächeln ist warm, die Bierflasche angenehm kühl. K.-o.-Tropfen eher unwahrscheinlich, sonst würde er ja nicht selbst draus trinken. Ich nehme einen Schluck. Dann noch einen.

Wir tanzen eine ganze Weile. Jeder für sich, so wie man das im Club halt macht, jeder in seiner eigenen Welt.

Ich glaube, das Tanzen im Club liegt mir nicht so. Jede Sekunde seine eigene Choreografie entwerfen, intuitiv, vermutlich muss man das auch erst mal lernen.

»Wollen wir was trinken?«, fragt Gregor irgendwann.

»Ja, okay«, stimme ich zu.

»Hier entlang«, antwortet er meinem suchenden Blick und zeigt in Richtung einer Bar. Wir bestellen Gin Tonic. Und dann noch mal. Und dann noch ein Bier. Gregor kommt mir immer lustiger vor, diese verpeilte Art. Ich muss dauernd über ihn lachen. Auf einmal ist alles so leicht.

Nach dem dritten Drink wird mir plötzlich sehr heiß und ich habe das Gefühl, nur noch Blödsinn zu reden. Die Worte kullern einfach so aus meinem Mund, als hätte ich zu viele davon. Wir gehen vor die Tür, raus an die frische Nachtluft. Nach noch mehr Worten, irgendwelchen ohne Sinn, gebe ich Gregor meine Handynummer. Ich bin nicht überzeugt davon, aber mir fallen auch keine Gegenargumente ein. Ich spüre Gregors Hand in meiner Taille, plötzlich küssen wir uns. Es ist ein bisschen so, wie wenn man eine neue Ballettübung ausprobiert. Etwas ungelenk, aber nach einer Weile dann gar nicht mal so schlecht. Er ist Raucher, aber daran kann ich mich vielleicht gewöhnen.

»Kann ich auch ’ne Zigarette haben?«, frage ich und strecke die Hand aus. Warte, dass er mir eine reinlegt. Stattdessen nimmt er meine Hand und zieht mich wieder zu sich heran. Flüstert »Ich will dich« in mein Ohr.

Ich weiche ein Stück zurück. Er schaut irritiert, sagt: »Komm, wir gehen wieder rein, ist doch kalt.«

»Ich komm gleich nach«, antworte ich. Frage noch mal: »Also, kann ich 'ne Zigarette haben?«

Er zieht die Packung aus seiner Hosentasche. Pult eine Zigarette hervor, gibt mir Feuer und geht dann ohne mich in den Club.

Und plötzlich fühle ich mich ein wenig wie eine dieser Filmdiven in alten Schwarz-Weiß-Filmen, die so wahnsinnig cool aussehen, wenn ihnen jemand Feuer gibt. Die den Rauch aus ihrem Kussmund pusten und ihm dann andächtig hinterherschauen, als ziehe darin das Schicksal einer ganzen Frauengeneration davon. Rauchen als Akt der Ermächtigung, wahrscheinlich weil das lange nur Männern vorbehalten war. Normalerweise fehlt mir die Theatralik für so was, aber für diese Nacht passt es irgendwie. Vielleicht der Alkohol. Oder ich habe einfach zu viele alte Filme gesehen.

Auf dem Weg nach drinnen fällt mir auf, dass ich wirklich verdammt betrunken bin. Ich fühle mich wacklig auf den Beinen, schummerig im Kopf. Stelle mich dann lieber an der Garderobe an, hole meine Jacke und gehe.

Auf dem Weg nach draußen, Richtung Straße, muss ich ein paarmal fast kotzen. Laufe schon zum Gebüsch, aber dann doch nichts. Super. Und ich bin nicht mal auf einer WG-Party, wo mir irgendeine Freundin von einer Freundin spontan die Haare halten würde.

Straße, Sonnenallee. Ich biege rechts ein. Laufe immer weiter die Straße entlang durch die Dunkelheit. Vorbei an kahlen Baumkrallen und leeren Bänken. Der Weg scheint kein Ende zu nehmen, ein ewiger toter Pfad. Bis zu meiner Rechten eine Grünfläche auftaucht. Fuck, jetzt bin ich definitiv am S-Bahnhof Sonnenallee vorbei.

Ich ziehe das Handy aus der Jackentasche, suche meinen

Standort. Herzbergplatz. Shit. Meine Füße laufen einfach immer weiter. Das Vernünftigste, was ich an diesem unvernünftigen Abend noch tun kann, ist, in ein Taxi zu steigen und nach Hause zu fahren.

Mache ich aber nicht.

Meine Füße halten inne, ich starre mit zusammengekniffenen Augen auf Google-Maps, auf den blauen Punkt, der ja bloß mir folgt. Herrgott, jetzt konzentrier dich doch mal! Westerstraße. Nein, Weserstraße, Weserstraße 23 ist noch eingespeichert. Von der WG-Party, Robins Wohnung.

Robin!

Ich stolpere weiter die Sonnenallee entlang. Alles dauert ewig. Die Straße will einfach kein Ende nehmen. Müsste es nicht jemanden geben, der vorschreibt, wie lang eine Straße zu sein hat, damit sie noch als Straße zählt und nicht als, keine Ahnung, endlose Megastraße? Müsste es. Ich halte an, direkt unter einer Laterne, mustere den Straßenverlauf.

Was zur Hölle mache ich hier eigentlich?

Tellstraße, ich biege rechts ab. Laufe. Bleibe stehen. Warte. Der blaue Punkt ist zu weit. Noch mal rechts, Weserstraße, jetzt nur noch bis zur 23.

Endlich stehe ich vor Robins Haustür. Ich hocke mich hin, lehne den Rücken gegen die Hauswand. Mein Kopf pocht, alles dreht sich. Meine Haare stinken nach Rauch, meine Finger auch. Auf dem Klingelschild steht wirklich Frische. Frische, Höfe und Johnson – das ist es. Mein Zeigefinger zögert. Ich sollte besser ein Taxi nehmen. Und wenn er jetzt nicht zu Hause ist, dann wecke ich Sophie und Lina. Und überhaupt, wenn er da ist, dann mache ich mich hier richtig zum Affen. Mir ist schwindelig, selbst im Sitzen. Ich wähle Robins Nummer. Es piept, fünfmal. Er nimmt ab.

»Mila?«, er klingt verschlafen.

»Hi, ähm, ich sitz vor deiner Tür«, stammle ich.

Meine Stimme krächzt und an den kleinen Schwenkern kann ich den Alkohol raushören. Shit.

Es ist still am anderen Ende. Dann: »Warte, ich mach dir auf.«

Im dritten Stock angekommen, sehe ich Robin endlich. Er steht im Türrahmen. Seine schwarzen Haare sind verstrubbelt, die Augen zusammengekniffen. Er trägt einen rot gemusterten Bademantel, der ziemlich große Ähnlichkeit mit dem Morgenmantel von Mama hat. Ich muss kichern.

Nuschele ein »Sorry« und marschiere an ihm vorbei in die Wohnung. Schäle mich aus meinem Mantel und werfe ihn über den letzten freien Haken an der Garderobe im Flur. Jede Bewegung fühlt sich an, als müsste ich durch eine cremige Luftschicht hindurch, als müsste ich durch Vanillepudding. Boah, mir ist schlecht. Ich rupfe mir die Stiefel von den Füßen und gehe durch den Flur bis zu Robins Zimmer. Drücke die Klinke runter, betrachte den Raum, zögere.

»Ist schon richtig«, sagt Robin hinter mir.

Doch. Ich erinnere mich. Von der WG-Party. Hier standen wir. Oder saßen? Ja. Hier rechts, auf der Couch. Dem Himmel sei Dank, eine Couch! Ich lasse mich auf die Couch in Robins Zimmer fallen, sinke in die weichen Kissen.

»Äh, brauchst du irgendwas?«.

Über mir: Ein roter Bademantel, Hals, Kinn, Lippen, Nase, Augen. Robin. Er sieht irgendwie merkwürdig aus.

Ich drehe mich auf den Bauch und schaue zu ihm hoch.

Er kratzt sich am Hinterkopf und steht da wie bestellt und nicht abgeholt.

»Setz dich doch«, sage ich.

Er steht immer noch da, dabei ist es doch viel gemütlicher auf der Couch. Also, ich stehe hier um keinen Preis der Welt wieder auf. Ich drehe mich wieder auf den Rücken, kuschle mich in die weichen Couchfedern und verschränke die Arme vor der Brust.

Robins Kopf kommt zu mir runter. Wieder dieser angenehme Geruch. Ich höre mich fragen: »Kennst du das Land, wo die Zitronen blühn?«

»Mila, hast du was genommen?« Robins Stimme hört sich fern an, als würde er ganz woanders stehen. Oder bin ich woanders? Im Land, wo die Zitronen blühn?

»Drogen?«, frage ich. Und antworte: »Ja.« Mein Körper sinkt immer weiter in die sanfte Wolkenschicht ein, die doch erstaunlich fest ist, sonst müsste ich ja hindurchfallen. Aber tue ich nicht.

»Welche?«, fragt er über mir.

»Bier und Gin-Tonic«, sage ich. Und überlege. Und dann: »Mensch, warte doch mal. Und eine Zigarette.«

Von irgendwo kommt wieder ein Geräusch, eine Stimme. Ich verstehe sie nicht mehr, bin schon zu weit weg. Spüre etwas über mir, sanft und warm. Vielleicht eine Wolke, die sich vorher an der Sonne aufgeladen hat, in Goldgelborange. Ja wahrscheinlich.

4. KAPITEL

Aus dem Takt

Ich bin am Ku'damm, ich renne, ich flüchte. Ich gehe die Straße entlang an Geschäften vorbei, an flackerndem Licht. Überall Menschen um mich herum. Menschen, die mich anschauen, irritiert, fragend, angewidert. Menschen, die die Köpfe zusammenstecken und über mich tuscheln. Ich kann nicht verstehen, was sie reden. Sie schauen mir nicht ins Gesicht. Können sie es nicht sehen? Sie schauen nur auf meinen Körper. Ich blicke an mir herunter, stelle fest, dass ich nichts anhabe, keine Kleidung, nichts, das mich schützt. Alle Menschen um mich herum tragen Kleidung, nur ich nicht. Ich flüchte, vor ihren Blicken. Halte mir die Hände vor den Schritt, will mich bedecken, abschirmen. Ich schäme mich so. Ich will es erklären, ich versuche, zu erklären, dass ich doch nichts dafürkann. Man hat mir die Sachen weggenommen, versteht ihr denn nicht? Ich kann doch nichts dafür. Ich kriege keinen Ton heraus. Ich versuche, zu sprechen, aber warum hört ihr denn nicht?

###

Mein Herz pocht wie wild, als ich die Augen öffne, mich aufrichte und eine gelb geblümte Decke von mir schiebe. Das Licht aus der Fensterfront sticht, ich kneife die Augen zusammen. Es ist viel zu hell. Das Bett ist gemacht, die Decke glatt nach hinten geschlagen, die Kissen aufgeschüttelt. Leer. Ich bin allein in Robins Zimmer.

In meinem Mund ist ein ekelhaft süßer Geschmack, eine Mischung aus Zahnpasta und Restalkohol. Scheinbar habe ich es gestern irgendwann noch geschafft, meine Zähne zu putzen. Ein böser Nachgeschmack.

Robins Zimmer sieht so verdammt ordentlich aus. Nichts liegt auf dem Boden. Und alles ist stimmig. Die hohen Bücherregale zu beiden Seiten seines Betts, die üppigen Pflanzen dazwischen und der Schreibtisch links. Entweder hat er es noch geschafft, heimlich aufzuräumen, oder er lebt wirklich so. Selbst auf dem Schreibtisch ist alles sortiert, nicht ein loses Blatt fliegt herum.

Ich fühle mich wie ein Eindringling. Hier passe ich nicht rein. Ich spüre wieder dieses Schamgefühl, etwas, das aus einer kleinen Ecke meines Hirns kraucht, sich ausdehnt wie eine Seifenblase, platzt und ihren Inhalt bis in meine Zehenspitzen gießt.

Vielleicht erzählt Robin seinen Freunden jetzt: Die ersten paar Treffen schien sie ganz normal und dann stand sie plötzlich besoffen vor meiner Tür, dabei kannten wir uns fast gar nicht.

Scheiße.

Ich schließe die Augen, wische mir mit meinen Fingern die Überreste meiner Wimperntusche aus dem Gesicht. Lege den Arm über die Augen. Besser.

Nein.

Ich muss aufstehen. Wenigstens bin ich schon angezogen. Bah, wie meine Sachen stinken. Ich luge vorsichtig in den Flur. Lina und Sophie scheinen auch nicht da zu sein, alles still. In der Küche drehe ich den Hahn über der Spüle auf, wasche die Tusche von meinen Fingern und gieße mir ein Glas Wasser ein. Nehme einen großen Schluck, schubse ihn ein paarmal durch die Zwischenräume der Zähne und spuke ihn dann ins Spülbecken.

Bah!

Die Küche sieht aus wie eine typische Studenten-WG-Küche: lustige Postkarten am Kühlschrank, ein paar Bierflaschen auf dem Boden, wahrscheinlich noch von der WG-Party. Eine Biotonne, chaotische Regale mit lauter Zeug, bei dem wahrscheinlich keiner mehr weiß, wem was gehört.

Auf dem Tisch, rechts an der Wand, steht ein gefüllter Brotkorb mit Croissants. Daneben ein Zettel. Bestimmt meine Abschiedsurkunde. Hundert Punkt für die peinlichste Performance! Damit hatte ja keiner gerechnet, aber du hast alle umgehauen, Gratulation. Und jetzt raus hier. Bye, bye.

Aber da steht: Guten Morgen! Bin noch zum Sport vor der Uni. Die Croissants sind für dich :) Robin.

Das steht wirklich da. Selbst bei näherem Hinsehen lässt sich kein ironischer Haken herauslesen. Merkwürdig. Echt nett, wobei das Wort »nett« viel zu laut in meinem schmerzenden Schädel nachhallt. Bisher lief ja nicht mal was. Also nicht mal ein bisschen. Vielleicht deshalb?

Ich lege den Zettel zurück neben die Croissants, genau an die Stelle, wo ich ihn aufgehoben habe. Halte den Kopf noch mal drüber und betrachte ihn ungläubig. Dann die Uhr über der Küchentür.

Fuck! Schon nach halb zehn. Jetzt komm ich auch noch

zu spät zum letzten Seminar vor der Klausur! Ich springe vom Stuhl auf, renne in den Flur, ziehe mir hektisch die Stiefel an, greife meine Jacke und Tasche und stürme aus der Wohnung.

Von Neukölln bis zur Freien Universität ist es ein ganzes Stück, einmal quer durch Berlin. Am U-Bahnhof Herrmannplatz schaffe ich es grade noch, in die wartende U7 zu hüpfen, dann raus an der Herrmannstraße, wieder rein in den S-Bahn-Ring. Kurz nach zehn bin ich am Bahnhof Heidelberger Platz, durchgeschwitzt und mit stinkenden Klamotten und Haaren. Hoffentlich treffe ich niemanden.

Diesen Weg nehmen die Studenten, die eine Wohnung in Neukölln oder Kreuzberg ergattert haben, vermutlich gern in Kauf. Für die meisten ist ein Mietvertrag in diesen Bezirken wie der heilige Gral. Ein Outfit, das ihren Marktwert steigert, eine Lizenz zum Partymachen, eine goldene Dauerkarte für die angeblich besten Theaterstücke, die das wilde Berlinleben so schreibt. Garantiert sperrstundenfrei, mit allen Exzessen von der Speisekarte, und wenn man lange genug wartet, reißt sich bestimmt noch irgendwer die Kleider für einen vom Leib.

»Ja, *ich* wohne jetzt hier, weiß auch nicht, wie's geklappt hat, aber *ich* hab's geschafft.« Typischer Small Talk auf den WG-Partys, auf den ich jedes Mal »Komm, halt die Klappe« antworten möchte. Ein Mietvertrag hat noch niemanden zu einem besseren Menschen gemacht, eher das Gegenteil.

Daneben engagiert man sich natürlich laut gegen Rassismus und Ausgrenzung und verteufelt alle, die's nicht tun. Dass man selbst von der Ausgrenzung profitiert, indem man als wohlhabender Weltbürger diesen Mietvertrag bekommen hat und nicht irgendwer, der ihn dringender bräuchte, der ihn nicht als Accessoire sieht, sondern sonst auf der Straße wohnt, das erwähnt man natürlich nicht.

Mein Kopf schmerzt. Ich glaube, ich habe einen Kater. Aber beim Gedanken an Robin muss ich lächeln. Robin würde sich nie was auf seinen Wohnbezirk einbilden. Hat er gar nicht nötig. Und dass er das jetzt scheinbar echt nicht dramatisch fand mit gestern. Dass er so nett war. Vielleicht ist alles gar nicht so schlimm? Vielleicht würde es mir ja auch ganz guttun, nach Kreuzberg oder Neukölln zu ziehen. Vielleicht würde das Leben dort ein bisschen auf mich abfärben. Und dann würde ich irgendwann auch in Jogginghose und weißen Tennissocken in Cafés rumsitzen und Mandelmilchkaffee trinken, der im Einweckglas serviert wird und vier Euro kostet, aber jeden Cent wert ist. Ich bin verwirrt. Oder das ist der Kater. Ich weiß nicht. Selbst das weiß ich nicht.

Am U-Bahnhof Heidelberger Platz steige ich aus und stelle mich in die Schlange beim Bäcker, warte und bestelle Kaffee, schwarz mit ein bisschen Milch, bestimmt H-Milch, und dann auch noch der böse Kaffeebecher aus Pappe.

Auf dem Bahnsteig unten am U-Bahnhof Heidelberger Platz ist es laut und viel zu voll, aber auch das kann am Kater liegen. Gedränge ist während des Semesters hier eigentlich immer. Vor allem um 10 Uhr, kurz vor Seminarbeginn. Hunderte Studenten, die hier oben aus der Ringbahn aussteigen und dann unten mit der U3 Richtung Freie Universität weiterfahren.

Ich bewege mich langsam mit der Masse Richtung Treppe. Werde für einen Moment Teil des bunten trappelnden Stroms, er absorbiert mich, es geht nicht anders. Ich treibe darin die Treppen herunter zur U3 und quetsche mich mit dem Strom durch die Türen der wartenden U-Bahn. Erst dahinter spalten wir uns wieder in Einzelteile. Ich bleibe direkt in der Ecke zwischen Türen und Sitzbank in einem kleinen Luftloch stehen. Streiche mir die rauchigen Haare aus dem Gesicht und nippe am Kaffeebecher, der erstaunlich sauber in den Waggon mitgekommen ist. Nur ist der Kaffee wirklich viel zu süß. Dabei habe ich doch extra wenig Zucker gesagt.

Es ist so eng im Waggon, dass mir jetzt schon zu warm ist. Mit meiner linken Hand versuche ich, die Knöpfe meines Mantels zu öffnen.

Es sind fast ausschließlich Studenten in der U3, oder zumindest junge Leute, die so aussehen. Aber das ist auch sonst meistens so. Weil der Campus der Freien Universität sich über mehr als vier U-Bahn-Stationen erstreckt, mindestens von Breitenbachplatz bis zur Freien Universität, und dann ja noch mein Theaterinstitut, das es bis nach Schöneberg verschlagen hat.

Heute scheinen alle besonders motiviert. Überall unterhalten sich Grüppchen über die Uni oder blättern konzentriert in ihren Unterlagen. Voll anstrengend. Links von mir sitzt eine Studentin mit Dutt und gespitzten Lippen, den Blick auf einen Stapel beschrifteter Karteikärtchen geheftet. Sie wirkt starr, ihre Lippen formen die Worte, als hätte sie jemand hypnotisiert oder so was. Der Typ hinter ihr markiert stakkatoartig Sätze in einem ausgedruckten Text, der schon viel zu neongelb leuchtet. Das macht keinen Sinn, Mann. Alles wirkt so surreal. In jedem Quadratzentimeter des Waggons rattern die Gehirnzellen. Meine sind eher in eine Art Energiesparmodus übergegangen.

Direkt vor meiner Nase beginnt eine große Dreadlock zu tanzen. Der Typ neben mir, dessen Rücken mich fast berührt, scheint sich äußerst angeregt zu unterhalten. Klingt nach Mathematik oder Informatik auf Geheimsprachenniveau.

Ich weiß nicht, ob ich je für irgendwas ein besonderes Talent hatte. So wie Fanny fürs Schauspielen, Emma für Design, Mona für Jura. Bei denen war das irgendwie so klar, dass das ihr Ding ist. Verbunden mit einer Vision, was daraus einmal werden sollte, einer klaren Berufsvorstellung, einem Ziel, das man in diesem Bereich einmal erreichen möchte.

Was ist das überhaupt, Talent? Es ist ja mehr als bloß eine Leidenschaft, ein Bedürfnis nach irgendwas, auch wenn man die Sachen, in denen man gut ist, meistens gerne macht. Aber nicht immer. So wie im *Wilhelm Meister* der Dilettantismus, seine Begeisterung für das Theater, obwohl er dann irgendwann zu dem Schluss kommt, dass er nicht gut genug darin ist. Oder hat das Geld einfach nicht mehr gereicht?

Auf jeden Fall anders als die ganzen Leute, die in den Castingshows im Fernsehen verheizt werden. Die mit vollem Pathos vor der Jury singen, um dann gesagt zu bekommen, dass sie erstens nichts können und zweitens auch noch hässlich wie die Nacht sind. Nein, Letzteres natürlich nicht, wobei die Gleichung schon nicht ganz aufgeht, wenn die, die auch nicht singen können, aber gut aussehen, dann weitergewinkt werden. Angeblich wegen ihrer Personality, eine Kategorie, die auf Deutsch wahrscheinlich einfach so lächerlich klingt, dass man sie ins Englische übersetzen musste. Personality, oder eben irgendwas, das Einschaltquoten bringt, weil sich Talent allein nicht verkauft. Personality habe ich wahrscheinlich auch nicht. Zu still, zu schüchtern. Ich hatte immer gute Noten, das ja, aber was heißt das schon? Bloß, dass man gut beobachten und anwenden kann. Das funktioniert in der Schule gut und ist in der Uni auch nicht anders. Aber danach?

Doch Ballett? Da hätte ich was draus machen können. Sonst hätten sie mir wohl nicht tausendmal die Ballettschule empfohlen und mich vorgeschlagen. Und ich bin trotzdem nie hingegangen. Vielleicht hätte ich das doch machen sollen. Dann würde ich bestimmt nicht so ausrasten wie letzte Nacht und wäre überhaupt viel disziplinierter. Hätte Facebook nur aus Businessgründen und nicht, um ständig auf das Gefühl zu stoßen, dass ich was verpasse. Meine Füße wären wahrscheinlich schon halb verkrüppelt, aber sie müssten nur bis zur Dreißig durchhalten und dann ist die Karriere eh bald vorbei. Tja und dann? Ja, irgendwie auch keine Lösung.

Überhaupt Talent, muss das nicht irgendwas sein, was man besser kann als alle anderen? Und heute, in Zeiten von Instagram und so, gibt es das überhaupt noch? Heute, wo man nicht mehr mit den Klassenkameraden oder der Nachbarstadt konkurriert, sondern in einer globalen Konkurrenzsituation rudert, und irgendein Hansel am Arsch der Welt ist eh immer besser, laut Instagram schon zehn Schritte weiter, weil er, seit er drei ist, nichts anderes macht oder der Sohn von irgendeinem Promi ist. Da kann man es doch auch gleich lassen. Und halt in seiner Freizeit allem Dilettantismus nachgehen. Aber was wird man dann? Beruflich. BWLer? Was bleibt da noch?

Fuck!

Auf meinem rechten Oberschenkel zeichnet sich ein

dunkler Fleck auf der Jeans ab. Heiß und gleichzeitig eiskalt. Ich muss den Kaffeebecher zu sehr geneigt haben.

Der Dreadlockkopf dreht sich um und fragt, ob alles okay sei.

»Ja sicher«, antworte ich durch meine zusammengepressten Zähne. Jetzt bloß nicht heulen, nicht jetzt. Ich blinzele ein paarmal gegen die aufsteigenden Tränen. Immer diese Scheißträumerei! Alles verschwimmt. Für einen Moment fühlt es sich an, als würde ich wieder auf der Tanzfläche in der Griessmühle stehen, in der Masse, allein. Untergehen, weil keiner sieht, was eigentlich los ist. Ich sage ja auch nichts, bin ja selbst schuld.

U-Bahnhof Dahlem Dorf, zum Glück. Ich steige mit einem Schwall Studenten aus und lasse sie dann vorbeiziehen. Die Studententraube klettert trappelnd und schnatternd die Treppen des Bahnhofs empor und verschwindet dann Richtung Rost- und Silberlaube. Ich bleibe allein am U-Bahnhof zurück, gehe auf die dunkle Holzbank auf dem Bahnsteig zu. Drei abstrakte Figuren, eine männliche in der Mitte, daneben zwei weibliche mit Brüsten. Zwei Männer und eine Frau wäre wohl zu abstrakt gewesen. So weit war der Architekt wahrscheinlich noch nicht.

Setze mich auf die rechte mit den Holzbrüsten. Atme noch mal tief ein und wieder aus. Jetzt macht es auch keinen Sinn mehr, ins Seminar zu gehen. Ich ziehe das Handy aus der Jacke. Dafür, dass es erst halb elf ist, zeigt mein Display viel zu viele Nachrichten. Mama, Mensch. Ich habe doch gestern extra Bescheid gesagt. Mädelschat, lese ich später. Dann noch welche von einer unbekannten Nummer.

03:15 Uhr: ein Bild von mir, dunkler Hintergrund, leicht verschmierte Wimperntusche. Darunter: Kuss Gregor.

01:53 Uhr: Würd dich gern wiedersehen.
01:05 Uhr: Finde dich nicht mehr.
00:42 Uhr: Hey, I bims, haha.
Herzklopfen, aber nicht das gute.
Löschen.
Blockieren.
Atmen.

Die anfahrenden U-Bahnen spucken nur noch vereinzelt Studenten aus. Es ist ruhig. Die Seminare haben vor einer Viertelstunde begonnen. Der Wind fühlt sich eisig an meinen Fingern und auf meinem Gesicht an, bläst mir durch meine Haare. Ich knöpfe den Mantel zu und mache mich auf den Weg zur Rost- und Silberlaube.

Im Gebäude drucke ich mir in der ZEDAT den Seminartext für heute aus und kaufe beim Copy-Shop vor der Mensa einen Stift. Minimalausstattung. Viel mehr haben manche Kommilitonen auch nicht dabei.

Anstatt mich in mein Linguistikseminar zu schleichen, gehe ich ins Café Kauderwelsch. Es ist ein bisschen chaotisch, mit all den Zetteln und Zeitungsausschnitten an den Wänden, von denen jede eine andere Farbe hat. Aber ich mag es hier. Mit den kleinen Tischchen, die Couches und Stühle in den zwei Räumen, kein Möbelstück wie das andere. Vielleicht gesponserte WG-Überbleibsel von den solidarischen Profs der 68-Generation. Aber man bekommt den besten Kaffee an der Uni und Biokuchen, der wirklich schmeckt.

Hinter der Theke, im kleinen Nebenraum, unterhalten sich leise zwei Typen, ansonsten ist es angenehm leer. Ich besetze schon mal einen Sessel mit meiner Jacke. Voll der Alman-Move, fast muss ich über mich selbst lachen, fühle mich dann aber doch zu deprimiert. In den Regalen stapeln sich noch die belegten Vollkornbrötchen. Jedes Mal, wenn ich hier bin, fallen mir auch die vielen verschiedenen Yogitee-Sorten auf, die sich hinter der Theke im Regal reihen. Schoko, Lakritze, Black Chai. Klingt alles lecker.

»Kaffee?«, fragt die Nette hinterm Tresen, eine Augenbraue hochgezogen, aber ihr Mund lächelt, wie immer.

»Ja, danke, groß mit viel Milch ohne Zucker, bitte.«

Dann Fokus. Wenn ich schon nicht im Linguistikseminar sitze, dann muss ich zumindest den Text lesen. Ich betrachte den ausgedruckten Stapel. Vierzehn Seiten, Vor- und Rückseite, das geht noch. Fange an zu lesen. Mein Stift kommentiert. Merke dies, Verknüpfung das, nachschlagen mit drei Ausrufezeichen. Zwischendurch lauwarmer Kaffee. Fokus funktioniert. Endlich. Bis mich jemand an der Schulter berührt.

»Ha! Ertappt!«, sagt es über mir. Lisa aus Linguistik, im Karohemd mit einem geflochtenen Zopf, aus dem keine einzelne Haarsträhne herausfällt. Wir umarmen uns, ein kurzes Antippen, von Schulter zu Schulter.

Hinter ihr hat sich bereits eine Schlange an der Kaffeetheke gebildet, die bis durch den Türrahmen reicht. Die Seminare scheinen zu Ende zu sein.

Lisa hebt neugierig meine Blätter auf. »Du liest ja sogar den Text für heute. Das war so langweilig grade, echt. Aber klausurrelevant halt«, sie zuckt mit den Schultern. Und als ich immer noch nichts sage, fügt sie hinzu: »Na, du kriegst das ja eh hin.«

»Werden wir sehen«, antworte ich.

»Ach komm, tu doch nicht so«, sagt Lisa.

Tu doch nicht wie? Egal. Lächeln. Ich sage: »Du, ich muss los, nicht dass ich meine Vorlesung auch noch schwänze.«

Wir umarmen uns noch mal. Schulter an Schulter. Dann fahre ich nach Hause.

###

Vor meiner Haustür halte ich inne, atme die eisige Luft ein paarmal ein, qualme sie langsam wieder aus. Vielleicht ist Mama gar nicht da. Vielleicht ist sie bei diesem Yoga-Kurs, den sie angefangen hat.

Ich schließe die schwere Eingangstür auf und schiebe mich in den Hausflur. An der riesigen verspiegelten Wand bei der Treppe halte ich inne. Betrachte das schnörkelige Geländer in der Spiegelung. Den roten Teppich auf den Stufen bis zu mir. Mein Spiegelbild antwortet pragmatisch: »Zeit für ein Haargummi«. Mehr Antworten bekomme ich nicht.

Oben angekommen, in meiner Wohnung, dauert es nur ein paar Sekunden, dann klopft es.

»Dachte ich mir doch, dass du das bist!«, sagt Mama aus dem Hausflur und strahlt in meine Wohnung hinein. Wie immer perfekt gekleidet, die beige Hose und die blaue Bluse, wie immer alles glatt gebügelt. Ihre hellblonden Haare schön zusammengesteckt.

»Komm rüber Kaffee trinken, Karin ist auch da.« Sie macht auf dem Absatz kehrt und verschwindet wieder nach nebenan.

Bloß nicht Karin. Die hat mir jetzt grade noch gefehlt. Erst mal duschen. Und frische Sachen.

Drüben. Schon im Flur Karins piepsige Lache. Die ist unverkennbar. Wie penetranter Vogelgesang, wenn man im Sommer bei offenem Fenster ausschlafen will. Ich gehe langsam an den Degas-Bildern vorbei. Überlege die ganze

Flurlänge, ob ich nicht doch lieber umdrehen und abhauen sollte. Bleibe dann im Türrahmen zur Küche stehen.

»Na, nicht so schüchtern, junge Dame!«, piepst Karin mir entgegen. »Setz dich zu uns!« Sie lässt ihr weißes Gebiss blinken. Ein bisschen wie eine Karikatur, aber ich kann nicht sagen, von wem.

Die beiden haben es sich mit Teelichtern und Chopin am Fenstertisch gemütlich gemacht. Mit dem feinen Porzellan, das Mama immer rausholt, wenn Gäste zu Besuch kommen oder irgendwas gefeiert wird. Ein drittes Gedeck steht schon.

»Äh, das ist nett, aber ich muss weiterlernen«, antworte ich.

Mama schaut enttäuscht.

»Kindchen, du siehst aber aus, als könntest du einen guten Schluck Tee vertragen«, sagt Karin. »Oder ist das die Verliebtheit?«

»Die was?«, frage ich.

»Schätzchen, ich habe nur gesagt, dass ich dich die letzten Tage gar nicht gesehen habe«, versucht Mama, sich zu verteidigen. »Mehr hast du mir ja auch nicht erzählt von diesem Robin.«

»Gibt auch nicht mehr zu erzählen, ich lerne.«

»Natürlich, Schätzchen, natürlich.« Mama macht ein versöhnliches Gesicht. Fragt: »Bist du sicher, dass du dich nicht einen Moment zu uns setzen willst? Du musst doch auch mal Pause machen.«

»Ich muss noch ein wichtiges Kapitel durcharbeiten, aber danke«, antworte ich, möglichst ruhig. Spüre schon wieder diese Anspannung in mir, die sich die letzten Tage immer erst richtig aufgelöst hat, wenn ich den Raum verlassen habe. An jedem anderen Ort außerhalb dieser

Chopin-aromatisierten Fünfzimmerwohnung wäre ich grade lieber. Mit jede Note, die ich hier weiter stehe, wird wahrscheinlicher, dass alle Wahrheiten plötzlich aus mir herausbrechen: Ich lerne gar nicht, ich will weg, Papa hat eine Neue.

Peng! Disharmonie.

Ich gehe.

»Momentchen, Mila«, ruft Mama mir hinterher. »Passt dir 19 Uhr wegen des Abendessens morgen?«

»Wie ihr wollt«, harmoniere ich zurück.

Karin lacht laut, als hätte ich einen Witz gemacht.

Nachdem die Wohnungstür ins Schloss fällt, atme ich auf. Als sei ich grade für Minuten unter Wasser gewesen.

Wahrscheinlich diskutieren sie jetzt wieder über meine Spätpubertät. Meine pubertäre Verschlossenheit, die so gar nicht dem Bild einer jungen Frau entspricht, die sie gerne in mir sehen würden. Dabei bin ich nicht sicher, ob ich dieser Frau jemals entsprechen werde. Vielleicht leide ich an einer Langzeitpubertät. Oder ihr Frauenbild ist einfach konservativ und scheiße.

Irgendwie kommt mir meine Wohnung auf einmal fremd vor. Die hohen verzierten Decken, Möbel aus dunklem Holz, die meine Weißrosa-Einrichtung ergänzen. Irgendwas zwischen Prinzessinnenzimmer und Omaparadies. Eine outgesourcte Version von der Wohnung drüben, nichts Eigenes. Bloß das schwimmende Klamottenchaos auf dem Fußboden, das ist definitiv meins.

Ich lege mich aufs Bett. Lerne weiter nicht. Starre bloß den Seminartext an, ohne wirklich den Inhalt herauszulesen. Betrachte einzelne Worte, für Syntax reicht meine Konzentration nicht mehr.

Linguistik hat was von Mathematik. Im Vergleich zu

den Literaturseminaren geht es viel mehr um Regeln und Logik. Das hat eigentlich was, das Leben ist ja schon unlogisch genug.

Und wenn ich es meinen Eltern sage? Lilly, es tut mir leid, aber Andreas hat eine Affäre. Ja genau, gib's zu, Papa. Ich habe den Brief von der eingebildeten Idiotin aus Paris gefunden! Papa entgleisen die Gesichtszüge, Mama fängt an zu weinen. Dann unangenehme Stille. Und dann? Muss Mama sich dann einen Job suchen? Was, wenn sie keinen findet? Wer zieht aus? Hasst Papa mich dann? Will Mama es vielleicht gar nicht wissen?

Jetzt lernen! Alles andere verstehe ich eh nicht. Eine unlösbare Gleichung. Ich schalte mein Handy in den Flugmodus, das WLAN auf dem Computer aus. Raus, ich will weder in meinen Gedanken noch im Internet schwimmen, endlich bei der Klausur ankommen. Aber die Gedankenwolken in meinem Kopf treiben mich immer wieder in die Wohnung rüber und dann nach Paris, zu Papa und Marie Gramont mit ihrem schillernd-schönfaken Leben, wo Papa sich heimlich eingenistet hat. Ich kriege ihr Grinsen einfach nicht aus dem Kopf, es hat sich festgeklebt wie Karamell zwischen den Zähnen. Ihre Haarwellen, ihre perfekte Welt, in der sie jetzt alles hat und Mama nichts.

Ich schalte das WLAN wieder ein. Google. Marie Gramont. Sogar ein eigener Wikipedia-Eintrag. Jahrgang 1985, also ist sie ungefähr fünfzehn Jahre jünger als Papa. Das heißt, als er fünfzehn war, wurde sie grade geboren. Als er fünfundzwanzig war, war sie zehn. Ekelhaft.

Ich klappe den Laptop wieder zu. Spüre die Wut in mir aufkochen, diese Energie, mit der ich zehn Pirouetten hintereinander drehen könnte. Wut in Bewegung zu übertragen ist sowieso das einzig Richtige, was soll man auch sonst damit anfangen?

Ich klappe den Laptop langsam wieder auf. Starre die Google-Einträge an, dann die Bildervorschläge. Instagram. @mariegramont. Öffne ihren Account. Ein Bild schöner als das andere. Marie Gramont am Place de la Concorde, wie sie vor dem dunkelgrün-goldenen Brunnen posiert. Im Hintergrund der Obelisk, im Vordergrund bloß sie in einem Trenshcoat und da drunter, hm, nichts, ihre nackten Beine. Drum herum ein paar Leute mit Kameras, fast alle in Schwarz. Scheinbar dreht sie grade in Paris. Auf dem nächsten Bild: Marie Gramont sitzend auf einem Balkon, bloß in einem dünnen Streifenkleidchen, dahinter die Dächer von Paris. Die Füße an einen schnörkeligen Balkon hochgelegt. Vor ihr ein kleiner runder Tisch, in den Händen ein Buch. Das ist doch alles nicht wahr, alles gestellt. In Paris sind wahrscheinlich grade fünf Grad und wer liest da schon halbnackt auf dem Balkon?

Von Fanny weiß ich, wie diese Bilder entstehen. Da wird extra ein Fotograf bestellt, der hundert Bilder von ein und derselben Szene schießt. Die bearbeitet er noch einen Tag, schön den Kontrast hoch und die Hautunreinheiten raus. Und dann schreibt man dazu: Grad Ingwerteepause. Auf Englisch natürlich, #international. Dabei ist das Bild schon eine Woche alt und man sitzt grade im Bett und schaut Netflix.

Was findet sie überhaupt an Papa? Die hat doch sicher tausend Verehrer. Was will sie von einem älteren Typen, der nicht mal in der gleichen Stadt wohnt, der noch eine andere Frau hat und nie ganz für sie da ist? Weihnachten, zum Beispiel. Da muss sie allein vor dem Tannenbaum posieren, Papa ist ja bei uns. Das muss doch blöd sein.

Oder weiß sie nichts von uns? Oder ist es ihr einfach egal? Besser ein halber Typ, wenn schon eine Vollzeit-Karriere?

Und was will er überhaupt von ihr? Das passt doch alles gar nicht zu ihm. Sie. Dieses ganze Social-Media-Ding, das findet er doch total hohl. Vor mir hat er immer darüber geflucht. Warum sollte das bei ihr anders sein? Oder es ist ihr junges Aussehen, das ihn reizt. Und sein Vorsprung von fünfzehn Jahren Lebenserfahrung, der ganz automatisch bewirkt, dass sie zu ihm aufsieht. Ekelhaft. Nein. So will ich nicht über Andreas denken. Nein. So einer kann er nicht sein.

Vielleicht schauspielert sie ihm auch was vor. Und er merkt es nicht. Vielleicht hat sie bloß 30 000 Follower, aber keine Karriere, kein Geld, keinen Erfolg, kein Herz. Alles Fake. Und sie ist in Wirklichkeit bloß ein Golddigger und Papa einer ihrer Verehrer, der ihr immer mal was zusteckt, wenn er vorbeikommt. Aber dann hätte sie ihm nicht diesen Brief schreiben müssen. Der klang echt. Echt verliebt.

Mein Schädel brummt.

Die Vernunft boxt sich durch, lässt mich endlich den Laptop zuklappen. Wie viel Zeit muss ich wohl in Marie-Gramont-Recherche investieren, um mir eine handfeste psychische Störung diagnostizieren zu lassen?

Ich stapfe in die Küche zur Spüle, gieße mir ein Glas Wasser ein. Greife hoch ins Regal, zur Packung mit Ibuprofen. Das hätte ich früher nie gemacht, einfach so Ibuprofen nehmen. Weil Mama immer meinte, dass das Gift sei, pure Chemie, und dann gewöhnt sich der Körper daran und es wirkt nicht mehr und überhaupt verseuchen die Tabletten langfristig mehr, als sie kurzfristig helfen. Deshalb nehme ich sie heimlich. Nicht oft, nur wenn es wirklich wehtut. Weil es eben wirkt. Halbe Stunde später und ich bin kopfschmerzfrei. Und gestorben bin ich bisher nicht, eher das Gegenteil.

Auf meinem Handy grinst mich die falsche Lippenstiftfratze wieder an. Gramont-Gramont-Gramont – auf jedem Bild sie. Je länger ich ihren durchchoreografierten Feed anschaue, desto mehr verstehe ich, weshalb Leute so einen Hass auf Instagram entwickeln und rumheulen, dass wir endlich #mehrrealitätaufinstagram brauchen. Diese vermeintliche Greifbarkeit des Fake-Schönen ist so hässlich verführerisch. Scheinbar wollen Menschen immer zu irgendetwas aufschauen, einem Gott, einem älteren Mann oder eben einem künstlich hochchoreografierten Star. Und auf Instagram fasziniert die vermeintliche Nähe zu diesem Menschen, der in den Sternen zu schweben scheint. Der in einer besseren Welt lebt, zu der man als Normalsterblicher niemals Zugang haben wird.

Andererseits: Das alles folgt ja wieder nur einer Marktlogik. Jeder Abonnent ist eigentlich auch nur ein potenzieller Käufer und der neue Hype für mehr #authenticity mit beharrten Achselhaaren und Pickeln auch nur eine Strategie, den Wunsch nach einem langersehnten Lebensgefühl der Unbeschwertheit abzubilden – und das verkauft sich wieder. Nachfrage. Angebot. Und wir sagen: Danke, danke, dass du dich mit fettigen Haaren zeigst, da fühl ich mich gleich besser und kaufe natürlich sofort deine nachhaltig produzierten Ökoschlüpper für hundert Euro das Stück, für so viel Selbstlosigkeit kauf ich alles! Kundenbindung funktioniert halt immer noch am besten, wenn da ein Gesicht vor einem ist, ob das nun geschminkt ist oder nicht, das ist auch egal, das richtet sich auch nur nach den Bedürfnissen der Zielgruppe. Deshalb springen jetzt auch alle auf diesen #authenticity-Zug auf und zeigen zwischendurch gerne ihre Afterbabybodys und Augenringe: Es gefällt uns.

Ich lege mein Handy weg. Starre Richtung Tür, als ob da jemand stehen würde, jemand, der mich genauso verwirrt anschaut wie ich ihn. Den ich fragen könnte: Das ist alles nicht wahr, oder? Mein Vater und diese Insta-Tussi? Doch bloß der dunkle Flur schaut zurück. Nichts. Noch so viele Fragen und niemand im Türrahmen, der sie mir beantworten kann. Und ich weiß langsam auch gar nicht mehr, ob ich die Antworten überhaupt hören will. Antworten, die sich nicht mit Ibuprofen wegspülen lassen.

5. KAPITEL

Theater am Tisch

18:59 Uhr, Zeit für den Kopfsprung. Ich stehe hinter meiner Wohnungstür. Den Blumenstickerschlüssel in der rechten Faust, den Blick auf die Armbanduhr geheftet. Warte, bis der lange Zeiger die Zwölf trifft. Jetzt. Meine linke Hand öffnet die Tür und ich trete auf den roten Hausflurteppich, in Socken, fünf Schritte bis drüben. Schließe die Tür zur Wohnung meiner Eltern auf. Aus der Küche tönt ein leises Klirren, Geschirr wahrscheinlich. Und Mamas Stimme, ihr Lachen. Sie telefoniert bestimmt.

Ich gehe langsam den Flur entlang bis zur Küche. Da steht Papa. Bei Mama am Herd. Trägt ein weißes Hemd ohne Krawatte, den Arm um Mamas Hüfte gelegt. Mama hat die Haare offen und ihre hellblaue Schürze umgebunden. Sie scheinen in ein Gespräch vertieft zu sein, Papa hat den Kopf zu Mama runtergebeugt. Mama lächelt. Er drückt ihr einen Kuss auf die Wange.

Ich mache einen großen Schritt nach vorne, hastig vorbei an der Küche. Die Dielen knarzen.

»Mila?«, ruft Mama.

Ich laufe den Flur entlang an Papas Arbeitszimmer vorbei, als hätte ich sie nicht gehört. Zur Badezimmertür.

Ziehe sie ruckartig auf, drücke auf den Lichtschalter und husche hinein. Schließe die Tür hinter mir ab.

Atme.

Setze mich auf den Fliesenboden vor die Badewanne, lehne den Rücken an den kalten Badewannenrand.

Lausche.

Mein Herz klopft laut.

Sonst nichts. Keine knarzenden Dielen. Bloß mein Herzschlag.

Sie denken sicher, dass ich bloß schnell auf die Toilette musste. Oder sie wirklich nicht gehört habe. Was sollen sie auch sonst denken? Dass ich ihren Anblick nicht ertrage? Wenn sie sich küssen? Dass ich es falsch finde, weil es doch falsch ist? Sicher nicht.

Die Fliesen glänzen an den Wänden, auf dem Boden. Das sanfte Licht vom Deckenfluter. Kein einziges Haar auf dem Boden. Wie unheimlich viele Cremes sie haben. Alle schön gestapelt im offenen Schrank neben dem Waschbecken vor mir. Bestimmt alles schweineteuer.

Ich stehe vom Fliesenboden auf, setze mich auf den Klodeckel und mustere die vielen Dosen und Tuben. Alles Mamas, von Papa ist bloß der elektrische Rasierer und das Aftershave. Als wäre er nur zu Besuch, nur das Nötigste. Oder liegt es daran, dass Männer eben weniger Kosmetikprodukte benutzen? So wenig, dass man extra for men draufschreibt und die Packungen dunkelblau oder grau färbt. Gibt es für Männer eigentlich auch Anti-Augenfältchen-, Anti-Cellulite-, Anti-Pigmentflecken-Cremes? Oder bloß das Du-bist-super-wie-du-bist-Paket minus ein paar Barthaare? Also, ist ja cool, aber das hätte ich auch gerne in Rosa.

Nur das Shampoo in der Ablage über der Badewanne,

das von Eucerin, das sieht neu aus. Ich stehe vom Klodeckel auf, laufe zurück zur Badewanne. Greife die weiße Shampooflasche zwischen Arganöl-Kokos-Avocado-Glanzkuren und anderen Extrasuperöko-Shampoos heraus. Setze mich mit der Shampooflasche auf den Badewannenrand. Lese: Eucerin Dermo Capillaire, Revitalisierendes Shampoo. Und: dünner werdendes Haar bei erblich bedingtem Haarausfall. Hatte Andreas sonst nicht immer das normale PH5-Shampoo? Aber vielleicht fallen jetzt seine Haare aus. Habe ich bisher nicht bemerkt, aber wer weiß, mit bald fünfzig Dafür hat er eigentlich noch erstaunlich volle Haare, auch noch nicht so viele graue zwischen den schwarzen.

Oder es liegt an der Gramont. Neben einer Freundin, die halb so alt ist wie man selbst, will man ja auch nicht wie ein Opa aussehen. Oder das Shampoo war zuerst da und dann kam sie. Das Anti-Midlife-Crisis-Komplettpaket, all inclusive.

Wobei, wenn es eine Krise ist, geht sie dann vielleicht wieder vorüber? Und dann? Soll ich dann vielleicht einfach abwarten?

»Schaahatz, das Essen ist fertig.«

Wieder Mama. Ihre leichten Schritte auf dem Parkett. Vorbei an der Badezimmertür ins Wohnzimmer.

19:11 zeigt die Uhr über der Toilette. Ich bin schon zehn Minuten hier drin. Ewig kann ich mich nicht verbarrikadieren. Aber mein Körper bewegt sich einfach nicht. Will nicht. Bleibt reglos an der Badewanne kleben, das revitalisierende Shampoo umklammernd. Es fühlt sich so schwer an. Und kalt. Die Kälte der Fliesen bohrt sich langsam durch meine Jeans.

Klopfen.

»Emilia?« Diesmal Papa. »Alles in Ordnung da drinnen?«, raunt er. Nicht misstrauisch, nein, eher gelassen. Fast belustigt. Vielleicht denkt er, dass ich hier ein kleines glitzerndes Beauty-Video drehe und einfach bloß die Zeit vergessen habe, ich Dummerchen.

Noch mal Klopfen.

»Ich habe gute Nachrichten«, raunt er weiter.

Soll das ein Witz sein? Noch mehr Nachrichten kann ich jetzt echt nicht gebrauchen.

Er fährt fort: »Ich habe mit Christine aus dem Verlag gesprochen.«

Christine aus dem Verlag. Das Praktikum, nach dem er sich erkundigen wollte. Sicher eine gute Chance für mich. Aber dann ist er wieder der Hero. Wieder er, der alles geregelt hat.

Er klopft noch mal. Ich sage immer noch nichts. Wahrscheinlich denkt er nicht eine Sekunde darüber nach, warum ich nicht antworte. Warum ich hier drin auf dem kalten Badewannenrand sitze und nicht rauskomme. Aber ich kann hier nicht bleiben. Mama wartet, das Essen wird kalt.

Ich stehe vom Badewannenrandrand auf, gehe zur Toilette. Hebe vorsichtig den Deckel, lasse ihn wieder fallen und drücke auf die Spülung. Rufe: »Ich komme gleich.« Bleibe starr auf dem Fliesenboden stehen. Lausche. Schritte auf dem Parkett. Er geht.

Ich wasche mir die Hände im Waschbecken und mustere dabei mein Gesicht im Spiegel. Manchmal bin ich überrascht, wenn ich in den Spiegel schaue. Wenn ich so sehr mit den Gedanken woanders war, mein Kopf zu viel bei irgendwem, irgendwo, im Gestern, im Morgen, dann bin ich wirklich kurz über mich selbst erstaunt. Sie, ich, jetzt. Die Begegnung meiner Gedanken mit meinem Körper, deckungsgleich auf der Spiegelfläche. Komisch.

Ich trete nah an den Spiegel heran, lehne mich über das Waschbecken, bis ich bloß noch meinen Kopf über meinem hellblauen Hemdkragen sehe. Meine sperrigen Gedanken, das Herzklopfen, alles weg. Alles unsichtbar oder plötzlich verstummt. Meine blauen Augen schauen ruhig, fast selbstbewusst. Ich mach das jetzt. Ich geh da jetzt raus. Fake ich halt, bis ich mir was Besseres überlegt habe. Bringt ja jetzt nichts, unüberlegt zu handeln. Dafür ist alles zu heikel. Und jetzt raus.

Im Wohnzimmer sieht alles wie immer aus. Ordentlich. Gedeckter Tisch, für drei. Silberbesteck auf weißen Servietten, Kristallgläser. Papa hinter der aufgeschlagenen Zeitung an seinem Platz am Tischende.

»Komm, setz dich«, sagt Mama hinter mir und läuft an mir vorbei ins Wohnzimmer. Trägt den brutzelnden Lachs in einer großen Form in den roten Topflappenhandschuhen.

Papa kommt hinter der Zeitung hervor, faltet das Papier zusammen und legt den Stapel aufs Fensterbrett. Summt zu Mama: »Hmmm, das sieht wieder fantastisch aus.«

Schaut zu mir rüber in den Türrahmen. Einen langen Moment. Wartet wahrscheinlich, dass ich was sage, mich erkläre.

Ich sage gar nichts.

Mama hüpft um den Tisch herum, platziert den Lachs zwischen Salat und Kartoffelgratin und schiebt alles zurecht. Streift sich anschließend die Handschuhe von den Fingern und legt sie auf dem Stuhl neben sich ab.

»Mila«, sie winkt mich zum Tisch.

Papa zieht seine Serviette unterm Silberbesteck hervor, schüttelt sie auf und schiebt sich eine Ecke in den Kragen seines Hemds.

Ich gehe zu meinem Platz an der Fensterfront, setze mich gegenüber von Mama. Sie beugt sich über den Tisch, um mir aufzutun. Füllt dann unsere Gläser nacheinander mit Mineralwasser. Nimmt sich dann die hellblaue Schürze ab, faltet sie und legt sie zu den Handschuhen. Dann sagt sie: »Bon Appétit.«

Papa schaufelt sich eine große Gabel in den Mund. Kaut, summt, gibt Mama einen Luftkuss. Dann lehnt er sich zufrieden zurück und winkelt das rechte Bein überm Knie an. Schaut zu mir. Sagt: »Also, Emilia.« Er nimmt einen Schluck Wasser. Setzt wieder an: »Also. Ich habe mit Christine telefoniert. So weit ist alles geklärt. Du kannst im August das Praktikum bei ihr anfangen, das passt doch dann gut in deine Semesterferien, oder? Bis dein Master anfängt.« Er wartet.

Ich warte. Starre auf meinen Teller. Rühre mit der Gabel in der Sahnesauce vom Kartoffelgratin. Befreie eine Kartoffelscheibe aus der dicken weißen Sauce, hebe sie an den Tellerrand, streiche die weiße Creme herunter, bis sie wieder goldgelb ist.

Er hasst es, wenn ich nicht antworte. Dabei macht er das selbst dauernd. Immer wenn ihm ein Thema nicht schmeckt, dann überhört er es einfach. Ich hasse das auch.

»Mensch, Andreas, sie muss doch jetzt erst mal ihre Prüfung schreiben«, lenkt Mama ein, während sie ordentlich mit Messer und Gabel an ihrem Lachsstück herumschneidet. Sie ist die Einzige von uns, die vernünftig mit Messer und Gabel isst. Manchmal frage ich mich, was sie mehr aufregt: wenn wir nicht reden oder wenn wir ihre Essenkreationen wie Schweine fressen.

»Eine Prüfung ist doch kein Problem für sie«, entgegnet Papa, schaufelt sich weiter Kartoffeln in den Mund.

Das ist auch immer nett. Wie sie manchmal Gespräche über mich führen, während ich direkt danebensitze. Als sei das ihre Entscheidung, ob ich jetzt mit irgendwas ein Problem habe oder nicht. Aber was bleibt mir anderes übrig? Ich werde mich schon an den Plan halten, habe ja keine Alternative. Erst die Klausur, dann die Bachelorarbeit, dann Praktikum, dann zwei Jahre Master, dann Volontariat bei Christine, wenn ich mich im Praktikum gut anstelle.

Hinter meiner Stirn pocht es. Jedes Mal, wenn ich das durchgehe, fängt es an zu pochen. Das kann nicht gut sein. Der Gedanke an das alles löst so einen Druck in mir aus, ein Gefühl, als müsste ich anfangen zu rennen. Dabei weiß ich gar nicht genau, wohin. In einen Verlag? Will ich das überhaupt? Ja, ich lese gerne. Und Theater, das ist ja eh mehr aus Interesse, keine Ahnung. Ich weiß einfach nicht.

Aber ohne Plan, das geht auch nicht. Sollte ich nicht froh darüber sein, dass ich zumindest einen Plan habe? Aber war das eigentlich Papas oder meiner? Gut, er hätte es natürlich am liebsten gehabt, wenn ich auch Jura studiert hätte. Aber das wollte ich nicht. Oder war ich einfach zu naiv, mit achtzehn nach dem Abi, was weiß man da schon vom Leben?

»Reichst du mir mal die Zitrone?«, fragt Papa.

Gespräche wie immer. Feierliches Blabla. Blabla das Wetter. Blabla die Nachbarschaft. Blabla Papas Arbeit. In seinem Blabla wird Paris auch nur kurz erwähnt. »Viel zu tun, fast keine freie Zeit«, sagt er beiläufig.

Dann wieder Blabla. Ein neues Geschäft hat in der Wilmersdorferstraße eröffnet, Blabla, das alte war besser. Wie immer.

Zwischen seinen Ausführungen und Mamas Genicke vergesse ich fast, dass eigentlich gar nichts mehr ist wie immer. Plötzlich möchte ich aufstehen, Gabel und Messer auf den Porzellanteller schmettern, der vielleicht zerspringt, Hauptsache, es knallt, und sagen, dass es jetzt reicht. Dass wir aufhören können, dieses Theater zu veranstalten.

»Schatz, hast du keinen Appetit?«, fragt Mama mit Blick auf meinen vollen Teller. »Es gibt doch noch die Rote Grütze mit Vanillesauce.«

»Isst sie wieder nicht?«, fragt Papa.

Wieder. Das letzte und eigentlich einzige Mal, als ich keine Lust hatte zu essen, war irgendwann in der Grundschule, als ich länger krank war. Eine komische Phase, irgendwie verschwommen in meiner Erinnerung. Aber meine Figur war mir damals egal. Das war anders. Als ob ich einfach zu faul war zum Essen. Und Mama hatte mich anfangs noch gelobt. Dafür, dass ich keine Süßigkeiten mehr essen wollte, keinen Zucker, dieses dämonische Zeug, diese leeren Kalorien, ohne Vitamine und Mineralstoffe, die einen bloß krank machen. Wahrscheinlich dachte sie, dass ihre Predigten endlich Früchte tragen. War aber bloß eine Phase. Als ich wieder mit Ballett anfing, hörte es auf. Da musste ich wieder essen, brauchte die Energie, um alle Bewegungen richtig zu machen. Die Müdigkeit wurde hinderlich, so kann man sein Gleichgewicht nicht halten.

»Schatz, hast du keinen Hunger?«, fragt Mama noch mal.

»Doch, doch«, antworte ich, »ist nur etwas fettig der Fisch.«

»Das sind gute Fette«, wirft Papa ein, zieht eine seiner buschigen Augenbrauen hoch und erklärt: »Omega-3-Fettsäuren.« Er schiebt sich ein Stück Lachs in den Mund, als würde er demonstrieren wollen, wie das geht. Als sei ich zu blöd, um meinen Fisch zu essen.

»Macht dir die Klausur doch zu schaffen?«, fragt Mama.

»Ja schon«, antworte ich.

»Du musst dich da doch nicht immer so unter Druck setzen, hm?«, wendet sie ein.

»Ein gesundes Maß an Druck hat noch niemandem geschadet«, antwortet Papa für mich, »aber essen muss man trotzdem.«

»Ist auch nicht weiter schlimm«, hake ich ein. Und dann noch eine kleine Notlüge: »Bin eigentlich ganz gut in der Zeit mit dem Stoff.«

»Siehst du?«, sagt Papa zu Mama gewandt. Er kaut weiter und sieht zufrieden aus. Überlegt. Fragt: »Wie war noch mal das Thema deiner Bachelorarbeit?«

Definitiv kein gutes Thema fürs Abendessen. Auf dem Zug kann das Gespräch eigentlich nur gegen die Wand fahren.

Ich schiebe mir noch drei Gabeln Kartoffeln in den Mund. Kaue langsam. Antworte: »Ich möchte über das Theater in Romanen schreiben. Wahrscheinlich über *Wilhelm Meisters Lehrjahre*. Das würde ich gern vertiefen.«

Er nickt. Brummt: »Goethe, aha.«

»Ja, vielleicht könnte ich auch noch die Theaterkonzepte von Schiller und Brecht einbeziehen. Und das dann gegenüberstellen.«

»Wie weit bist du denn damit?«, fragt er.

Immer, wenn er so knapp antwortet, spüre ich diesen Drang, mehr zu sagen, mich zu rechtfertigen. Mein Gott, das muss Taktik sein. Jedes Mal das Gleiche, wenn wir über die Uni oder Karriereplanung reden. Und dann wundert er sich, wenn ich keinen Bock mehr habe, mit ihm zu sprechen.

»Ich hab überlegt, eine meiner Hausarbeiten auszubauen«, antworte ich, »die, in der ich schon über Schiller geschrieben hab.«

»Ausbauen, hmhm.«

Und schon das Rattern in meinen Ohren.

»Ja, ich glaube, man kann das bei einer Bachelorarbeit machen.«

Er kneift die Augenbrauen zusammen. Sagt: »Glauben reicht nicht, Emilia.«

Zack, die Weichenstellung.

Ich: »So weit ich weiß, kann man bis zu sieben Seiten übernehmen.«

Er: »Was heißt ›So weit ich weiß‹?«

Ich: »Das steht in den Richtlinien.«

Er: »Welche Richtlinien?«

Ich: »Weiß nicht genau, muss ich noch mal nachschauen.«

Und: Endstadion.

Er lehnt sich vor und beginnt mit seinem Vortrag. Über die Notwendigkeit differenzierter Informationen, grade beim Thema Abschlussarbeiten. Einmal Plagiatsvorwürfe, immer eine angeknackste Karriere, wenn überhaupt. Et cetera, et cetera.

Immer das Gleiche. Immer muss er irgendeine Lücke in meiner Argumentation finden. Manchmal habe ich das

Gefühl, unsere Gespräche drehen sich mehr darum, dass er etwas findet, das ich nicht bedacht habe, als um die Sache selbst. Als würde er mir dauernd im Subtext sagen wollen: Benutz bloß immer dein Hirn! Wovor hat er Angst? Dass ich eines Morgens aufwache und auf die fixe Idee komme, mein Leben in den Sand zu setzen, so aus einer Laune heraus?

Sein Zeigefinger malt Graden in die Luft, während er spricht. Sieht alles sehr bedeutsam aus. Ich nicke in den Pausen. Et cetera, et cetera.

Was ist eigentlich mit Befangenheit? Dass man in einem Moment eben mal nicht die richtigen Worte findet. Nicht nur hier, auch in der Uni und wahrscheinlich überall, wo Leute sich einem überlegen fühlen: Warum ist es so schwer, in einem sachlichen Gespräch auch Gefühle zu berücksichtigen, ohne dass man gleich als irrational abgestempelt wird und sich alle dazu berufen fühlen, einem die Welt zu erklären?

Und was ist die Konsequenz? Dass Gefühle nirgendwo Platz haben? Wenn das Erwachsensein bedeutet, dann will ich niemals erwachsen werden.

»Emilia?« Papa zieht misstrauisch die Augenbrauen hoch.

Scheinbar ist sein Vortrag über Plagiatsvorwürfe und angeknackste Karrieren zu Ende.

Ich nicke.

Mamas Teller ist leer. Sie hat Messer und Gabel darauf abgelegt, die Ellenbogen auf der Tischplatte aufgestützt und schaut uns abwechselnd an. Als würde sie warten, dass unser Seminar zu Ende ist, damit sie endlich wieder für gute Stimmung sorgen kann.

»Ich kann Christine jetzt also zusagen?«, fragt Papa.

»Hm«, antworte ich.

Plötzlich überkommt mich so eine Gelassenheit, ganz ungewohnt. Es rattert nicht mehr. Ich sitze einfach hier am Tisch, lehne mich in meinem Stuhl zurück. Fühle, wie mein Hintern langsam ins Sitzpolster sinkt. Sage: »Ich dachte mir, dass ich für die Zeit bis zum Master vielleicht lieber in einem Café arbeite.« Habe ich gar nicht gedacht. Ein spontaner Einfall, aber warum eigentlich nicht? So für zwanzig Stunden in der Woche und daneben in Ruhe die Bachelorarbeit schreiben?

»Warum willst du denn in einem Café arbeiten?«, brummt Papa. Mittlerweile auch fertig mit seiner zweiten Portion.

»Geld«, antworte ich, »und weil es nett ist. Man lernt immer neue Leute kennen.«

»Brauchst du mehr Geld? Du bekommst doch Geld von mir«, sagt er erstaunt.

»Vielleicht möchte ich selbst Geld verdienen. Wo ist das Problem, wenn ich arbeiten will?«, frage ich.

Er zieht wieder die Augenbrauen zusammen. »Das ist doch keine Arbeit für dich, Emilia.«

Mein Gott, wie würde er reagieren, wenn ich sage, dass ich als Putzfrau arbeiten will?

»Warum?«, frage ich. »Weil die Arbeit weniger wert ist als eine andere?« Auch nur so eine spontane Nachfrage. Doch sie zeigt eine Wirkung, mit der ich nicht gerechnet hätte.

Er öffnet den Mund, ohne dass ein Wort rauskommt. Ihm bleibt förmlich die Spucke weg. Das müssen die Momente sein, für die Leute freiwillig im Gerichtssaal arbeiten.

Er verneint meine Nachfrage, rudert zurück. Spricht

von körperlicher Anstrengung und dass man das ja nicht unterschätzen dürfe, dieses Durchhaltevermögen, das die Baristas da ganze acht Stunden Minimum unter Beweis stellen.

Ich spieße den letzten Bissen Lachs auf und schiebe ihn in den Mund. Dann lege ich Messer und Gabel ordentlich auf dem Teller ineinander. Schweige.

Papa schaut nach seiner Zeitung auf der Fensterbank. Mama wird langsam unruhig. Sie putzt sich mit der Serviette die Mundwinkel ab. Poliert dann an ihrem sauberen Weinglas herum.

Mir ist das ja auch unangenehm, aber warum soll ich immer Verständnis zeigen? Jetzt bestimmt nicht. Nicht mehr.

Papa gibt auf. Steht von seinem Platz auf und schiebt den Stuhl an den Tisch. Sagt: »Ich muss noch ein kurzes Telefonat führen, was Geschäftliches.« Dann geht er zum Fensterregal und greift nach seiner Zeitung.

Mama schaut überrascht, enttäuscht, irritiert.

Sagt: »Mila hat übrigens jemanden kennengelernt.«

Das ist jetzt nicht ihr Ernst.

Papa bleibt stehen. Schaut erst sie an, dann mich. Antwortet: »A-haa.« Dann geht er langsam um den Tisch herum Richtung Tür. Bleibt noch mal stehen, dreht sich zu mir um und fragt: »Und den hast du im Café kennengelernt?«

Er wartet nicht auf eine Antwort. Eine rhetorische Frage, mit der er den Raum verlässt.

»Tut mir leid, ich dachte bloß …«, setzt Mama an.

»Ist okay«, wende ich ein. Macht ja jetzt auch keinen Unterschied mehr. Das Abendessen ist eh gelaufen. Ich greife nach meinem Teller, um ihn in die Küche zu tragen, aber sie winkt ab. Sitzt mir ruhig, fast steif gegenüber und tupft sich mit ihrer Serviette den letzten Schimmer Lippenstift von den Lippen. Irgendwas in ihrem Gesichtsausdruck ist anders. Ihre Augen, diese starre Ernsthaftigkeit, unverstellt, ohne ihre aufflackernden Lachfältchen entlang der Wimpern.

Vielleicht jetzt. Vielleicht ist jetzt der Moment, in dem wir endlich richtig reden. In dem wir den Schleier aus Belanglosigkeiten beiseiteziehen können.

Sie seufzt und steht auf. Streicht mit ihren Handflächen über ihre glatte Bluse und beginnt, das dreckige Geschirr auf dem Tisch zu sortieren. Sagt: »Geh ruhig rüber, Schatz.«

Ich gehe. Aus dem Wohnzimmer über die dunklen Holzdielen in den Flur. Vor Papas Arbeitszimmer halten meine Füße an. Die Tür ist geschlossen. Ich neige vorsichtig den Kopf, lege ihn an die Zimmertür. Versuche, das Klirren des Geschirrs im Wohnzimmer herauszufiltern. Stehe wie auf Watte.

Auf der anderen Seite ist es still. Ein Rascheln, vielleicht die Zeitung. Dann Papas Stimme. Am Telefon. Bloß einzelne Worte.

Am Telefon ist er meistens nicht besonders gesprächig, aber die Klienten oder Partner stören sich da wahrscheinlich weniger dran. Nicht wie Mama, wenn er in Paris ist. Früher. Als sie manchmal gefühlt Stunden in der Küche saß, am Fenster, neben sich das Telefon, und ewig auf seinen Anruf gewartet hat. Und wenn Papa dann anrief, ging es ganz schnell, als würden sie eine Einkaufsliste durchsprechen. Und danach saß Mama wieder am Fenster und starrte weiter nach draußen. Wofür das ganze Warten, wenn es sich eh nicht lohnt?

Wieder Worte auf der anderen Seite der Tür. Französisch. Ich zucke zurück. Die Dielen knarzen. Scheiße! Weg jetzt!

Zurück in meiner Wohnung lehne ich mich erschöpft gegen die Tür und atme hastig. Schleppe mich rüber zum Bett wie eine verwundete Kriegerin. Rolle mich auf den Rücken und fange an zu weinen. Die Tränen fließen nur so über meine Wangen, die ganzen angestauten Gefühle, der Schmerz, alles fließt. Ich habe keine Kraft mehr, es zurückzuhalten.

Ich weiß nicht, wie lange. Irgendwann rolle ich mich in Sitzhaltung. Wie beim Ballett, Wirbel für Wirbel bis mein Rücken an der Wand über dem Bett lehnt.

Ich betrachte mein Zimmer, den bunt bedeckten Boden, die Blätter zwischen den Sachen, allen Müll bis unter meinen Schreibtisch. Die Fotos über meinem Schreibtisch.

Und dann ist da plötzlich nur noch Wut. Alles Lügen! Papa und Mama, Arm in Arm, ich in der Mitte, hinter uns Disneyland Paris, alles bunt, alle glücklich. Was für ein Fake. Wer weiß, ob sie jemals glücklich waren. Etwas in diesen Bildern ist tot. Oder etwas in meinem Blick auf sie. Ich habe sie endlich als Fälschungen entlarvt. Meine Linse ist schärfer, erfasst jetzt mehr. Das Mehr, das vielleicht schon immer da war. Vielleicht wollte ich es bloß nicht sehen. Schon ironisch. Es ist doch genau diese Naivität, die Papa mir immer vorwirft, genau diese Naivität, die mich die Lügen ihrer Ehe nicht wahrhaben lassen wollte.

Ich nehme alle Bilder ab, auf denen wir drei zu sehen sind. Ein Impuls. Ich zerreiße die Fotos in Hälften und wieder in Hälften und wieder in Hälften. Wie eine Maschine. Bis nur noch ein Haufen winziger Schnipsel übrig ist.

6. KAPITEL

Das schönste Lächeln der Welt

Wenn ich zu viel nachdenke, mag ich die Kälte. Sie lenkt mich ab. Der eisige Wind, der über mein Gesicht weht, hoch in die raschelnden Äste über der Niebuhrstraße.

Mein Bauch fühlt sich plötzlich an, als sei da ein Vakuum drin, irgendwas, das alles zusammenzieht, während ich die Straße runterlaufe. Ich muss was essen.

Der M&M an der Ecke zur Wilmersdorfer. Unter der grellorangen Aufschrift sind die Scheiben beschlagen, eine dicke Nebelschicht, die die Sicht ins Innere verhüllt. Ich ziehe die Tür auf. Hinter der Theke steht eine junge Frau, vielleicht so zwanzig. Jünger als ich, glaube ich. Mit einem silbernen Haarreifen, dunkler Pferdeschwanz und dunklen großen Augen, sehr viel Make-up. Wie sie wohl darunter aussieht? Sie räumt in der Vitrine herum. Ignoriert die drei Typen, die auf den hohen Hockern an einem der beiden Tische rechts neben der Theke sitzen und sich über ihren Kaffeebechern anraunzen und dabei ständig zu ihr rüberschauen, so was wie »oder, meene Kleene?« sagen und schleimig grinsen. Dieses Männergrinsen, bei dem ich immer sofort das Gefühl habe, dass irgendwas daran faul ist.

Ich bestelle: »Ein Käsebaguette, bitte.«

Die Blicke, jetzt spüre ich sie auch. Wie sie über meinen Rücken herabgleiten, während ich vor der Theke stehe. Ein komisches Phänomen, dass man das merkt, obwohl man keine Augen am Hinterkopf hat. Für solche Momente habe ich mir irgendwann so eine Art Schutzschild zugelegt. Ich weiß nicht mehr genau, wann, und auch nicht, wie, aber ich weiß, wie ich es benutze. Es ist mehr, als nur Blickkontakt zu meiden. Mehr mit dem Körper, so als würde ich alle meine Kräfte bündeln. Und dabei eine Art Signal senden, das ich nicht mehr aussprechen muss, nur ausstrahlen. Wie eine zweite Haut, die Distanz schafft.

Es ist mir damals in der S-Bahn bewusst geworden. Als ein besoffener Typ durch die Waggons gegangen ist und alle angepöbelt hat. Da habe ich die zweite Haut angelegt, wie dieser Umhang von Harry Potter, der einen unsichtbar macht. Er ist immer näher gekommen, bis er direkt vor mir stand und ich seine Fahne riechen konnte, unruhig röchelnd, wie ein Tier, das auf den Moment wartet, in dem es zuschnappen kann. Aber er konnte mich nicht riechen. Ich war unter dem Umhang, keine Chance, keine Angriffsfläche, bis er tatsächlich weitergezogen ist. Da wusste ich, dass ich eine Art Superpower entwickelt habe.

Die Verkäuferin reicht mir das Käsebaguette in einer Tüte. Ich zahle und setze mich an den freien Tisch, neben den Typen. Es ist zu kalt draußen. Und ich will das Mädchen auch nicht mit denen alleine lassen. Tatsächlich werden sie ruhiger. Stehen schließlich ächzend von ihren Hockern auf und verlassen die Bäckerei. Natürlich nicht ohne Grinsen, aber zumindest ohne blöden Spruch. Jetzt sind wir nur noch zu zweit. Eine vertraute Ruhe, vielleicht eine weibliche. Auch mein Bauch entspannt sich, das Loch verschwindet langsam.

11:03 Uhr, sagt mein Handy. Nur noch vier Stunden. Vier Stunden, bis Robin und ich uns wiedersehen. Ich spüre ein leichtes Kribbeln in der Brust, wie minikleine Kohlensäurekügelchen. Ein kurzes Rauschen. Scheiße, jetzt kommt die Aufregung.

Ich hätte nicht gedacht, dass er sich überhaupt noch mal meldet.

»Vielleicht 15 Uhr im A Horn?« Ganz einfach.

Und ich: »Klar, gerne!«

Und dann musste ich erst mal googeln, wo das überhaupt ist.

Carl-Herz-Ufer 9, Nähe U-Bahnhof Prinzenstraße. Die Bilder sahen eigentlich ganz nett aus. Blümchen und Holzmöbel, bestimmt total der Hipsterladen, typisch Kreuzberg. Auf jeden Fall ein Café – für eine Bar habe ich mich nach meinem letzten Auftritt vermutlich disqualifiziert. Immer noch dieses Schamgefühl, wenn ich daran zurückdenke. Wie eine bleierne Masse, die mich sofort in den Boden drückt und ganz klein werden lässt. Dabei versuche ich, mir immer wieder zu sagen, dass es doch nicht so schlimm war. Schließlich will er mich trotzdem wiedersehen. Oder er ist bloß besorgt und will mir einen Therapeuten empfehlen?

Ach, das bringt ja jetzt nichts.

Die Verkäuferin schiebt an den hellen Minimuffins unter der Glasscheibe herum, bis sie wieder eine grade Reihe bilden. Rückt die dunkle Minimuffinreihe daneben zurecht. Schaut aus der milchigen Fensterscheibe in die verschwommenen Konturen der Wilmersdorfer Straße, dann auf ihre langen, schwarz glänzenden Fingernägel.

»Möchtest du noch was?«, fragt sie.

»Nee danke«, antworte ich.

Jetzt erst mal zurück in die Kälte und rüber zu Hugendubel. Endlich das blöde Buch abholen. Und dann endlich! endlich! endlich! für die Klausur lernen. Wenigstens die vier Stunden. Eigentlich ist das ein völlig schlechter Zeitpunkt für das Date mit Robin. Ich bin bestimmt total unentspannt. Vielleicht sollte ich doch absagen. Nach der Klausur komme ich bestimmt viel besser rüber. Und ich würde besser aussehen. Nicht bloß Wimperntusche und Jeans und Pulli. Mann, ich bin überhaupt nicht vorbereitet!

Ich muss an dieses Bild denken mit dem Slogan »We can do it!«. Die Power-Frau im Pin-up-Stil, femininer Retro-Look, aber kein Lächeln, stattdessen der ausgestreckte Oberarm wie das Power-Emoji. Ob die auch für Verliebtheit steht, für die Power, sich zu verlieben? Ob das zusammengeht?

Überhaupt: »We can do it«, wie Obamas »Yes We Can« oder wie Merkels »Wir schaffen das«. Immer wir, dabei muss man es doch dauernd allein schaffen.

Ich falte die leere Brötchentüte zusammen, um sie in den Mülleimer hinter den Tischen zu werfen. Die Kaffeebecher am Nebentisch stehen immer noch da, die Männer haben alles liegen lassen. Ich verabschiede mich von der Verkäuferin und ziehe die Tür auf.

In der Fußgängerzone reiht sich ein Geschäft ans nächste. Leute, die im Body Shop einkaufen, kaufen auch in der Apotheke, im Schuhladen, im Supermarkt, in den Arkaden.

Trotz der eisigen Temperaturen ein reges Treiben. Alte, Junge, Pärchen mit Kinderwagen, Grüppchen von Teenie-

Jungs, die abenteuerlustig die Wilmersdorfer herunterstolzieren, Teenie-Mädchen, die ihre Shoppingtour in Fotos oder Storys festhalten. In der Straßenmitte kämpfen Aktivisten in bunten Regenjacken um Aufmerksamkeit. Fuchteln freudig mit den Händen, laufen zu Passanten hin, wenn sie ihren Blick einfangen konnten, und halten ihre Vorträge für den guten Zweck, für Tierschutz, für Kinderhilfe oder sonst was, wofür Shopper eigentlich keine Zeit haben und deshalb lieber einen großen Bogen um sie machen.

Ich öffne die Tür zum Hugendubel. Im Eingangsbereich türmen sich die Bestseller, schön mittig platziert, damit man sie auch ja nicht verfehlen kann. Daneben Stapel mit Berlin-Büchern, Kalendern, Kinderbüchern.

Jedes Mal, wenn ich hier reingehe, freue ich mich, dass überhaupt noch Leute in Buchläden gehen. Alles Leute ohne Amazon Prime wahrscheinlich, so wie ich.

Die Frau hinter den Kassen, kurze schwarze Haare im Zopf, beobachtet mich müde, während ich auf sie zulaufe. Wer weiß, wie viele Fragen sie heute schon beantwortet hat.

»Hallo, ich suche ein Buch zur englischen Linguistik«, sage ich zu ihr. Lasse den Rucksack von meinen Schultern gleiten und versuche, mein Handy mit den genauen Angaben herauszufischen.

Die Frau wandert mit ihrem Blick zum PC vor ihr, die Finger schon über der Tastatur: »Kennen Sie den Autor? Oder Verlag?«

»Ich glaube, von Cornelsen war das. Oder vielleicht English Linguistics?«, murmele ich. »Warten Sie.« Ich ziehe das Handy hervor, suche in meinen Notizen.

Die Frau starrt teilnahmslos auf mein Handy. Wahrscheinlich bin ich heute nicht der erste Mensch, der ohne vollständige Litertaturangabe hier erscheint.

»Ah, hier!«, sage ich erleichtert. »English Linguistics: Essentials. Von Bernd Kortmann.«

Die Frau nickt. Tippt. Sagt: »Kann ich bestellen, können Sie Montag abholen. Wollen Sie gleich bezahlen?«

»Ich weiß nicht, ob sich das dann noch lohnt«, antworte ich.

Die Frau tippt mit dem Zeigefinger auf dem Mousepad auf und ab. »Also?«

»Okay«, antworte ich.

Hole mein Portemonnaie hervor, zahle und verabschiede mich.

Gehe drei Schritte, drehe mich um und laufe wieder zurück. Frage: »Ähm, Entschuldigung. Ich suche auch noch was zu Feminismus.« Für Fanny, als Geburtstagsgeschenk. Ich warte auf die genervte Reaktion der Verkäuferin. Stattdessen: ein plötzliches Aufflackern in ihren Augen, ein Leuchten, mit dem sie wiederholt: »Feminismus!« Und dann: »Kommen Sie!«

Sie läuft zu einem kleinen Tisch mit Büchern neben der Kasse. Erklärt: »Ich sag immer, dass ich Feministin bin, bin ja eine Frau, was soll ich denn sonst sein?«

Kurze Zeit später befinde ich mich in einem tiefen, persönlichen Gespräch über Feminismus. Mit der Frau, die sich vor zehn Minuten kaum für mich interessiert hat. Plötzlich ist Leben in ihrer Stimme, eine Emotionalität, die ich nicht vermutet hätte. Sie erzählt von ihrer Verehrung für Margarete Stokowski, für Simone de Beauvoir, auch wenn die natürlich nicht so angenehm zu lesen ist wie Stokowski. Von eigenen Erfahrungen mit dem Thema, struktureller Benachteiligung, ganz generell bei Frauen.

Erklärt schließlich, dass ich immer gern wiederkommen könne, wenn ich noch mehr Informationen über Feminismus bräuchte. Am Ende kaufe ich ein Buch von Stokowsky und wir verabschieden uns herzlich. Ich kann es fast nicht glauben. Was für ein Sinneswandel, ausgelöst durch ein Wort. Ein einziges Wort, das es grade wirklich geschafft hat, aus einem monotonen Gespräch so was wie eine Verschwesterung zu machen. We can do it!

###

Stunden geistiger Zerstreuung später stehe ich vorm U-Bahnhof Wittenbergplatz, diesem monumentalen Bahnhofstempel beim benachbarten KaDeWe.

Lernen im Café hat so mäßig funktioniert. Etwa drei Stunden Margarete Stokowski gelesen, etwa eine Stunde die Linguistikskripte. Und jetzt fühlt sich alles wie weggeblasen an. Nur noch die Aufregung, die sich in meinem Kopf breitmacht.

Ich bleibe zwischen den herabführenden Treppen zur U1, U2 und U3 stehen, während sich Leute an mir vorbeischieben, mit großen KaDeWe-Tüten oder Media Markt oder H&M oder Karstadt oder Blumen. Jetzt nur noch in die U1 Richtung Warschauer. Ich zögere. Eine Frau mit Dauerwelle und Pelzmantel stapft an mir vorbei, in der Linken mehrere große Tüten, an der Rechten zieht ein kleiner kläffender Hund. Sie steigt runter zur U1, andere Richtung, zurück zur Uhlandstraße.

Es gibt wenige Orte wie den U-Bahnhof Wittenbergplatz in Berlin, der einen so direkt fragt, ob man zurück in den tiefsten Spießerwesten Richtung Uhlandstraße will oder doch Richtung Warschauer und auf den Zug der

Partybegeisterten aufspringen. Wenige Orte, die mich so sehr daran erinnern, dass Berlin mal geteilt war.

Ich steige die Treppe Richtung Warschauer herab. Die U-Bahn steht schon. Hüpfe schnell in den nächsten Waggon. Je weiter die Bahn fährt, desto stärker ändern sich die Passagiere. Immer mehr Einkaufstüten steigen aus, immer mehr Hipsterschnurrbärte ein. Auch deutlich mehr Englisch und der Lautstärkepegel wird höher und höher.

Am U-Bahnhof Prinzenstraße steige ich wieder aus. Grau, so weit das Auge reicht. Ich ziehe mein Handy aus der Jackentasche. Google-Maps navigiert mich über den Landwehrkanal ans Carl-Herz-Ufer. Die Straßen wirken trist. Nicht wie das Kreuzberg, für das alle nach Berlin kommen. Aber im Sommer ist es bestimmt schön hier, vielleicht wie am Maybachufer. Ich spüre mein Herz immer stärker schlagen. Keine Gedanken, nur noch mein lautes Herz.

Im Café ist es genauso voll wie im U-Bahn-Waggon. Kein Platz scheint frei zu sein in der hübsch-holzigen Einrichtung. Hinter der kreisrunden Bar, hinter den kleinen Strohkörbchen und alten Kerzenständern, grüßen die Kellnerinnen freundlich.

Landhausstil am Landwehrkanal. Vielleicht ist das Kreuzberg, wie es früher mal war oder wie es mal sein sollte. Blumig charmant, ein bisschen öko, aber auf jeden Fall nicht eingebildet. Robin sitzt an einem der hinteren Tische, dunkelblauer Pulli, Turnschuhe, das rechte Bein angewinkelt über dem linken, in den Händen ein Buch.

Ich hätte echt noch mal in einen Spiegel schauen sollen. Ich schlängele mich langsam zu ihm durch. Versuche, mir dabei einzureden, dass er mich Dienstag sowieso schon in meinem schlimmsten Zustand gesehen hat. Und jetzt ist es auch zu spät für Make-up.

Robin lächelt, als er mich entdeckt. Legt das Buch neben seiner Tasse ab. Diese irritierende Vertrautheit in seinem Blick, so als würden wir uns schon Jahre kennen. Er steht auf, beugt sich zu mir runter. Umarmt mich. Seine Körpergröße überrascht mich. Als sei er in meinem Gedächtnis geschrumpft, in der Zeit, die wir uns nicht gesehen haben. Wieder dieser Duft, sein Parfum. Fruchtig und ein bisschen rauchig, wie die Räuchermännchen im Winter, die Mama an Weihnachten immer im Wohnzimmer aufstellt.

Wir setzen uns. Ich lächle. Auch, weil mir die Worte fehlen. Ich betrachte das Buch auf der Tischplatte. Frage: »Ist das ein Accessoire?« Was für eine blöde Frage.

Robin lacht zum Glück. Sagt: »Dafür ist der Inhalt viel zu hässlich.«

Er dreht die Coverseite des Buches nach oben, auf der *Was ist Populismus?* steht und Spielkarten oder so was Ähnliches mit Politikern abgebildet sind, Le Pen, Trump und dieser Typ aus den Niederlanden, der auch so eine weißblonde Föhnfrisur hat.

Eine der Kellnerinnen kommt zu uns an den Tisch. Ich bestelle Kakao.

»Sonst noch was?«, fragt sie, hübsch, blonde Locken, Klimperwimpern. Sie faltet die Hände vorm Bauch ineinander und zwinkert Robin zu.

Ich versuche, aus dem Augenwinkel eine Regung in seinem Gesicht zu erkennen, aber er bleibt unlesbar, neutrales Lächeln. Bestellt noch einen Cappuccino. Fragt mich: »Magst du Kuchen? Die sind echt gut hier.«

Und nachdem ich ein paar Sekunden zögere und die

Kellnerin weiterklimpert, fügt er noch hinzu: »Wir können uns auch einen teilen.«

Männer, die anbieten, einen Kuchen zu teilen, können eigentlich keine schlechten Menschen sein.

Wir lassen uns die Sorten aufsagen, bestellen dann den Käsekuchen.

»Und worum geht's in dem Buch?«, frage ich. Und bereue auch diese Frage sofort. Um Populismus natürlich. Robin kommt ins Schwärmen. Für das Buch, den Ansatz, den Populismus-Begriff auf eine greifbare Formel zu bringen. Notwendiges Kriterium für Populismus: dieses ständige Wettern gegen politische Eliten, wir gegen die da oben, die Regierung, die EU, die Medien. Hinreichendes Kriterium: die Behauptung, den »wahren Willen« des Volkes zu vertreten, wozu alle anderen Parteien nicht fähig sind, also eine antipluralistische Logik. So könne man das Phänomen besser fassen, für rechte wie auch linke Strömungen.

Es ist angenehm, ihm zuzuhören. Er spricht ohne Namedropping, ohne dieses Aufplustern, das mich an den Typen in meinen Seminaren nervt, die nicht mal eine Frage brauchen, um ihren fein pürierten Senf mit tausend wichtigen Namen zu verteilen.

Die blonde Kellnerin kommt an unseren Tisch zurück und stellt unsere Tassen und ein großes Stück Käsekuchen, in dem zwei Gabeln stecken, ab.

Sagt: »Bitte.«

Und ich: »Danke.« Dann sage ich zu Robin, dass ich mich mit Populismus leider nicht so auskenne.

Er meint: »Glaub ich nicht.«

Ich lächle, überlege einen Moment, sage dann: »Was ich nicht verstehe, ist, dass so viele Leute die AfD in den

Bundestag gewählt haben. Also, auch nach dem, was du über Populismus erzählt hast. Denn wenn man dauernd Kritik an den anderen Parteien übt, dieses Anti-Eliten-Denken, was du beschrieben hast, was macht man denn dann, wenn man selbst zur Elite gewählt wird? Dann ist doch alles beim Alten. Und Elite wollen die Parteien doch alle werden. Regieren, oder nicht? Ist das dann nicht ein Widerspruch in sich?«

Robin nickt und schaut, als ob ich was Schlaues gesagt hätte, etwas, das der Beginn für weitere Diskussionen über Politik sein könnte. Dabei hat sich das Thema für mich an diesem Punkt eigentlich erschöpft.

Er fährt sich durch die Haare, lacht plötzlich und sagt: »Mensch, du hörst viel zu gut zu. Jetzt versaue ich uns hier die Stimmung mit meinem Politikgelaber.« Dann greift er nach seiner Cappuccinotasse und hält sie hoch, als würde er mir zuprosten. Sagt: »Auf schönere Themen.«

Wir stoßen an, mit Kakao und Cappuccino, was irgendwie süß ist.

»Worüber schreibst du eigentlich deine Bachelorarbeit?«, fragt er. »Das hast du letztes Mal gar nicht erzählt.«

»Das Theater in Romanen, Goethe vor allem«, antworte ich knapp, »aber das ist auch kein schönes Thema.«

Er lacht. Fragt: »*Wilhelm Meisters Lehrjahre*?«

Ich bin so irritiert, dass ich innehalte und ihn für einen viel zu langen Moment anstarre. Dann endlich frage, woher er das weiß.

Er lacht, sagt: »Kennst du das Land, wo die Zitronen blühn?«

Ich antworte: »Italien?«

Er erklärt: »Das hast du mich gefragt. Als du bei mir auf der Couch geschlafen hast. Ein Zitat. Hab es am nächsten Tag gegoogelt.«

»Wie peinlich«, sage ich und fange auch an zu lachen.

Er grinst, sagt: »Ach, Quatsch.« Überlegt. Dann: »Aber war da irgendwas los? Ich hätte dich nicht so eingeschätzt, dass du an einem Dienstag ein paar Bier zu viel trinkst.«

»Hab mich falsch eingeschätzt an dem Abend«, sage ich.

»Passiert.«

»Mir eigentlich nicht. Aber, na ja, sorry auf jeden Fall.«

»Warum die Lehrjahre?«, wechselt er das Thema.

»Klassisch halt, bin aber noch nicht so weit.«

»Was reizt dich denn an dem Buch?«

Puh, Faszination. Das ist ja das Problem. Wenn ich die nicht hätte, wäre alles einfacher. Dann würde ich einfach BWL studieren.

Ich trenne mit der Gabel ein großes Stück vom Käsekuchen ab und schiebe es in den Mund.

Er lächelt wieder. Beobachtet, wie ich kaue. »Gut, oder?«, meint er.

Ich nicke mit vollen Backen. Versuche, ordentlich aufzukauen. Sage dann: »Mich fasziniert das Konzept von Entwicklung in dem Buch. Dieser Gedanke, dass man seine Persönlichkeit in der Auseinandersetzung mit dem Theater ausbilden kann. Dass das Theater nicht nur Spielort, sondern auch Projektionsfläche ist, die einen selbst verändert. Dass man da etwas über sich und seine Rolle in der Gesellschaft erfährt.«

Robin schaut mich die ganze Zeit aufmerksam an, während ich rede. Lange. Diese Ruhe in seinen grünen Augen. Ich schaue weg. Manchmal habe ich das Gefühl, dass er direkt in mich reinschaut. Was irgendwie schön ist, aber gleichzeitig auch gruselig.

»Vielleicht ist es das, was uns heute fehlt. Vielleicht müssten alle mehr ins Theater«, sagt er schließlich.

»Das Theater von damals ist heute Reality-TV«, antworte ich.

»Warum?«

»Ich glaube, das wird aus einem ähnlichen Bedürfnis geschaut«, sage ich und frage mich, woher plötzlich mein Mut zum Schwadronieren kommt. Erkläre: »Also, bloß so eine Idee.« Dann: »Aber beim Theater, dem antiken vor allem, gibt es diesen Begriff der Katharsis, vielleicht kennst du den? Auf jeden Fall geht es da darum, dass man sich etwas auf der Bühne anschaut und durch das Mitfühlen mit den Charakteren eine Form der Reinigung erfährt, also inneren Frieden, Ausgeglichenheit. Weil man dabei Gefühle miterlebt, mit den Charakteren, die man sich selbst nicht zugesteht oder die man verdrängt hat. Und bei Reality-TV geht es ja dauernd nur um rohe Emotionen, also meistens geskriptet, aber viele schauen das trotzdem und fühlen sich danach irgendwie besser, sonst wäre das ganze Fernsehprogramm ja nicht voll davon.«

Robin nickt. Schaut mich dabei nachdenklich an. Sagt dann: »Aber meinst du echt, das hat mit Mitgefühl zu tun? Ich habe eher den Eindruck, dass viele sich bei diesen Sendungen besser fühlen, weil es angenehm ist, Leuten zuzusehen, die sich noch bekloppter verhalten, als sie sich selbst fühlen.«

»Hm, ja, stimmt schon«, antworte ich. »Aber das würde ja heißen, dass man sich nicht so sehr mit den Charakteren identifiziert, sondern sie sich anschaut, um sich dabei selbst aufzuwerten. Das wäre schon ziemlich traurig.«

»Deshalb mehr Theater«, sagt Robin.

»Ja, du hast mich überzeugt. Studium doch nicht umsonst«, sage ich.

»Ach Quatsch. Machst du dir da Sorgen?«, fragt er.

»Schon ein bisschen.«

»Eigentlich sind unsere Themen gar nicht so verschieden«, meint Robin.

»Wieso?«

»Politikwissenschaft ist doch nicht wirklich anders als Theaterwissenschaft. Wir analysieren Menschen und ihr Handeln, nur in unterschiedlichen Kontexten.«

»Jetzt verstehe ich alles.«

»Im Ernst«, fährt Robin fort. »In Politik beschäftigen wir uns auch viel mit der Frage, was Identität heute bedeutet, mit einer Identitätskrise, die viele empfinden. Durch die Globalisierung, das Internet, die transnationalen Beziehungen, länderübergreifende Umweltprobleme. Es sind immer weniger die Ländergrenzen, die unser Identitätsgefühl prägen. Da fühlen sich viele mit überfordert. Und das macht empfänglich für die Argumente von Populisten, weil die Sicherheit und Zugehörigkeit versprechen.«

»Hm, dann verordne ich allen einen Theaterbesuch. Für mehr Empathie mit sich selbst. Und dann hoffentlich auch mit anderen«, sage ich.

»Du bist süß.«

Käsekuchen. Volle Konzentration auf den Käsekuchen. Bloß nicht rot werden.

Robin lacht. Ich auch. Es ist eigentlich gar nichts witzig, aber etwas in mir fühlt sich auf einmal anders an. Entlädt sich in unserem sinnlosen Lachen. Jetzt würde ich ihn gerne berühren, dicht zu ihm auf die Bank rutschen und ihm einfach irgendwie näher sein, aber ich traue mich nicht. Ich bin so verdammt unerfahren. In solchen Momenten fällt es mir besonders auf. Wenn's drauf ankommt, bin ich so unfähig. Unfähig, einen Schritt auf Robin zuzumachen. Wahrscheinlich bin ich doch zu verklemmt, wie Fanny sagt. Zu gewohnt, mich nach einem Kompliment direkt zu verabschieden, wenn ich es überhaupt wahrnehme. Oder zu distanziert, wenn jemand dann doch zu viele Schritte auf mich zumacht. Und dann ist man plötzlich zweiundzwanzig und hatte noch nie einen Freund.

Wenigstens lachen wir.

»Wollen wir noch woandershin?«, fragt Robin.

Ich nicke. Wir zahlen. Einzeln.

Draußen ist es nicht mehr nur grau. In das Grau hat sich ein Stich Rosa gemischt. Wir laufen zurück über den Landwehrkanal, über die Prinzenstraße und dann rechts in die Gitschiner Straße rein. Immer weiter Richtung Kotti, keine Ahnung, wohin genau eigentlich. Dabei reden wir wenig, ein knisterndes Schweigen. Irgendwie schön.

Kurz vorm U-Bahnhof fragt Robin: »Hast du Lust, ins Hotel zu gehen?«

Was? Ich will was sagen, aber Robin fängt an zu lachen. Hat das Erstaunen scheinbar in meinem Gesicht gelesen. Erklärt: »Die Hotel Bar, hier gleich um die Ecke. Warst du da noch nicht?«

»Doch klar!«, lüge ich.

Plötzlich: »Miihiila!« Ein winkender Arm zwischen den parkenden Autos am Straßenrand. Karin. Unauffällig im schwarzen langen Mantel, aber der aufgeplusterte Bob lässt keinen Zweifel zu.

Shit!

Sie kommt auf uns zugedackelt. Karin hat so eine komische Art zu laufen, immer nur winzige Trippelschritte, vielleicht liegt es an den engen Bleistiftröcken, die sie immer trägt.

»Du bist bestimmt der Robin«, sagt sie und streckt Robin mit ihrem breitesten Grinsen die Hand entgegen. Punktlandung Karin. DER Robin, jetzt weiß er, dass ich zu Hause über ihn geredet habe. Schlimmer. Er weiß ja nicht mal, dass ich noch halb zu Hause wohne. Jetzt denkt er, ich rufe meine Eltern extra an, um ihnen von ihm zu erzählen.

Robin schüttelt Karins Hand. Sagt: »Ja, und Sie sind?«

Karin spitzt ihre schmalen Lippenstiftlippen zu etwas, das wohl ein verschmitztes Lächeln darstellen soll, und sagt: »Karin Küster, Freundin der Familie.« Dann: »Verzeih mir die Neugier, Berufskrankheit.«

»Journalistin?«, fragt Robin.

»Genau.« Karin lacht ihr piepsiges Lachen und fährt sich durch die Haare, als hätte er ihr ein Kompliment gemacht.

»Ah, interessant, print oder online?«, fragt Robin.

»Ach, Hauptsache, es glitzert!«, trällert Karin.

Ich glaube, ich muss kotzen.

»Ah«, sagt Robin und nickt. Aber ich sehe eine winzige Nuance Skepsis in seinem Gesicht.

»Und du?«, fragt Karin. »Du schreibst doch auch?«

»Bloß frei, meistens für den *Montag*«, antwortet er.

»Ach, das ist ja eine ganz andere Ecke«, lacht Karin. »Verdient man da heut noch was?«

»Das ist mir jetzt nicht das Wichtigste«, sagt Robin.

Karin überspielt seine Aussage mit ihrem gezwungenen Gepiepse. Zuppelt an ihrem Kragen herum. Dann verabschiedet sie sich endlich.

Ich warte darauf, dass Robin irgendwas sagt. Mich

nach Karin oder meinen Eltern fragt. Aber wir ziehen weiter die Kottbusser Straße hoch, schweigend. Ein ungewöhnlich angenehmes Schweigen. Wir biegen links in die Mariannenstraße ein. Über einem Fenster verkünden die großen verkratzten Lettern HOTEL.

Das Innere der Bar ähnelt dem Café A. Horn. Es ist aber viel kleiner und stilistisch noch überspitzter, so als hätte man noch mal drei Filter drübergelegt. Ein bisschen wie eine Filmkulisse. Kleine Blümchensträußchen in Glasvasen wie alte Parfümflaschen, die von der Decke baumeln und von einzelnen Scheinwerfern beleuchtet werden. Auf die unverputzten Wände wurden Bilder gemalt, links an der Bar sticht ein weißer Elefant auf Rädern auf blauem Hintergrund hervor. Wenn das hier nicht romantisch ist, dann weiß ich auch nicht. Würde mich jetzt nicht wundern, wenn eine Kellnerin gleich in einem weißen Nachthemd mit Blumenkranz hereinschwebt, um unsere Bestellung aufzunehmen.

»Hier könnte ich wohnen!«, sage ich zur Decke.

Die kleine Couch neben der Bar ist noch frei. Die Kellnerin kommt zu uns, kein weißes Nachthemd, stattdessen ganz in Schwarz, blondierte Haare mit schwarzem Ansatz. Wir bestellen Club Mate. Auf der Couch lehnt sich Robin ins Polster. Winkelt ein Bein übers andere, legt den Kopf zurück und schaut zu mir. Fragt: »Wo wohnst du eigentlich?«

»Charlottenburg-Wilmersdorf.«

»Echt?«

»Ja.«

»In einer WG?«

»Nee, alleine.«

Robin fährt sich durch die Haare, überlegt: »Ich glaube,

das wär mir auf Dauer zu einsam. Ist schon nett, wenn immer jemand in der Wohnung ist.«

»Hm«, sage ich und nicke. Lehne mich auch zurück, schlage ein Bein übers andere und drehe den Kopf zu Robin. Seine Augen. Schaue wieder weg, in die Blumendecke. Blumen überall. Und angenehmes Licht. Und im Hintergrund singt irgendwer irgendwas, das alt und wahnsinnig schön klingt. Ob er das extra vorgeschlagen hat?

Die Kellnerin stellt uns die Flaschen hin, geht wieder hinter die Bar.

»Siehst du deine Eltern noch oft?«, frage ich.

Robin nickt. »Schon, also verhältnismäßig. Ich fahre alle zwei, drei Monate nach Frankfurt zu meiner Mutter, meine beiden Schwestern sind ja auch hier.«

»Sind deine Eltern getrennt?«, frage ich weiter.

Er faltet die Hände vorm Bauch. Schaut plötzlich so müde aus. Ich nehme einen großen Schluck von der Club Mate.

»Mein Vater ist gestorben«, sagt er.

Ich verschlucke mich fast an der Mate, muss husten. Sage: »Das tut mir leid.« Ich weiß nicht, was ich sonst sagen soll. Mit so was hatte ich nicht gerechnet. Irgendwie bin ich so fest davon ausgegangen … Ja, wovon eigentlich? Das andere Familien keine Probleme habe? Nein. Aber bei ihm nicht. Weil er immer so ruhig, so aufgeräumt wirkt. So einen Verlust hätte ich nicht dahinter vermutet.

»Man lernt irgendwann, damit klarzukommen. Er ist gestorben, als ich dreizehn war, Krebs«, sagt er langsam.

»Tut mir total leid«, wiederhole ich noch mal.

Er schaut bloß auf den Boden. Fummelt am Schnürsenkel seines rechten Schuhs herum. Dreht die Schlaufe um seinen Zeigefinger. Schweigt. Wahrscheinlich wäre jetzt der Zeitpunkt, seine Hand zu nehmen. Damit er nicht am Schnürsenkel rumfummeln muss. Damit er weiß, dass er nicht allein ist, dass ich mitfühle. Oder ist das zu viel?

Ich hätte nicht fragen sollen.

Er sieht von seinem Schnürsenkel auf. Guckt mich an. Und dann nimmt er plötzlich meine Hand. Hält sie in seiner Linken, lässt meine Finger zwischen seine gleiten, bis unsere Hände ganz fest ineinander liegen, zu einer einzelnen verschmelzen.

Wieder dieses Kribbeln, wieder von der Brust in den Bauch bis in meine Fingerspitzen.

Er streichelt meine Hand, schaut nur noch auf unsere Hände, als wolle er beobachten, ob das passt. Das mit uns.

»Was hast du so für die nächsten Tage geplant?«, frage ich und versuche, dabei ganz beiläufig zu klingen.

»Ich will eine Hausarbeit zu Ende schreiben. Werde nicht viel weggehen«, meint er. Fügt hinzu: »Morgen ist aber eine Vernissage, von der Freundin eines guten Freunds, ab 19 Uhr. Im Eigen + Art Lab. Fanny kommt, glaub ich, auch.«

Fanny. Fünf Tage ist unser Streit jetzt schon her, fünf Tage Funkstille. Bin ich zu stolz, um mich zu melden? Nicht wegen der Sache mit den Typen, das ist mir eigentlich egal. Es gibt mehr, was zwischen uns steht. Rückzug ist wahrscheinlich immer auch eine Demonstration von Macht. Es signalisiert, dass man zur Not auch ohne den anderen kann. Vielleicht eine Art Erziehungsmethode, wenn man das bewusst einsetzt. Kalter Pragmatismus, wenn es einem eh egal ist, weil man sich heimlich längst verabschiedet hat. Ich will mich nicht verabschieden.

»Alles okay?«, fragt Robin.

»Klingt gut«, sage ich knapp.

»Dann schick ich dir ’ne Einladung bei Facebook.«

Ich nicke. Frage: »Du nutzt das schon noch öfter, oder?«

»Facebook? Nur als Adressbuch und für Veranstaltungen eigentlich. Bin eher auf Twitter.«

»Social Media ist so ein Zeitfresser«, sage ich.

»Und manchmal ein ziemlicher Stimmungskiller«, fügt er hinzu. »Welche nutzt du noch?«

»Ach, keine wirklich aktiv. Aber ich schaue mir schon viel auf Instagram an. Ist auch irgendwie Scripted Reality.«

Robin lächelt. Fragt: »Und welchen Z-Promis folgst du so?«

»Fanny!«, antworte ich lachend, halte inne, spüre wieder die Traurigkeit. Lenke ein: »Ich kann mich nicht erinnern, jemals einen Star verehrt zu haben, so sehr, dass ich sein Leben ständig auf Instagram oder sonst irgendeinem sozialen Netzwerk verfolgt habe.«

Ich frage mich, wie das sein muss, wenn man so ein richtiger Fan ist. Wenn man jeden Morgen als Erstes an seinen Star denkt, sehnsuchtsvoll und ein bisschen zerrissen, wie in einer guten Fernbeziehung. Ist das dann eine Ersatzbeziehung? Oder ist das wie in diesen kaputten Beziehungen, in denen der eine dem anderen nachspioniert, weil er sie mehr will als sie ihn? Wie in Fannys Beziehungen. Wo sie den Typen sagt, dass sie nun mal Zeit für sich braucht. Was sie dann aber nicht davon abhält, ihre Zeit für sich mit Selfies auf Instagram zu verpulvern, was die Männer vielleicht noch mehr schmerzt und doch weiter anzieht. Ob das so rum ist, bei Papa und der Gramont? Ob ich deshalb so an der Gramont klebe?

»Ist wahrscheinlich auch nicht so gesund«, sagt Robin.

Definitiv nicht, denke ich. Mit ihm könnte ich wahrscheinlich ewig darüber und über das Theater und vielleicht sogar Politik philosophieren. Wenn er nur meine Hand hält, so ein schönes Gefühl. Der Rest ist mir plötzlich egal.

In seiner Berührung verfliegt die Zeit. Irgendwann vibriert sein Handy. Er zieht es aus der Hosentasche, sagt: »Schon so spät, krass«, und lächelt.

Ich suche nach meinem Portemonnaie in der Jackentasche. Frage: »Wollen wir langsam los?«

Wir gehen zum U-Bahnhof Kottbusser Tor. Mittlerweile ist es längst dunkel, aber hier am Kotti, zwischen Neubaublocks und Dönerbuden, dem Monarch und dem Kaisers-Treffpunkt, verschwimmen Tag und Nacht. Wir schlängeln uns durch grölende, euphoriegeladene Grüppchen von Leuten. Vielleicht Touristen, die heute ihre erste Nacht in Kreuzberg durchfeiern. Machen einen Bogen um die Dealer, die jeden noch so kurzen Augenkontakt als Einladung verstehen, einem Gras oder was weiß ich anzudrehen.

Wir steigen die Stufen zur U1 Richtung Uhlandstraße hoch und Robin legt dabei den Arm um meine Schultern, ganz beiläufig. Ich traue mich nicht, ihm in die Augen zu sehen, lächle nur auf die Treppenstufen. Eine Berührung und alles ist wieder rosa, wie macht er das?

Oben am Gleis löst er sich wieder von mir. Fragt: »Willst du?« Er hält mir eine Packung tic tac hin.

»Ja, danke«, sage ich und strecke die Hand aus. Wir lutschen unsere tic tacs, warten, schweigen. Was sagt man in sechs Minuten? Die Frage erübrigt sich. Ein Mann mit abgewetzter Jacke und leerem Blick kommt auf uns zu. Läuft gekrümmt, die Schultern vornübergebeugt. Sagt:

»Ihr seid ja ’n hübschet Paar. Habt’a vielleicht ’n Euro für wat zu essn?«

Mein Mund fängt an, ganz bescheuert zu grinsen. Der Mann scharrt mit den Füßen, kratzt sich am Kopf. Will wahrscheinlich nur nett sein. Robin grinst nicht. Ist vielleicht unschlüssig, ob er das mit dem Paar jetzt überhören soll. Greift still in seine Hosentasche, zieht sein Portemonnaie hervor und drückt dem Mann ein Zweieurostück in die Hand.

Der Typ sagt: »Ey, danke, Mann, genießt den Abend!« Und zieht wieder ab.

Mein Mund grinst immer noch, als hätte mir jemand die Mundwinkel Richtung Ohren festgetackert.

Schweigen.

Der Bahnsteig ist übersät mit Kaugummiabdrücken.

Noch fünf Minuten.

Was, wenn er mich zum Abschied küsst?

Vier Minuten.

Was, wenn er mich nicht küsst?

Drei Minuten.

Was, wenn ich ihn küsse?

Zwei Minuten.

Scheiß drauf, ich mach’s.

Ich lehne mich dicht zu Robin vor, schaue ihm dabei in die Augen. Ohne Ausweichen, ganz direkt. Er legt seine rechte Hand auf meine Schulter, ganz sanft. Gänsehaut. Hält den Blick. In dem Moment, in dem sich unsere Lippen berühren, fängt alles an zu kribbeln, als sei ich plötzlich eine riesige Flasche mit rosa Sprudelwasser. Ich spüre seine andere Hand an meinem Hals. Den Geschmack von Pfefferminze auf seinen Lippen, der sich zu seinem Parfum mischt. Alles mint-rosa-golden.

Als ich die Augen wieder öffne, kommt die Bahn. Ich trete zurück, muss wieder grinsen. Verabschiede mich, nur mit einer Handbewegung. Mir fehlen die Worte, ich habe nur noch Farben. Ich steige in den Waggon der U1, setze mich auf den einen freien Platz in den Sechser, schaue nochmal über die Schulter aus der Fensterscheibe.

Robin lächelt. Das schönste Lächeln der Welt.

7. KAPITEL

Zur Schau gestellt

Sonntagmorgen. WhatsApp.

Ich: Können wir reden?

Eine Minute später. Fanny: Willst du mir noch 'n Vortrag halten?

Ich: Nein, es tut mir leid!!

Fanny: Ok. Mir auch. Dann das Grinse-Emoji.

Ich: Wann kannst du?

Fanny: Bin in Neukölln. 18 Uhr N&H?

Nathanja & Heinrich. Eine Mischung aus Café und Bar. Unverputzte Wände innen. Und im Sommer kann man davor auf den Bänken rumsitzen und versuchen, gut auszusehen, oder in einer Couchecke entspannen und gut aussehende Leute beobachten oder im Raucherbereich räuchern. Man muss nicht mal sein Macbook mitbringen, um dazuzugehören. Die sind ausnahmsweise verboten.

Fanny: Sonst morgen.

Ich: Nee, passt, bis später.

###

Später. Vor dem Nathanja & Heinrich. Keiner davor. Drinnen gemütlicher, als ich es in Erinnerung hatte. Angenehmes Licht. Keiner glotzt. Ich gehe um die Bar in der Mitte herum, grüße. Fanny sitzt ganz hinten, auf der Couch an der Wand. Spielt mit einer ihrer Locken, während sie sich mit zwei Typen am Nebentisch unterhält. Sie trägt Schwarz, ihre Haut und die roten Haare leuchten förmlich.

Ich bleibe kurz stehen, fühle mich fehl am Platz, überflüssig. Dabei sind wir doch verabredet.

Fanny winkt. Ich gehe zu ihr, Umarmen, Händeschütteln mit den beiden Typen. Kurzes Schweigen. Die Typen wenden sich wieder ihren Biergläsern zu. Scheinen erkannt zu haben, dass ihre Zeit abgelaufen ist.

Ich setze mich zu Fanny auf die Couch, die erstaunlich bequem ist. Lehne mich zurück und betrachte die Leute an der Bar und den Tischen, als würde ich auf einer Zuschauerbank im Theater sitzen. Wende mich an Fanny. »Tut mir leid. Ich wollte dir keinen Vortrag halten, ist grade einfach Chaos bei mir«, erkläre ich.

Fanny lässt sich in die Couch zurücksinken und lehnt ihren Kopf an die Wand, schaut versöhnlich, sagt: »Ist okay. Was ich zu dir gesagt hab, war auch nicht cool.«

Ich nicke. Überlege. Soll ich wirklich ehrlich sein? Sagen, dass mich das schon stört, ihre ständige Selbstvermarktung auf Instagram? Nee, nicht per se. Aber dass sie uns dafür zurückstellt, wie Mona ja auch gesagt hat. Das schon. Und dass ich manchmal das Gefühl habe, dass sie uns gar nicht richtig zuhört, bloß wartet, bis sie endlich erzählen oder die nächste Story drehen kann.

»Erzähl doch mal von Robin, vielleicht kann ich helfen«, sagt Fanny. Sie schlägt ein Bein über das andere und wippt freudig mit dem Fuß auf und ab.

Vielleicht liegt es auch an mir. Vielleicht erzähle ich einfach so wenig, dass es gar nichts gibt, bei dem sie mal zuhören kann. Aber über Robin reden? Oder über meine Eltern? Über ihre Eltern spricht sie selbst auch ganz selten. Und noch viel weniger, seit ihre Mutter zurück nach Paris gegangen ist. Nie über ihren Vater, von dem weiß ich nur, dass er Deutscher ist und ihre Mutter und sie verlassen hat, als Fanny grade mal drei oder vier war.

»Also?«, fragt Fanny und schaut mich neugierig an. »Robin?«

»Vielleicht«, sage ich. »Du hattest ja auch irgendwie recht mit dem, was du gesagt hast. Ich habe wirklich keine Ahnung.«

Ich nehme die Karte, die vor mir liegt, und starre ein bisschen rein, ohne zu lesen.

»Frag mich doch einfach!«, sagt Fanny und lacht fröhlich.

Ich zögere, sage dann in die Karte: »Ich fühle mich einfach, als ob ich die ganze Zeit hinterm Mond gelebt hätte. Ich hab von nichts eine Ahnung. Ich mein, ich hab nicht mal Tinder.«

»Da hast du auch nicht viel verpasst!«, sagt sie.

»Ja, das sagt ihr immer, aber ich fühl mich trotzdem wie ein Außenseiter, wenn ihr die ganze Zeit davon redet«, antworte ich.

Fanny nimmt mir die Karte aus der Hand und legt sie auf den Tisch vor uns. Sagt: »Du nimmst doch eh immer Club Mate oder Weißwein, oder?« Lächelt. Ich nicke. Sie springt von der Couch auf, hüpft zur Bar und kommt kurze Zeit später mit zwei Weingläsern zurück. Stellt beide vor uns ab, streckt dann ihre Hand in meine Richtung aus und sagt: »Gib mir dein Handy.«

»Warum?«, frage ich und hole es aus meiner Jackentasche, reiche es ihr.

Fanny nimmt es entgegen, greift nach meiner Hand, meinem Daumen, drückt ihn auf den Knopf und entsperrt mein Handy. Ich schaue bloß zu und nippe am Weißwein.

Sie öffnet den App-Store, tippt *Tinder* ein und dann auf Download.

»Wie willst du heißen?«, fragt sie, ganz selbstverständlich, so wie: Was magst du trinken?

Darüber habe ich noch nie nachgedacht. Dass man sich ja alle möglichen Namen geben kann, eine ganz neue Identität eigentlich. Noch krasser als auf Instagram, eine bessere Version von sich, ein komplett neues Ich mit neuem Namen, gleich noch Beruf, Hobbys, was auch immer.

»Elinor«, sage ich.

Fanny lacht und erklärt: »Ich meinte Mila oder Emilia. Aber gut, warum nicht?«

»Ach so«, sage ich und spüre, wie meine Wangen rot werden. Ich habe mich so an meinen Spitznamen gewöhnt, dass ich manchmal ganz vergesse, dass ich eigentlich Emilia heiße. Bis auf Papa nennen mich schließlich alle Mila.

»Und dein Alter? Zweiundzwanzig soll bleiben?«

»Ja, passt.«

»Gut die Bio sparen wir uns, oder? Warte, ich schreibe einfach: Hello there und dann ein Emoji.«

Ich nicke.

»Jetzt brauchen wir nur noch ein Profilbild.« Sie öffnet meine Bildergalerie und beginnt zu suchen, scrollt, sucht, scrollt und kräuselt dabei die Stirn.

Ich habe fast keine Bilder von mir, weil ich eben so gut

wie nie fotografiere. Mir kommt einfach selten der Gedanke, etwas festzuhalten. Wenn ein Moment schön ist, reißt mich das Fotografieren nur raus, wenn er nicht schön ist, dann muss ich ihn auch nicht festhalten. Deshalb sieht mein Instagram-Account auch so leer aus, grade mal zehn Bilder habe ich, man kann mich vermutlich nicht mal identifizieren.

Fanny klickt auf ein Bild vom letzten Sommer, das sie von mir geschossen hat. Ich in kurzen Jeans-Hotpants, die Haare glitzernd, vom reflektierenden Sonnenlicht, an eine Mauer im Park gelehnt. Das Bild ist mehr Beine als irgendwas anderes.

»Das ist doch gut«, sagt sie.

»Da seh ich meganackt aus«, wende ich ein.

»Quatsch, ist doch voll schön«, sagt Fanny.

Also gut.

Fanny stellt alles ein. Meine Zustimmung überrascht mich selbst. Vielleicht ist es Elinor, der neue Name, der mir das Gefühl gibt, dass das hier ein Spiel ist. Der mir Distanz verschafft, mich weniger entblößt oder angreifbar macht.

Das ist es ja auch, was viele am Schauspielern reizt. Dass man in eine andere Rolle schlüpfen kann, nur das von sich preisgibt, was der Rolle und ihrer festgelegten Handlungsstruktur entspricht. Dabei Seiten von sich lebt, die man sonst vielleicht eher unterdrückt. Ähnlich auch wie beim Mitfühlen mit den Schauspielern, wenn man ein Theaterstück schaut. Wobei man da noch mehr Distanz hat, auch einfach gehen kann, um sich wieder abzugrenzen.

»Was reizt dich eigentlich so am Schauspielern?«, frage ich Fanny.

»Hm, schon, dass man sich da ausleben kann«, sagt sie, überlegt, dann: »Komisch, irgendwie hinterfragt man das irgendwann gar nicht mehr so. Aber, hm, ja, ein ganz bestimmtes Gefühl. Das gibt mir so viel. Das Gefühl, dass ich irgendwie gesehen werde. Wahrscheinlich schon eine Ego-Sache, total das Klischee.« Sie lacht.

Ich nicke.

»Aber jetzt lenk nicht wieder von dir ab!«, sagt Fanny und schaut auf mein Handy. Tippt. Sagt schließlich: »Okay, done! Wie wär's mit dem hier?«

Sie hält mir mein Handy unter die Nase.

Darauf: Michael, dreiundzwanzig, Unternehmer. Anzug, Proll-Uhr, Porno-Brille.

»Boah, nee!«, sage ich sofort, halte mir die Hände vor den Mund und fange an, laut zu lachen.

Was für eine heftige Abneigung ein einziges Bild in mir auslösen kann. Von einem Menschen, den ich gar nicht kenne. »Sorry, voll fies«, füge ich hinzu.

»Tinder halt«, meint Fanny und zuckt mit den Schultern.

Wir wischen weiter. Es fühlt sich irgendwie gemein an, aber ein bisschen Schadenfreude ist da auch. Wie Robin gesagt hat, wie bei Reality-TV.

Ich sage: »Nein, nein. Nein, nein, nein. Nein. Nein, nein. Warte. Nee, auch nein.«

»Nicht mal der?«, fragt Fanny und zeigt das Bild eines Typen, der in Jogginghose posiert, seinen Fuß hat er auf einem Tisch abstellt und in den Händen eine Bohrmaschine, die er wie einen Revolver hält.

Wir prusten laut los.

»Doch, der hat Humor«, sage ich, schüttele dann aber trotzdem den Kopf.

Fanny betrachtet weiter die Bilder und lacht irgendwann so doll, dass sie fast von der Couch rutscht. Die Typen am Nebentisch schauen von ihren Biergläsern hoch und enttäuscht herüber. Fanny setzt sich wieder grade auf die Couch und wischt weiter. Währenddessen baut sich in meinem Kopf langsam eine kleine Sozialstudie zusammen. Ich weiß nicht, was ich von Tinder erwartet hatte. Aber ich kann mich nicht erinnern, jemals so viele Männer auf einem Haufen gesehen zu haben, die sich dermaßen exponieren. So viele Waschbrettbäuche, melancholische Blicke und Prolls mit Statussymbolen, angeblich alle über 1,80. Und es soll noch mal jemand sagen, Männer wüssten nicht, was sie wollen. Hier wissen alle ganz genau, was sie suchen: Angefangen von ONs (One-Night-Stands heißt das laut Fanny) bis Seelenverwandtschaft ist alles dabei, schön verpackt in die Profilbeschreibung. Es fasziniert mich schon ein wenig und ich bin überrascht über die heimliche Genugtuung, die das ganze Gepose in mir auslöst. Darüber, dass Männer ihren Körper hier genauso präsentieren und inszenieren, wie ich es sonst nur von Frauen kenne. Irgendwie traurig, aber zumindest reduzieren sich hier alle auf ihr Äußeres, völlig geschlechterneutral.

Ist das das Resultat eines gesellschaftlichen Wandels, in dem sich die Geschlechter nicht nur auf dem Arbeitsmarkt, sondern auch im Privaten, in der Art, wie sie einander sehen, angleichen? Oder ein Akt der Verzweiflung in einer immer digitaleren Welt, in der keiner mehr Zeit für Kaffeetrinken und Clubs hat?

Mein Resultat nach bestimmt einer Stunde Wischen fällt ziemlich bescheiden aus: Zweimal darf Fanny nach rechts wischen, ungefähr zweihundertmal nach links. Ich hätte nicht gedacht, dass ich so anspruchsvoll bin, aber was kann man auch aus ein paar Bildern schon schließen?

Typ 1 von 2 schreibt plötzlich: Hi there. Und das Grinse-Emoji.

Ich schaue Fanny an, irritiert, keine Ahnung, ist das jetzt wie ein WhatsApp-Chat? Frage: »Und jetzt? Soll ich zurückschreiben?«

Fanny lacht und meint: »Ja, warum nicht?«

Ich: »Was, wenn der dann nur Müll erzählt? So toll finde ich ihn, glaub ich, doch nicht.«

»Dann verabschiedet sich Elinor halt.«

»Und wenn der megatoll ist und ich ihm dann erst mal erklären muss, dass ich gar nicht Elinor heiße?«

»Unwahrscheinlich«, sagt Fanny und lacht, »aber dann ist es halt so.«

Typ 1 schreibt weiter: Bist du so heiß, wie dein Outfit vermuten lässt?

Fanny tippt: Klar. Und das Grinse-Emoji.

Ich sage: »Spinnst du?« Und versuche, ihr das Handy wieder abzunehmen.

Typ 1: Noch besser wäre ohne Outfit.

Ich sage: »Irgs, was für ein Weirdo!«

Fanny tippt: Wird man da nicht verhaftet, wenn man nackt im Park rumsteht?

Typ 1: Verhaftet wegen sexy vielleicht.

Fanny prustet laut los. Sie legt das Handy auf den Tisch und hält sich den Bauch vor Lachen. Meint: »Der ist so billig, der Spruch, dass er schon fast wieder gut ist.«

Ich knirsche: »Fanny, ich kotz gleich auf das Handy. Lösch das jetzt!«

Sie sagt: »Mann, das ist doch nur Tinder-Talk«, löst dann aber das Match auf. Wischt weiter.

Ich habe keine Lust mehr. Starre nur noch teilnahmslos geradeaus, zu den Leuten, die sich über Weingläsern unterhalten, was doch tausendmal angenehmer ist als dieses bescheuerte Rumwischen.

»Alter, ich glaub's nicht«, ruft Fanny plötzlich.

Hält mir das Handy unter die Nase. Darauf: Robin, sechsundzwanzig, Journalist. Ich bin völlig fassungslos. »Warum ist er auf Tinder?«

Sie antwortet: »Mann, beruhig dich, alle sind auf Tinder, du doch jetzt auch.«

Dann guckt sie mich schelmisch an und spitzt ihren rosa Kussmund. Fragt: »Eifersüchtig?«

»Nö, gar nicht«, sage ich und versuche, gelassen zu klingen.

»Na ja ihr hattet ja erst zwei Dates, oder?«, fragt Fanny.

Klar, das geht noch nicht lange mit uns, was hatte ich erwartet? Dass er nach gestern sofort sein Profil löscht? Ich habe den ganzen Morgen an ihn gedacht, aber er vielleicht gar nicht an mich. Ich hatte das Rosa-Sekt-Gefühl im Bauch, aber er vielleicht bloß Club Mate. Vielleicht fand er den Kuss nur so mittel, vielleicht findet er mich langweilig.

»Drei Dates«, murmle ich.

Fanny wischt nach rechts.

Ich rufe: »Bist du bescheuert?« Rudere mit den Armen, versuche, ihr das Handy aus der Hand zu reißen, aber sie zieht schnell genug weg. Sagt: »Willst du nicht wissen, ob er dich matcht?«

»Nein!«

Sie schaut irritiert, gibt mir das Handy zurück.

»Mann, wo löscht man den Scheiß?«, frage ich.

»Einstellungen«, sagt sie.

Meine Finger suchen hektisch die Einstellungen, klicken

nervös auf der Tastatur herum, bis ich den Befehl gefunden habe. App löschen. Zack.

Fanny kann manchmal echt so eine blöde Kuh sein. Sie schaut mich immer noch erstaunt an. Ihr naiv-süßes Püppchen-Erstauntsein. Dann sagt sie: »Du bist verliebt«, und grinst.

Ich verschränke die Arme vor der Brust und presse die Lippen zusammen. Fixiere zwei Leute an der Bar, die grade ausgiebig lachen, und versuche, an gar nichts zu denken.

Gar nichts.

Gar nichts.

Gar nichts.

»Tut mir leid«, entschuldigt sich Fanny. »Mila, es tut mir wirklich wirklich leid. Du magst so was ja nicht. Es tut mir leid.«

Ich nicke.

»Komm einfach mit zur Vernissage«, sagt sie und schaut versöhnlich, fügt hinzu: »Er müsste auch kommen. Das ist doch schön? Ich freu mich wirklich für dich. Und das wird schon. Er findet dich toll, ganz bestimmt.«

»Ich weiß nicht«, sage ich.

»Ich halt auch die ganze Zeit meine Klappe«, sagt Fanny und klimpert mit den Wimpern.

»Von wem ist die Ausstellung eigentlich? Welche Richtung?«, frage ich.

»Ach, ich kenn die nicht wirklich. Hab sie irgendwann mal in 'ner Barrunde kennengelernt, ziemlich crazy. Aber ihre Sachen sind cool, Feminismus und so.«

Ich sage: »Vielleicht.«

Sie: »Emma kommt auf jeden Fall.«

###

Eine halbe Stunde später sitzen wir in einem CleverShuttle. Von Neukölln nach Mitte. Straßenlichter in der Dämmerung, Passanten in dicken Jacken. Alles zieht eilig an uns vorbei. Fanny hantiert mit ihrem Make-up-Döschen, starrt in den Spiegel, pudert sich mit dem runden Schwamm die Nase, zieht Lippenstift nach.

Der Fahrer, vielleicht Mitte vierzig, hellblaues Hemd, stellt zum Glück keine Fragen, das finde ich immer unangenehm. Deshalb fahre ich nie allein mit einem Taxi, CleverShuttle, Uber oder was es sonst alles gibt. Fanny fährt dafür nie mit den Öffentlichen. Weil es ihr zu voll ist oder weil die Leute sie nerven, scheinbar mehr als die Taxifahrer. Wenn ich sie frage, schaut sie jedes Mal entrüstet. Rümpft die Nase, als würde sie sich fragen, wie ich sie und U-Bahn in einen Satz packen kann. Dabei gehören öffentliche Verkehrsmittel doch dazu, zu unserer Alltagsrealität. Aber vielleicht will sie die einfach nicht sehen.

Auf der Torstraße steigen wir aus. Laufen zur Nummer 220. Eigen + Art Lab steht auf einem kleinen weißen Schild, aber nichts und niemand hier.

»Durch den Hinterhof«, sagt Fanny und zeigt auf den Durchgang. Ich entdecke eine geöffnete Tür. Davor ein rosa Mantel, Emma. Mit Plastikbecher in der einen und Zigarette in der anderen Hand. Unterhält sich mit einem Typen mit Hipsterbrille und Schnurrbart.

»Wie cool, dass ihr kommt!«, ruft sie uns entgegen und lässt ihren Zigarettenstummel zu Boden fallen, walzt ihn mit dem dicken Absatz ihrer schwarzen Stiefelette platt und umarmt uns überschwänglich. Ist wahrscheinlich nicht ihr erster Sektbecher. Der Typ neben ihr nickt uns zu. Mehr nicht. Lächelt auch nicht. Wie sich das für einen richtig coolen Hipster gehört.

»We'll talk later«, sagt Emma zu ihm und schiebt uns Richtung Eingangstüren.

Er nickt noch mal und zieht an seiner Zigarette. Mehr nicht.

Drinnen ist noch nicht viel los. Vielleicht so zwanzig Leute. Viel pastellfarbenes Licht auf den weißen Wänden. Dielenfußboden. Rechts neben einem Regal ein kleiner weißer Tisch in Würfelform, auf dem Getränke und Becher aufgestellt sind. Auf der linken Seite an der Wand zwei große rosa schimmernde Skulpturen, Ovale in Scheiben. Blumen?

»Vulven!«, ruft Fanny.

Ah. So eine Veranstaltung ist das hier.

Fanny läuft näher an die rosa Skulpturen heran, stellt sich direkt davor. Ruft plötzlich: »Hah, ich bin drin!« Sie lacht in die spiegelnde Skulptur, greift in ihre Jackentasche, zu ihrem Smartphone und fotografiert sich in der Reflexion der Skulptur.

Hätte ich mir auch denken können, dass es um Vulven geht. Seit ein paar Jahren geht es gefühlt dauernd darum, ein richtiger Trend. Vor allem das mit den Früchten – Orangen, Grapefruits, Mandarinen. Kann alles jugendschutzgerecht als Vulva-Motiv in seriösen Online-Artikeln herhalten. Hauptsache, rund und mit Loch in der Mitte, wo ein Finger reinpasst. Alles im Zeichen des Feminismus natürlich. Ich weiß ja nicht.

Befeuert diese Darstellung von Vulven nicht die Selbstzweifel so vieler Frauen? Bevor irgendjemand auf die Idee gekommen ist, einen Artikel darüber zu schreiben, dass ihre Vulva nicht (!!!) hässlich sei, wusste ich gar nicht, dass sich Frauen über so was Gedanken machen. Zu kleine Brüste, zu viel Bauch, ja, alles schon gehört, aber jetzt auch noch die Vulva, die man hässlich finden kann? Ich dachte, die sieht halt immer irgendwie nach Vulva aus. Legen Männer da wirklich Wert drauf? Pellt ein Mann eine Frau aus ihren Klamotten und dann sagt er: Nee, die ist mir zu hässlich?

Fanny fängt an zu gackern, den Kopf über ihr Handy gebeugt.

Emma läuft zu ihr, ich hinterher. Jetzt stehen wir alle drei vor dem Riesending. Glänzende, spiegelnde Folie mit Blumenmustern, die zu einzelnen Wulsten zusammengerollt und dann zu einem Oval geschichtet wurden. Darin: dunkelblau, schwarz, rosa, die Farben unserer Mäntel im Spiegel, Fannys Gesicht und Ausschnitte von Emmas und meinem neben ihrem.

»Ein schönes Bild von uns«, sagt Emma und stimmt in Fannys Lachen ein.

Ich frage: »Findet ihr bei diesen ganzen Vulven auch manchmal, na ja, dass das schon too much information ist?«

Fanny schaut mich entrüstet an. Sagt: »Too much? Man kann gar nicht genug davon zeigen!«

Sie kichert weiter in den Spiegel, lässt ihre Locken dabei auf und ab tanzen. Greift eine von ihnen und wickelt sie um den Zeigefinger. Mustert sich dabei in der Spiegelmitte.

»Kennt ihr diesen Kuchen, wo ein Babykopf aus 'ner Muschi kommt?«, fragt Emma. »Das ist wirklich too much.«

Keine Ahnung, was sie meint, aber ich will's mir sicher nicht angucken.

»Also, die Sache mit der Anatomie versteh ich ja noch«, sage ich. »Frauen sollen wissen, was der Unterschied zwischen Vulva und Vagina ist. Man sollte wissen, wie der Körper aufgebaut ist und funktioniert. Wobei, ich meine, ganz ehrlich: Wisst ihr wie viele Knochen in eurem Fuß sind? Also ich nicht. Und soll ich jetzt auch ein paar Muffin-Füße backen, einfach weil Füße halt schon ein Wunderwerk der Schöpfung sind?«

Emma und ich fangen an zu lachen, aber Fanny stimmt nicht mit ein. Schaut mich bloß schmunzelnd an und meint: »Ja, aber beim Fuß wissen wir alle, wie wir ihn benutzen ...«

»Ach komm, du Expertin«, lenkt Emma ein und nimmt ihr das Handy aus der Hand, macht eine Schnute und hält es sich vors Gesicht, als würde sie ein Selfie machen.

»Mann!«, ruft Fanny und versucht, es ihr wieder zu entreißen.

Ich werfe einen unauffälligen Blick nach links. Die Leute in der Galerie schlendern mit unbeeindruckten Gesichtern über die Dielen, haben wahrscheinlich schon tausend Vulvaskulpturen gesehen. Robin scheint noch nicht da zu sein. Hoffentlich kommt er nicht grade jetzt, wo wir vor diesen Dingern stehen. Und dann stellt er sich daneben und fragt: Ja und, was denkst du so über dieses Kunstwerk? O Gott, bloß nicht. Ich trete zwei Schritte zurück, auf etwas hinter mir, Schuhe. Fahre herum. Schaue in das Gesicht eines Typen. Stammle: »Sorry, hab dich gar nicht registriert.«

Er sagt: »It's fine.« Winkt ab. Unterhält sich mit einem Typen neben sich, der eine von diesen schwarzen Mützen trägt, die irgendwie nichts Halbes und nichts Ganzes sind, so als Kopfbedeckung. Beide blicken in die Vulva, der mit der Mütze macht ausladende Handbewegungen, als würde er dem anderen grade das theoretische Konzept der Vulva erklären. Form follows function, oder so was.

»Seht ihr«, raune ich Emma und Fanny zu, »das meine ich. Was hat das mit Feminismus zu tun, dass jetzt zwei Typen eine Vulva anglotzen?«

Emma wirft einen Blick über die Schulter. Zieht die Augenbrauen hoch, schmunzelt. Raunt zurück: »Ist doch besser, als wenn's immer nur um ihr Ding geht.«

Fanny schaut zu ihr, mustert erst sie, dann die Typen hinter uns. Dann räuspert sie sich und sagt mit einer schnörkeligen Handbewegung: »Diese Kunst ist natürlich ein treffendes Exempel für den neuen Zeitgeist. Ein neues Selbstverständnis von Frauen und auch von unserer Gesellschaft, ganz allgemein.« Sie hebt die rechte Hand und zeichnet die ovalen Konturen der Skulptur in die Luft.

Die beiden Typen hinter uns sind plötzlich verstummt. Emma grinst.

Fanny räuspert sich noch mal, fährt fort: »Von der kultischen Bedeutung des Phallus in der Steinzeit zum Fruchtbarkeitssymbol in der Antike bis hin zur rustikalen Theorie über Penisneid, von einem, ähm ja, alten weißen Mann, haben wir hier die Antwort auf die Überrepräsentation des Phallus in der Geschichte der Menschheit: die Vulva.«

Emma macht ein ergriffenes Gesicht und legt sich die rechte Hand auf die Brust, wie zum Singen der Nationalhymne, haucht: »Mic Drop.«

Dann gehen wir wortlos an den Typen vorbei, weiter in den hinteren Teil der Galerie. In den offenen Raum nach links, wo die Leute vor einer Spiegelfläche stehen. Emma und Fanny ziehen ihre Jacken aus, klemmen sie unter die Arme. Fanny bahnt sich den Weg bis nach vorne zu den Spiegeln, wir hinterher. Bis wir etwa einen guten Meter vor der Wand stehen.

Eine riesige Spiegelwand, auf die lebensgroße nackte Frauen ohne Gesichter gemalt wurden, bloß schwarze dicke Konturen. Eins, zwei ... zehn Stück, die ganze Wand entlang. Mit langen voluminösen Haaren, die sich um leere Kopfovale schmiegen, auf schlanken Figuren mit schlanken Kurven, alle genormt, wahrscheinlich das gleiche Model. Aber in unterschiedlichen Posen: Eine hält die Hände vor den Schritt, eine stützt sie selbstbewusst in die Hüften, die nächste lässt die Schultern müde oder depressiv nach vorne hängen. Zehn unterschiedliche Stimmungszustände, dicht nebeneinander, alle nackt, alle schön. In den Konturen die Spiegelung der Gäste: Wintermäntel, Hipstermützen, roter Lippenstift.

Fanny stellt sich hinter die Frauenkontur, die die Hände in die Hüften gestützt hat. Tritt einen Schritt zurück, bis Kopf und Konturen auf ihre Größe passen. Stützt ebenfalls ihre Hände in die Hüften, so wie die Konturen es vorgeben. Mustert mit zusammengekniffenen Augen ihr Spiegelbild, zieht den Bauch ein und sagt: »Alter, die Taille hätte ich auch gern.«

Emma streift am Spiegel entlang, macht einen Bogen um zwei Frauen in weißen Blusen, die sich dicht beim Spiegel unterhalten. Geht alle zehn Konturen ab, beobachtet dabei, wie ihr Kopf von selbstbewusst zu schüchtern zu stark übergeht. Ihre große schlanke Figur in Schwarz, von der Jeans bis zum langärmeligen Shirt, fügt sich in alle Konturen. Fanny wirft ihr einen neidischen Blick zu, schaut dann wieder in ihre Kontur, zieht noch mal den Bauch ein und richtet die Schultern zurück.

Ich stelle mich vor die Frauenfigur, die die Schultern hängen lässt und nach unten schaut. Mache sie nach. Fühle mich tatsächlich gleich schlechter, wahrscheinlich ist das gewollt. Betrachte die depressiv nackten Konturen auf meinem Mantel.

Robin, Robins Kopf über meiner rechten Schulter. Ich zucke zusammen. Eine rosa Welle fährt durch meinen Körper und mein Herz fängt an zu klopfen. Wir umarmen uns.

Er sagt: »Hey! Du bist ja da!«

Lächelt, während mein Herz immer wieder gegen meine Brust tanzt. Fanny und Emma kommen zu uns, er umarmt beide. Dann ziehen sie weiter, schmunzeln dabei viel zu offensichtlich.

»Seid ihr schon lange da?«, fragt er.

»Nee«, antworte ich.

»Und wie findest du's?«, fragt er. Schaut auf die Spiegelwand, sieht meine Reflexion, umgeben von der schwarzen Frauenkontur der Depressiven.

Ich denke: Nackt. Sage: »Nett.« Was wahrscheinlich das Undifferenzierteste und Belangloseste ist, was jemals ein Mensch in einer Galerie gesagt hat. Aber plötzlich fühle ich mich wie auf einer dünnen, wackeligen Brücke, über die ich ohne Absicherung laufen soll. Wie der Typ im Gemälde, der schreit.

Robin schaut mich merkwürdig an. Sagt auch nichts. Eine Ewigkeit. Vermutlich hat mein Schweigen ihn angesteckt.

Meine rechte Hand fährt über meinen Nacken, ich reibe unsicher an meinem Hals herum. Die Frauen in Blusen schlängeln sich an uns vorbei. Ein Typ im roten Pullover stellt sich vor die Spiegelwand, mustert sich.

»Ein Freund von mir kommt gleich, wollte noch mal kurz vor die Tür«, sagt Robin in unsere peinliche Stille.

»Okay«, antworte ich.

Er geht.

Das ist jetzt wirklich komisch gelaufen. Dabei hatte ich mich so gefreut, ihn wiederzusehen. Fanny und Emma kann ich auch nirgends entdecken. Sind wahrscheinlich draußen und rauchen. Eine Frau in Rot und ein Mann treten vor den Spiegel. Sie gibt ihm einen Kuss auf die Wange. Selbstbewusst sieht sie aus, irgendwie unnahbar. Mit ihrem perfekten Lidstrich und diesen aalglatten Haaren im Zopf. Sie betrachtet sich im Spiegel, den Kopf leicht schräg zur Seite gelehnt, die rechte Hand auf die Schulter des Typen gestützt. Sie ist alles, was ich nicht bin.

Ich drehe mich um, laufe zur anderen Seite. Bleibe hinter einem Typen stehen. Vor ihm eine hohe Wand, noch ein Stück größer als er, auf die ein Video projiziert wird, eine Tänzerin. Er schaut ihr zu, geht ein Stück nach rechts, schlendert dann weiter zu den Getränken im Eingangsbereich. Gibt den Blick frei auf die ganze Projektorwand.

Ich stelle mich direkt davor. Betrachte die Tänzerin. Bloß sie ist abgebildet, in einem weißen Raum. Sie hat die blonden Haare locker zu einem Dutt gebunden, ziemlich markante dunkle Augenbrauen, ihr Körper fast nackt, hautfarbene Unterwäsche. Sie hat so was Verträumtes, Kindliches in ihrem Blick. Sie schaut nie direkt in die Kamera. Bewegt ihre Arme in großen Bahnen, spielt dabei mit einem langen rosa schimmernden Stoff. Hüllt sich darin ein, dreht sich wieder aus, lässt ihn durch ihre Hände gleiten und lässt ihn dabei nicht aus den Augen. Wirft ein Stoffende in die Luft, fängt es wieder auf. Freut sich wie ein Kind, das einem Schmetterling hinterherjagt. Selbstverloren im Spiel, in der eigenen Fantasiewelt. Plötzlich ist sie verschwunden.

Die Projektionsfläche weg, leer, durchsichtig, ich, im Spiegel, dahinter. Mein erschrockenes Gesicht.

Das ist Glas, das Video muss auf reflektierendes Glas projiziert worden sein, schnellt es durch meinen Kopf. Dahinter eine zweite Fläche, Spiegel. Ich. Zu viel, es ist zu viel.

Ich drehe mich um. Gehe Richtung Ausgang, an Emma, Fanny und Robin vorbei. Nach draußen. Atme. Frische Luft, Zigarettenrauch. Weiter über den Hof, bis ich auf der Torstraße stehe.

Atme, alleine.

###

Zurück in meiner Wohnung, werfe ich meine Jacke und Tasche über meinen Schreibtischstuhl. Ziehe erst Schuhe, dann Pullover, Hose, Socken, BH und Unterhose aus, bis ich nackt neben meinem Schreibtisch stehe. Genauso nackt wie alles, was ich die letzten zwei Stunden gefühlt habe. Gehe ins Badezimmer, zum Spiegel, ziehe den Wasserhahn hoch und spucke ins Waschbecken. Wieder diese ekelhafte Süße im Mund. Meine Zunge tastet den Zahninnenraum ab. Glatte Oberfläche, eigentlich sauber. Aber dieser Geschmack, widerlich.

Ich nehme meine Zahnbürste aus dem Becher und drücke eine dicke Schicht Zahnpasta auf den Bürstenkopf. Dann putze ich, schrubbe, alles. Fast mechanisch, nach Anleitung: Kauflächen-Außenflächen-Innenflächen, KAI, wie ich es als Kind gelernt habe. Dann noch mal jeden Zahn einzeln, hintereinander. Spucke ins Waschbecken, rosa Schaum. Atme tief durch. Gehe unter die Dusche. Stelle auf heiß. Drehe voll auf. Lasse den Duschkopf in der Halterung stecken und stelle mich darunter, unter den prasselnden heißen Regen, der vom Gesicht bis über meinen ganzen Körper strömt. Streiche mit beiden Händen über meinen Körper, von den Schultern über die Arme, von meinen Hüftknochen bis zu meinen Knien, alles noch da. Setze mich unter den heißen Strahl, ziehe die Beine dicht an meinen Körper, schließe die Arme darum. Warte, bis meine Gedanken, die Bilder von nackten Frauen, riesigen Vulven und der Tänzerin weggespült werden, bis ich endlich nur noch meinen Körper spüre. Ich schließe die Augen. Stelle mir vor, dass die Sonne auf mich herabscheint. Wärme und Salzgeschmack in der Luft. Der Wind auf meiner Haut, mehr nicht.

Als ich die Augen wieder öffne und das Wasser abschalte, ist meine Haut knallrot. Ich trockne mich ab, wickle das Handtuch um meine nassen Haare, nehme meinen pinken Schlafanzug von der Heizung und ziehe ihn an. Dann rolle ich mich in mein Bett. Greife nach meinem Handy, WhatsApp, Mädels-Chat. Schreibe: Sorry, hab Kopfschmerzen bekommen, meld mich morgen.

Copy. Robin. Paste. Dann stelle ich den Wecker auf 7 Uhr. Schließe die Augen, versuche, ruhig zu atmen. Nicht mehr an die Ausstellung und die Tänzerin zu denken. Nur noch meinen Körper zu spüren und alles andere auszublenden.

###

Der graue Gummiboden unter meinen Füßen glänzt. Ich bin alleine, die anderen sind schon weg. Damit ich mich noch mehr anstrenge? Damit ich zeige, dass ich die Ballettübungen schon kann? Schwanensee, unsere Musik läuft noch. Und dann eine Stimme, hinter mir. Gibt Anweisungen. Weiter. Ich verstehe nicht, was er will. Ich bewege mich zur Musik. Strecke die Arme, die Zehenspitzen. Ich soll zeigen, dass ich es kann, dass ich mich anstrenge. Aber mein Körper gehorcht nicht. Ich will es doch zeigen. Aber ich falle immer wieder um, habe zu wenig Kraft, zu wenig Spannung in den Flügeln. Warum gehorcht mein Körper denn nicht? Warte, ich kann es, wirklich! Ich probiere es wieder und wieder. Aber breche zusammen. Liege am Boden. Warum bin ich plötzlich nackt? Die Wände kommen näher, der Raum schrumpft, bis er auf meinen Körper drückt.

###

Ich richte mich im Bett auf, hebe die Decke, sehe meinen Pyjama. Fahre mir mit meinem Unterarm über die Stirn, wische den Schweiß weg. Ich knipse die Lampe neben meinem Bett an. Suche mein Zimmer, meine Möbel, meine Anziehsachen auf dem Boden ab. Alles noch da. Alles beim Alten. Alles nur ein Traum. Die Bilder, das Gefühl, die Angst treibt langsam fort. Bloß ein Albtraum. Ich bin hier, hier in Sicherheit.

4:05 Uhr, sagt mein Handy. Ich lehne mich erschöpft zurück in mein Kissen. Spüre die Müdigkeit in meinen Gliedern. Bloß ein Traum.

8. KAPITEL

Chaos im Kopf

Die Regenwolken am Himmel schweigen. Schicht für Schicht, grau in grau, bis durch die Fensterscheiben in mein Zimmer. Überall feuchtes Grau, das sich wie Zigarettenrauch in den Möbeln und Kleidern festgesetzt hat, sie zu Boden drückt, mich. In meinem Kopf tobt es, Zigarettenrauchwirbel.

Das Geräusch des Weckers tönt wie eine Sirene. 8 Uhr. 8 Uhr am Montag. Immer wieder blitzt das laute Piepen ins Grau. Aber mein Arm hängt fest an der Matratze. Will nicht, kann nicht. Ich weiß nicht, wie oft ich schon die Snooze-Taste gedrückt habe. Vielleicht drei- oder viermal? Ich rolle nach links zu meinem Nachttisch, streife die leere Kaffeetasse, bekomme mein Handy zu fassen und stelle den Wecker aus. Dann WhatsApp. Schreibe Mona: Hey, schon was

Löschen. Ich starre auf die Handytastatur. Buchstabenwolken, die sich nicht in einen vernünftigen Satz bewegen lassen wollen. Atmen, noch mal.

Ich tippe: Mona, hast du kurz Zeit?

Senden.

Zwei graue Häkchen.

Atmen.

Zwei blaue Häkchen.

Anruf.

»Hey, was gibt's?«, fragt Mona. Ihre Stimme klingt wach, hell, tönt klar durch das Grau zu mir durch, beruhigt mich sofort ein bisschen.

Ich versuche, genauso klar zu antworten, aber mein Kiefer fühlt sich starr an, lässt bloß ein raues Gestammel durch meine Zahnreihen hindurch. »Es ist mir … na ja, also meine Klausur«, ich halte inne. Sage schließlich: »Ich schaff das so nicht.«

»Ist was passiert?«, fragt Mona. Ihre Stimme klingt plötzlich ganz fest.

»Nein, nichts, nein. Ich bin irgendwie, ich krieg's einfach nicht auf die Reihe. Nicht in dem Zustand«, höre ich mich weiterholpern.

»Versuch, ruhig zu atmen«, sagt Mona. »Soll ich zu dir kommen?«

»Nein. Nein, hier sieht es aus, als hätte 'ne Bombe eingeschlagen.«

»Ist doch jetzt egal.«

»Nein«, antworte ich bestimmt. Dafür reicht meine Kraft noch.

Mona lässt nicht locker: »Willst du dann zu mir kommen? Ich muss auch lernen. Ich kann uns Frühstück machen und dann setzen wir uns zusammen ran.«

Ich überlege. Antworte: »Okay.«

»Bist du sicher?«

»Ja, danke.«

»Soll ich dich abholen?«

»Nein, sind doch bloß fünfzehn Minuten Weg.«

»Okay, aber ruf an, wenn's nicht geht.«

Ich glaube, Mona ist die Meisterin aller Krisen. Ich glaube, man könnte wahrscheinlich mit allem zu ihr kommen, in jedem Zustand, und sie würde mit dieser ruhigen, starken Stimme antworten. Sich dann mit einem hinsetzen und die Sache Schritt für Schritt durchgehen.

Mich durchströmt ein Gefühl von Dankbarkeit, ich kann wieder durchatmen, ganz tief in den Brustkorb, als hätte sich dort ein Knoten gelöst.

Ich setze mich auf die Bettkante, stehe irgendwann auf und gehe ein bisschen hin und her, schaue aus dem Fenster in den grauen Himmel. Beschließe, mir Sachen herauszulegen und duschen zu gehen. Suche meinen blauen Riesenpullover im Schrank, auf dem Stapel über dem Schreibtischstuhl, auf dem Fußboden. Beschließe irgendwann, nachdem Mona schon zweimal durchgeklingelt hat, unter die Dusche zu gehen und mir danach etwas anderes zum Anziehen rauszusuchen. Gehe ins Bad, um meine Zähne zu putzen. Stelle irritiert fest, dass mein Spiegelbild meinen dunkelblauen Pullover schon angezogen hat. Langsam scheine ich Alzheimer oder so was zu kriegen.

###

Bis ich die Wohnung verlasse, vergehen in etwa zwei Stunden. Zwei Stunden, um zu duschen, mich anzuziehen und meine Englischsachen zu packen. Zwei Stunden, in denen ich noch dreimal mit Mona telefoniere, versuche, sie davon zu überzeugen, dass ich den Weg aus meinen Nebelschwaden wirklich alleine finde.

Erst als ich die Haustür aufstoße und die kalte Luft inhaliere, konzentriert sich mein Inneres. Endlich. Die

Wolken in meinem Kopf verdichten sich zu festen Gedanken, der graue Nebel verschwindet Schritt für Schritt. Meine Füße bewegen sich über die Niebuhrstraße, um die Ecke und dann auf die Kantstraße, Richtung Mona.

Vielleicht wäre es gar nicht so schlecht, noch ein Semester länger zu machen? Dann hätte ich mehr Zeit. Noch ein Semester, bevor ich mich entscheiden muss, wie es weitergeht. Noch ein Semester eingebettet in meinen gewohnten Strukturen, statt nackt ins Ungewisse zu springen.

Schritte, Atmen.

Das kann doch alles kein Zufall sein. Wollte ich das Chaos, grade jetzt? Wollte ich das mit meinen Eltern nicht vielleicht genau jetzt rausfinden, so kurz vor der Prüfung? Vor meinem Abschluss.

Schritte, Atmen.

Aber für das Facebook-Foto konnte ich ja nichts. Und das hat alles losgetreten. Aber wäre ich unter anderen Umständen deshalb misstrauisch geworden? Wäre ich in Papas Büro gegangen und hätte nach Antworten gesucht und den Brief gefunden?

Ich gehe weiter die Kantstraße entlang, atme schwer, als sei ich es nicht gewohnt zu laufen. Vor Monas Haustür halte ich an. Zögere. Spüre plötzlich ein Gefühl, das die Wolken zuvor so gut verhüllt haben, die Panik, sie trifft mich wie ein Schlag in den Bauch, der Gedanke, dass ich versagen werde. Diesmal wirklich. Ich habe die Kontrolle verloren. Wie konnte das nur passieren?

Klingeln. Treppen. Im dritten Stock bin ich völlig aus der Puste.

Mona steht im Türrahmen, die Haare glatt und ordentlich hinter die Ohren gekämmt, im dunkelblauen Pullover mit V-Ausschnitt. Schaut mit besorgten Augen durch ihre

Brillengläser. Sagt: »O Mann, du siehst echt fertig aus.« So, als würde ihr erst jetzt, trotz vier Telefonaten, wirklich bewusst werden, in was für einem Zustand ich mich befinde.

»Mir geht es schon besser«, antworte ich.

In Monas kleiner Zweizimmerwohnung spüre ich immer sofort, dass das ihre Wohnung ist. Wenn sie ans andere Ende der Welt ziehen und alles hierbleiben würde, dann müsste ich bestimmt nur über die Türschwelle gehen und schon wäre sie da. Wie eine Reflexion. Alles hier ist Mona. Die Billy-Regale im kleinen Flur, insgesamt die pragmatische Ikea-Einrichtungskombination in jedem Raum, ohne Schnickschnack, bloß die ganzen Pflanzen und angenehm bunte Bilder, die von den Wänden leuchten, keine Ahnung, wer die gemalt hat.

»Wow«, sage ich mit Blick auf den Tisch im Wohnzimmer. Sie hat aufgetischt wie bei einem Frühstücksbuffet im Restaurant: Käseplatte, Obst, Kaffee und aufgeschäumte Milch in einem Extrakännchen.

Mona lächelt bescheiden, gießt mir Kaffee in die Tasse und schiebt ordentlich Milchschaum aus dem Kännchen darauf.

Früher gab es bei Mona nie Milchschaum. Als sie noch bei ihren Eltern in Wedding gewohnt hat, zu sechst in einer kleinen Vierzimmerwohnung. Oft hatten sie nicht mal Milch, wenn ich am Wochenende bei ihr übernachtet und am nächsten Morgen mit ihr gefrühstückt habe. Mich hat das nie gestört, das mit der Milch. Überhaupt, dass es immer ziemlich wenig Auswahl beim Essen gab und alles eben nicht so schick aussah wie bei mir zu Hause. Ich fand das immer interessant, vielleicht auch einfach, weil es so anders war. Dafür war immer was los bei Mona. Mit ihren drei kleinen Geschwistern, mit denen wir dauernd Verstecken und Fangen und Theater gespielt haben. Mann, die Theatervorführungen! Wie wir uns mit bunten Tüchern verkleidet und uns Fantasiestücke ausgedacht haben, die wir dann Monas Eltern vorführen mussten. Und die haben sich echt auf die kleine Couch im Wohnzimmer gehockt und geklatscht, dabei waren die Stücke, so im Nachhinein aus Erwachsenenperspektive, bestimmt total schlecht. Aber für Kreativität hatten ihre Eltern immer was übrig. Das war ihr Leben, ihr Lebensentwurf, für den sie sich wohl trotz aller finanziellen Umstände entschieden haben. Ihre Mutter, die als Klavierlehrerin wahrscheinlich den Großteil des Familieneinkommens verdiente. Und auch ihr Vater, der als Schriftsteller tagelang in seinem Zimmer hockte und bei dem ich mich damals oft fragte, was er da drinnen eigentlich genau machte. Ich kann mich nicht erinnern, dass er in den ganzen zehn, nein zwölf Jahren, die ich Mona nun kenne, jemals ein Buch veröffentlicht hat. Aber irgendwie funktionierte es bei ihnen. Und auch wenn es nicht für fünf Käsesorten reichte, Geld für Monas Ballettstunden hatten sie.

»Willst du nichts?« Monas klare Stimme holt mich schon wieder aus den Gedanken. Ihre braunen großen Augen mustern mich, als würde sie den Flächeninhalt meines Gesichts berechnen. Sie schiebt ihr Brille nach hinten. Hält mir den Brotkorb mit Vollkornbrotscheiben hin.

»Doch, doch. Ich muss wirklich was essen«, antworte ich und nehme zwei Scheiben Brot heraus. Falte eine Scheibe in zwei Hälften und beiße in den Rand.

»Es gibt auch Brotaufstrich, ne«, sagt Mona und schaut

zu, wie ich die Brotscheibe mit zwei Bissen in meinem Mund verschwinden lasse.

Ich nicke, kaue, wende ein: »Ja gleich, mein Bauch fühlt sich noch ein bisschen aufgewühlt an.«

Wenn der Stress wenigstens im Kopf bleiben würde. Aber nein, er muss ja immer bis in den Bauch runterziehen. Reicht ja nicht, dass sich im Kopf alles dreht.

Manchmal, vor allem wenn ich Bauchschmerzen habe, wird mir wieder bewusst, wie sehr doch alles von unseren Körpern abhängt. Wenn die nicht mehr funktionieren, dann funktioniert nichts mehr. Egal wie viel Zeit wir im Internet verbringen und egal wie viel technischen Fortschritt wir noch erfinden. Irgendwas an diesem Gedanken beruhigt mich immer. Holt mich auf den Boden zurück. Vielleicht die Banalität des Ganzen.

»Okay«, sagt Mona, legt ihr Messer auf ihrem Teller ab und verschwindet aus dem Raum. Nach ein paar Sekunden steht sie wieder am Tisch mit Block und Stift in der Hand.

»Verordnest du mir jetzt 'ne Therapiesitzung?«, frage ich und muss schmunzeln.

Mona setzt sich im Schneidersitz wieder auf ihren Stuhl und beginnt zu schreiben. Überschrift: *Milas Prüfung*. Dann schaut sie mich wieder an und sieht dabei so unbeeindruckt professionell aus, wie ich mir das auch beim Therapeuten vorstelle, wenn man da als Wrack auf die Couch kommt und sie dann Stück für Stück versuchen, einen wieder zusammenzuflicken.

»Also«, sagt sie ernst, »wann genau schreibst du?«

»Mittwoch, 10 Uhr«, antworte ich.

Mona notiert. Sagt: »Also noch heute und morgen und vielleicht Mittwoch früh, je nachdem, wann du aufstehst. Wie viel hast du bis jetzt vom Stoff drauf?«

»Nicht genug«, sage ich und klappe die nächste Brotscheibe zusammen. Überlege laut: »Also, ich weiß ungefähr, was aus jeder Sitzung prüfungsrelevant ist, und da war jetzt auch nichts dabei, was ich nicht verstanden hab.«

Mona schaut von ihrem Block auf. Fragt erstaunt: »Warum bist du dann so im Stress? Also mit dem, was du weißt, würdest du bestimmt bestehen?«

»Na ja, mit 'ner 4,0 will ich da jetzt auch nicht durchrutschen. Das versaut mir den ganzen Schnitt«, sage ich.

Mona schaut weiter irritiert. Zieht ihre Tasse zu sich, löffelt den Milchschaum ab.

In Jura ist es natürlich anders. Da ist man schon froh, wenn man besteht, egal mit welcher Note. Mein Stress ist mit ihrem nicht vergleichbar. Schließlich sitzt sie neben ihrem Studentenjob in der Kanzlei seit Wochen jeden Tag um 8 Uhr am Schreibtisch, um für das Staatsexamen zu lernen, ein komplettes Jahr für die wichtigste Prüfung im ganzen Studium. Und wenn sie die Klausuren verhaut, sieben, glaube ich, in einer Woche, dann muss sie alle noch mal schreiben und noch mindestens ein halbes Jahr dranhängen.

»Sorry, ich halte dich hier total vom Lernen ab«, sage ich.

»Ach, Quatsch«, antwortet Mona und stellt die Tasse wieder ab. »Ich hab dich ja extra herkommen lassen und es scheinen ja nicht nur die Prüfungen zu sein.« Sie mustert den Block, sagt dann: »Dir fehlt wahrscheinlich bloß ein bisschen der Fokus. Wir haben gar nicht mehr über deine Eltern gesprochen.«

Sie hebt fragend die Augenbrauen, sucht die Antwort in meinem Gesicht.

»Ich hab einen Liebesbrief gefunden. Von der Schauspielerin«, erkläre ich.

»Also stimmt es«, sagt Mona.

»Ja«, ich hole tief Luft, »das hat mich ziemlich aus der Bahn geworfen. So viele Fragen losgetreten. Da ist nur noch Chaos in meinem Kopf und ich kann nicht damit umgehen, bin dauernd auf Instagram und analysiere ihre Fotos, statt zu lernen. Ich mein, du kennst das, man lenkt sich ab, aber …« Ich halte inne, füge hinzu: »Okay, du vielleicht nicht. Wie machst du das eigentlich?«

»Klar kenn ich das«, gibt Mona zu. Jetzt lächelt sie, ich glaube, das erste Mal, seit ich hier bin. Sie erklärt: »Deshalb hab ich Instagram ja auch vor der Examensvorbereitung gelöscht. Ich mein, vielleicht solltest du das auch machen? Oder zumindest deaktivieren?«

Die Vorstellung, mich einfach von allen sozialen Netzwerken und damit auch von Marie Gramont zu verabschieden, klingt verlockend. Einfach raus, dieses Digital-Detox-Ding. Nur noch real life. Aber seit ich den Brief gefunden habe, seit ich das alles weiß, ist einfach nichts mehr wie vorher. Ich kann zwar Marie Gramont ausklammern, aber ich kann doch vor meinen Eltern nicht so tun, als wüsste ich das alles nicht. Die Realität ist auch nicht mehr das, was sie mal war.

»Das löst den grundlegenden Konflikt aber nicht«, antworte ich.

»Nee, natürlich nicht«, räumt Mona ein, »aber für den hast du vor der Klausur eh keine Zeit. Und das hat jetzt Priorität.« Sie hebt den Zeigefinger und zielt damit in meine Richtung. Sagt ernst über ihre Brillengläser: »Du. Nicht deine Eltern. Deshalb solltest du's bis dahin besser beiseiteschieben. Und alles ausschalten, was dich ablenkt.«

Mona hat recht. Wie immer. Sie zieht die Butterdose zu sich heran und bestreicht in Ruhe ihre Brotscheibe. Trägt eine dünne Schicht Butter von rechts nach links mit der gleichen Präzision auf, mit der sie auch spricht.

Wenn ich sie jetzt erst kennenlernen würde, dann würde ich wahrscheinlich nie darauf kommen, dass sie von Hippieeltern erzogen wurde, die oft nicht mal Butter dahatten. Dass sie vor ein paar Jahren noch an einem Frühstückstisch saß, auf dem höchstens zwei Käsesorten standen und alle wild durcheinanderredeten, die anderen drei Geschwister um die Aufmerksamkeit ihrer Mutter kämpften, schmatzend ihre Spielsachen in der Wohnung verstreuten. Aber schon damals saß Mona genauso ruhig und ordentlich gekämmt am Frühstückstisch wie heute und verteilte präzise die Marmelade auf ihrer Brotscheibe.

Wenn wir uns jetzt kennenlernen würden, würde ich sie vielleicht für ein überambitioniertes Juristenkind halten, das es eilig hat, Mama und Papa zu beeindrucken, indem sie mit dreiundzwanzig ihr Prädikatsexamen nach Hause bringt. Dann würde ich Eltern wie meine erwarten.

»Komm, lass uns anfangen«, sagt Mona.

Sie putzt sich den Mund mit ihrer Serviette ab. Winkt ab, als ich meinen Teller aufhebe, um ihn in die Küche zu tragen. Sagt: »Lass stehen, wir bekommen bestimmt noch mal Hunger. Bloß der Käse und so.«

Nachdem wir Käse, Butter und Milch im Kühlschrank verstaut haben, gehen wir rüber in ihr Zimmer. Das Zimmer mag ich besonders: Der Deckenfluter in der Ecke links, den irgendwie jeder hat, der Schreibtisch daneben, die Regale darüber und auf der anderen Seite ihr Bett. Wirklich wie aus dem Ikea-Katalog.

Aber am meisten faszinieren mich ihre ganzen Pflanzen. Vor allem der kleine Baum, direkt neben der Tür. Der ist jedes Mal ein bisschen voller und größer, wenn ich hier bin. Und auch sonst ist das hier eine Oase. Alles sprüht Chlorophyll. Selbst auf dem E-Piano wächst es. Wahrscheinlich ist es irgendwie logisch, dass man Klavier spielt, wenn einer der Elternteile Klavierlehrer ist.

Mona schiebt ihre Unterlagen auf dem Schreibtisch ein wenig zur Seite. Sortiert die großen Jurabücher auf einen Stapel. Sagt: »Komm, du kannst hier ran.« Sie zeigt auf die freie Fläche neben sich. Geht zum E-Piano rüber und fragt: »Reicht dir der Klavierhocker?«

»Klar«, antworte ich. Dann gehe ich aus dem Raum, hole meinen Rucksack mit meinen Unterlagen und Büchern aus dem Wohnzimmer und setze mich neben Mona.

Vielleicht ist sie die ideale Lernpartnerin für mich. So als Vorbild. Ich kenne auf jeden Fall niemanden, der in so kurzer Zeit eine dermaßen starke Fokussierung beim Lernen erreicht. Wahrscheinlich könnte hier neben ihr ein Hund laut bellen und es würde sie nicht von ihrem Text abhalten.

Ich versuche, auch so konzentriert zu sein. Breite meine Unterlagen und die *English Linguistics* aus, schreibe eine To-do-Liste und welche Sitzungen ich bereits wiederholt habe und was ich noch dringend nachlesen muss.

Normalerweise lerne ich in der Bibliothek. Auch die ganzen Hausarbeiten, die kann ich nur dort schreiben, weil es in der Philologischen ruhig ist. Da wird schon gezischt und genervt geschaut, wenn bloß einer flüstert. Aber in der Bibliothek ist es immer so einsam. Das Studium überhaupt, so hatte ich mir das alles eigentlich nicht vorgestellt. Besonders, wenn's um die Leistungen, die

Noten geht. Da steht man nach dem ganzen Gelaber und den gemeinsamen Kaffeepausen nach den Vorlesungen und Seminaren dann plötzlich allein da und lernt und schreibt und lernt und schreibt allein in sein Thema hinein, in das eigentlich nur der Professor eingeweiht ist und sonst niemand, und der hat für Nachfragen meistens keine Zeit, man ist schließlich nur eine Matrikelnummer von vielen. Und das ist die Chance für Instagram, WhatsApp und Facebook, die schieben sich ganz von selbst dazwischen. Weil man eben nicht allein sein möchte.

Vielleicht ist es bei den Juristen auch anders. Vielleicht, weil der Druck deutlich höher ist. Vielleicht, weil man zu einer eingeschworenen Leidensgemeinschaft wird und sich dadurch weniger allein fühlt und dann weniger soziale Netzwerke braucht. Aber vielleicht ist das auch einfach nur Mona.

###

Nach einer Weile klappt sie das große Buch zu, in das sie die ganze Zeit intensiv gestarrt hat, und schaut auf ihre Armbanduhr. »Schon zwei Stunden«, sagt sie. »Ich brauch 'ne Pause.«

Mein Nacken fühlt sich steif an. Nach grade mal zwei Stunden. Ich lasse den Kopf von der linken zur rechten Seite herüberrollen, so wie beim Ballett, wenn wir uns am Anfang aufwärmen.

»Ich bin jetzt schon verkrampft«, sage ich.

»Das können wir ändern«, meint Mona. Sie zieht ihren Laptop unter einem Stapel Papier hervor, stöpselt das Kabel zu den Boxen ein und klickt auf das grüne Spotify-Logo in der Fußleiste.

Zwei Klicks später steht sie auf und jault zu Justin Bieber. Unser heimlicher Teenieschwarm.

»Ou ou hwu, Ou ou hwu.«

Ich muss lachen.

Mona dreht die Arme in Schlangenlinien über dem Kopf, kreist dabei mit der Hüfte und singt in meine Richtung.

Sie zeigt auf mich und winkt mich zu sich herüber. Das ist immer der Moment auf den Juristen-WG-Partys, an dem die Leute sie völlig überrascht anstarren, weil sie das Bild der vernünftigen Jurastudentin, die ihnen in den Seminaren wahrscheinlich bloß durch ihre dauernde Hermine-Granger-Allwissenheit aufgefallen ist, nicht mit der ausgelassenen Nudel zusammenkriegen, die vor ihnen wild mit den Hüften schwingt. Sie sieht dabei irgendwie so niedlich aus.

Mona winkt noch mal, ruft: »Komm schon!« Wackelt mit dem Hintern und fängt an, laut über sich selbst zu lachen.

Ich stehe vom Schreibtisch auf und gehe zu ihr. Fühle mich sofort wieder wie vierzehn, auf Monas Wohnzimmerbühne. Wir sind ein eingespieltes Team. Singen beide.

Nach fünf Liedern von Justin Bieber können wir uns vor Lachen nicht mehr auf den Beinen halten und werfen uns kreischend aufs Bett. Mir ist warm, mein ganzer Körper wie aus dem Winterschlaf erwacht.

Mona rollt sich auf dem Bett herum, schaut zu mir rüber und streckt die Zunge aus dem Mund, macht ihr Boah-bin-ich-fertig-Gesicht.

Früher, als sie noch zu Hause gewohnt hat und wir im Zimmer, das sie sich mit ihrer kleinen Schwester geteilt hat, Justin Bieber gehört haben, ist ihre Mutter manchmal reingekommen und meinte, dass ihr gleich die Ohren abfielen. Justin Bieber konnte Annette überhaupt nicht leiden, wahrscheinlich alle Popmusik, die wir damals so gehört haben. Drei-Akkord-Musik, die man als klassische Pianistin vermutlich wirklich nicht mehr erträgt, weil die ständige Repetition, aufgeputscht mit Synthesizern, getränkt in übertriebene Schnulzigkeit, beim geschulten Gehör einen plötzlichen Hirntod auslöst. Aber wir fanden's gut. Damals. Heute.

Bei Musik ließ Mona sich auch nie reinreden. Das hat mich beeindruckt. Dass sie schon damals wusste, dass Justin Bieber nicht mit Chopin mithalten kann und ihn trotzdem lautstark vor ihrer Mutter verteidigt hat.

»So, jetzt müssen wir aber wieder ran«, sagt Mona und geht zurück an den Schreibtisch. Und nach vielleicht drei Sekunden ist das Lächeln wieder aus ihrem Gesicht verschwunden und sie schaut mit graden Lippen in ihr Buch.

###

Etwa zwei Stunden später. Mein Handy summt. WhatsApp. Mama.

Mona schaut von ihrem großen Buch hoch. Fragt: »Wollen wir noch 'ne Pause machen?«

»Ja«, antworte ich. Halte ihr mein Handy hin und füge hinzu: »Meine Mutter fragt, ob ich zum Essen komme.«

»Boah, kocht Lilly immer noch so viel?«, fragt Mona, grinst und setzt ihre Brille ab, massiert mit Zeigefinger und Daumen die Stellen, auf denen die Brille sonst aufsitzt, und seufzt.

»Willst du tauschen?«, antworte ich.

»Bloß nicht«, sagt Mona und winkt ab, »da würde ich nach einem Monat aufgehen wie ein Hefekloß.«

»Ah, ich hab wieder Hunger«, sage ich und lache.

Mein Bauch fühlt sich tatsächlich so leer an, wie nach neunzig Minuten Ballett. »Willst du wieder zu dir?«, fragt Mona.

»Nö«, antworte ich. Ich stehe auf und laufe zurück in Monas Wohnzimmer. Ich nehme mir eine der Bananen aus der Obstschale. Rufe: »Soll ich dir was mitbringen?«

»Nee, nee«, ruft Mona aus ihrem Zimmer zurück. Kommt dann doch mit ihrer Kaffeetasse in der Hand. Sagt: »Ich mach noch Kaffee, willst du auch noch einen?«

»Ja, why not?«, antworte ich.

Mona holt meine Tasse aus ihrem Zimmer und steuert dann in die Küche. Sie sieht immer noch konzentriert aus, die Augenbrauen zusammengezogen. Ich gehe ihr hinterher. Schaue ihr zu, wie sie die Tassen neben dem Herd auf die Ablage stellt. Dann den silbernen Espressokocher aufschraubt. Mit einem Griff das Sieb mit Kaffeeresten herauspult und den Inhalt mit einem Schlag gegen den Mülleimer in der Tür unter der Spüle entleert.

»Soll ich irgendwas machen?«, frage ich.

»Nee, passt schon«, sagt sie über die Schulter.

»Ist ja wie bei Mama«, sage ich und lache.

Mona grinst und säubert das Sieb unter dem Wasserstrahl, füllt das untere Gefäß mit Wasser auf und greift dann in den Schrank über der Spüle nach dem Kaffeepulver. Streicht das Kaffeepulver genauso glatt wie ihre Butterbrotscheiben, millimetergenau. Dreht dann beide silbernen Teile zusammen und die Herdplatte auf drei.

»Isst du noch jeden Tag bei deinen Eltern?«, fragt Mona.

»Na ja, ja. Mein Vater ist halt oft in Paris und meine Mutter dann viel allein.«

Mona schweigt. Schaut angestrengt, während sie zum Kühlschrank läuft und die Milchkanne herausnimmt. Stellt die Kanne in der Mikrowelle ab und den Timer auf zwei Minuten.

»Gab es bei deinen Eltern auch mal so 'ne Geschichte«, frage ich.

Mona lacht laut auf, aber ohne Lächeln. Irgendwie bitter. Sagt: »Das will ich gar nicht wissen.« Ihre Augenbrauen verschwinden unter ihrem Pony. Dann fügt sie hinzu: »Ach, bestimmt. Irgendwann früher. Die haben diese 68er-Welle schon noch mitgefeiert und da hatten ja viele offene Beziehungen.«

Die Mikrowelle piept und Mona nimmt die Milch heraus. Füllt unsere Tassen jeweils zur Hälfte und hält dann nacheinander den kleinen Milchaufschäumer hinein. Für Milchkaffee hat sie einfach alles da. Sogar verschiedene Sorten Sirup auf dem Schrank über der Spüle.

»Willst du?«, fragt sie, scheint meinen Blick bemerkt zu haben.

»Nee danke«, sage ich.

»Das mit dem Vertrauensmissbrauch ist natürlich schwierig«, sagt Mona. »Auch dir gegenüber.«

Der Espressokocher beginnt zu fauchen. Sie dreht die Herdplatte aus und zieht ihn herunter. Gießt uns ein. Dann balanciert sie unsere Tassen mit Milchschaumhauben zurück ins Wohnzimmer. Klettert wieder auf ihren Stuhl in den Schneidersitz. Fährt fort: »Ich versteh total, dass du dich so viel damit beschäftigst. Dass du dir Sorgen um deine Mutter machst. Da kann man sich schwer distanzieren.«

»Vielleicht muss ich das jetzt lernen«, antworte ich. »Ich mein, eigentlich hab ich nichts mit der ganzen Geschichte zu tun und trotzdem fühle ich mich manchmal, als sei das irgendwie meine Schuld.«

»Du hättest damit früher zu mir kommen sollen«, sagt Mona.

Sie nimmt einen vorsichtigen Schluck aus ihrer Tasse. Löffelt dann aber doch lieber nur den Schaum.

»Ich bitte halt nicht so gern um Hilfe«, sage ich.

»Aber wir sind doch Freundinnen, dafür sind wir da«, meint Mona.

»Vielleicht will ich irgendwie unabhängig bleiben.«

Mona nickt. Wartet.

»Ich weiß normalerweise, wie man Sachen beiseitelegt, und jetzt kriege ich es trotzdem nicht auf die Reihe.«

»Es ist auch okay, dass das Leben mal nicht okay ist.«

Vielleicht kann man nur dann wirklich mal alle seine Gefühle zulassen, wenn man das Denken kurz an jemand anderen abgibt, auslagert. Nur für den Moment.

»Du bittest mich auch nie um Hilfe«, sage ich.

Mona nickt. Sagt: »Stimmt. Ich kann das auch nicht gut.« Und: »Bei Jura ist einem aber auch nicht mehr zu helfen.« Sie grinst.

»Vielleicht hast du dir das genau deshalb ausgesucht«, antworte ich und lehne mich zurück in meinem Stuhl, schlürfe am Kaffee. Den kriegt sie wirklich wie in den Cafés hin.

»Wahrscheinlich bin ich's eh gewohnt«, sagt Mona, »von früher.«

»Aber du hättest nicht Jura studieren müssen. Du hast dich doch freiwillig dafür entschieden, oder?«, frage ich.

»Ach, freiwillig«, sie macht eine Pause. Sagt dann: »Ich

kann mir mittlerweile einfach nichts anderes vorstellen. Ich brauche das, diese klaren Vorgaben, die Strukturen, Fälle lösen, das Ordnen. Das hat mir zu Hause immer gefehlt.«

»Aber es hat bei euch doch auch so funktioniert«, sage ich. Und füge grinsend hinzu: »Weißt du noch, unsere Aufführungen? Gott, wie peinlich!«

Mona lacht nicht, schaut ernst, richtig ernst. »Na ja funktioniert. Ja, weil ich ständig aufgepasst hab. Dass jemand einkaufen geht, oder selbst einkaufen gegangen bin. Und weil ich dauernd auf die Kleinen aufgepasst hab. Weil meine Mutter sich total einen abgearbeitet hat, um uns alles zu ermöglichen. Ohne meinen Vater. Der hat das wenige Geld, was er hatte, bloß in die Schnapssammlung in seinem Zimmer investiert.« Sie nimmt die Serviette von ihrem Teller und poliert damit ihre Gabel.

Ich spüre einen Kloß im Hals. Das habe ich nicht kommen sehen. Da kennt man sich so lange und weiß scheinbar doch so wenig.

»Tut mir leid«, sage ich langsam.

Wir schweigen.

Ich hatte immer dieses Bild von einem Schriftsteller vor Augen, der total in sich zurückgezogen ist. Der eher in seiner Kunst wohnt, selbst mit Familie. Und dass man das von außen sowieso nicht verstehen kann, was da passiert, wenn einer kreativ ist, seine eigene Welt erschafft. Auf dieses Bild passte Hartmut für mich immer perfekt.

»Er hatte auch bessere Phasen«, sagt Mona, »da war er auch ausgeglichener, hat sich mehr gekümmert. Aber manchmal wussten wir alle nicht so richtig, ob er überhaupt noch mal aus seinem Zimmer rauskommt.«

Ich weiß nicht, was ich sagen soll. Erst jetzt fällt mir

auf, wie ruhig Monas Wohnung ist, obwohl sie direkt an der Kantstraße liegt. Doppeltes Fensterglas hier im kleinen Wohnzimmer. Die laute Kantstraße mit ihren ungeduldigen Autofahrern und den vielen Restaurants dringt nicht durch.

»Man kann nur das Beste draus machen«, durchbricht Mona schließlich unser Schweigen.

Ich nicke. Und ich spüre, wie unangenehm ihr das Thema ist. Als hätte sie irgendwie Schuld daran. Als würde sie sich dafür schämen. Wahrscheinlich hat sie es deshalb bisher nie angesprochen.

Mona streicht sich die Haare hinter die Ohren. Ein paarmal, dabei liegen sie schon ganz ordentlich. Dann steht sie auf und wir gehen zurück an ihren Schreibtisch.

9. KAPITEL

Ein Kuss auf die Klausur

Vor Klausuren ist mir immer schlecht. Immer dieses flaue Gefühl im Magen, das erst weggeht, wenn ich den Papierbogen in den Händen halte. Ich schaue durch die Glasscheiben ins Innere der Philologischen Bibliothek. Drinnen auf den grauen Tribünen über dunkelgrauem Teppichboden ist es fast leer. Bloß vereinzelt Köpfe, die in ihre Laptops starren.

9:19 Uhr. Wahrscheinlich macht es nicht viel Sinn, jetzt noch reinzugehen, für vierzig Minuten. Aber irgendwas anderes machen geht auch nicht, lenkt zu sehr ab. Dann lieber den Kopf in Linguistik tauchen, alles andere ausblenden, bloß noch in Formen und Buchstaben denken. Also rein in die Drehtür.

Drinnen gehe ich zu den Schließfächern und verstaue meine Sachen in einem der Fächer. Dann steige ich die Treppen zur ersten Etage hoch. Laufe zwischen Tischreihen und Bücherregalen entlang bis zu den Sitzen mit Blick auf die Eingangsfront. Dort platziere ich meine Skripte ordentlich in zwei Stapeln auf der Tischplatte, das Handy ist im Flugmodus. Setze mich auf denselben Stuhl, auf dem ich gestern schon saß.

Gestern. Ich kann mich fast nicht an gestern erinnern. Nichts erlebt. Nur im Kopf. So viel gelernt, dass ich mich nicht mal an den Hin- und Rückweg zur Uni erinnern kann. Selbst da war ich mit den Gedanken so in meinen Unterlagen, dass ich nicht mal sagen kann, wie das Wetter war.

Doch. Dreimal in der Mensa essen, daran erinnere ich mich. Müsli, dann das Asia-Essen, und um 18 Uhr der Falafelteller. Und das einzige Gespräch des Tages an der Mensakasse mit der Verkäuferin: »Reicht nich. Müssen Se aufladen die Karte.«

Ansonsten pure Isolation. Am Morgen hatte ich alle Apps bis auf WhatsApp vom Handy gelöscht, es dann sogar einfach zu Hause gelassen. Habe erfolgreich den Impuls unterdrückt, mich stattdessen auf dem Laptop bei allen Social-Media-Plattformen anzumelden.

Und dann wieder dieses Aha-Erlebnis, wie immer, wenn ich mal einen Tag kein Instagram, kein Facebook, kein YouTube, kein Netflix anschaue und dann realisiere, wie viel freie Zeit ich dann eigentlich habe – immer das Gleiche. Als würde ich dazwischen vergessen, wie gut mir die Pause tut. So entspannend ohne die neusten geilen Posts, ohne Marie-Gramont-Grinsen, ohne Gedanken an meine Eltern.

Nur abends im Bett noch ein paarmal WhatsApp mit Mona. Und nicht mal Robins Nachricht hat mich aus dem Konzept gebracht. Seine lockere Frage, ob es mir wieder besser geht und wann wir uns wiedersehen. Bloß ein kurzes Herzklopfen, dann wieder Ruhe.

Komisch, dass er mir überhaupt noch mal geschrieben hat nach unserer peinlichen Stille bei der Vernissage. Aber für solche Fragen ist jetzt wirklich keine Zeit.

Ich starre auf meine Unterlagen. Der Ordner mit meinen Notizen. Structure of English, mathematisch anmutendes Fachwissen zu Morphologie, Syntax und Semantik, mit denen sich die englische Sprache aus jedem erdenklichen Blickwinkel komplizierter aufdröseln lässt und mich – je länger ich darüber nachdenke – fragen lässt, warum ich mir kein anderes Vertiefungsseminar für mein Nebenfach ausgesucht habe. Wahrscheinlich dachte ich, dass mir das zumindest was für meine Verlagskarriere bringt, wo doch Theaterwissenschaften schon sinnlos ist.

Ich unterstreiche ein Wort, *prosody*, überlege, warum. Was bringt Unterstreichen jetzt noch? Lese. Schaue über meine Tischplatte nach unten. Im Eingang schiebt sich ein Typ müde durchs Drehkreuz, über den grauen Teppich mit dem runden FU-Logo. Bleibt kurz stehen, unentschieden, ob er zu den Schließfächern auf der linken oder rechten Seite gehen soll. Mann, egal, alle sind frei. Ist doch erst kurz nach 9 Uhr. Bestimmt ist er noch nicht richtig wach.

Konzentrier dich, Mila!

Lesen. Stille. Nach einer Weile werfe ich einen panischen Blick aufs Handy, zehn vor zehn. Stehe hektisch auf, stolpere nach unten zu den Schließfächern und stehe um Punkt 10 Uhr vorm Seminarraum. Ich setze mich an die Fensterwand. Meine Dozentin reicht mir die Klausur.

Jetzt. Der Moment, in dem ich nur noch funktionieren muss, keine Zeit mehr, mir Szenarien des Scheiterns vorzustellen. Bloß noch die Blätter und ich. Blätter, die die Welt bedeuten, haha. Fokus, Mila! Nur noch Gedanken in Linien. Ich gehe von einer Aufgabe zur nächsten. Schritt für Schritt, hetzen macht keinen Sinn. Bloß weiter, schon Aufgabe acht und neun und zehn. Und schließlich Aufgabe fünfzehn. Die Zielgerade.

11:43 Uhr. Ich lege den Stift neben die vollgeschriebenen Blätter. Reibe mir das schmerzende Handgelenk. Die Tischreihen sind leerer geworden. Ein paar sind scheinbar schon gegangen. Lisa. Gegenüber. Lächelt mir müde entgegen. Faltet ordentlich ihre Blätter und sieht genauso fertig aus, wie ich mich fühle. Wir stehen gleichzeitig auf. Ziehen leise unsere Mäntel an, um die anderen nicht zu stören. Hängen unsere Rucksäcke über die Schultern, tragen unsere Blätter nach vorne und drücken sie Frau Treschke in die Hand. Nicken. Vor der Tür atmen wir beide laut auf.

»Boah, war das schwer!«, sagt Lisa und fährt sich mit den Fingern durch die Haare. Kämmt die Strähnen, die aus ihrem Zopf gefallen sind, nach hinten. Zu den vielen Sommersprossen mischt sich Erleichterung auf ihr Gesicht. Sie sieht plötzlich viel weicher aus.

Ich nicke. Spüre jetzt auch, wie die Anspannung von mir abfällt. Wie die starre Kralle um meinen Nacken sich langsam löst und mein Kopf wieder zu meinem restlichen Körper zurückfindet. Mit jedem Schritt mehr, den wir uns von der Tür wegbewegen.

»War's okay bei dir?«, fragt sie und klingt dabei ganz neutral, ohne diese Konkurrenznote, diesen Unterton, bei dem ich immer das Gefühl habe, dass der andere nur hören will, dass es schlechter lief als bei ihm.

»Ganz okay«, antworte ich, »außer Aufgabe dreizehn, da hab ich mir irgendwas aus den Fingern gesaugt.«

Lisa nickt. Sagt: »Lass lieber nicht vergleichen.«

Auch sympathisch. Vergleichen nach Klausuren macht einen nur verrückt. Irgendwer stellt immer fest, dass man die falsche Antwort gegeben hat, und dann beginnt man, wild rumzurechnen, wie sich das auf die Punkte auswirken könnte, und in der Bewertung ist dann sowieso wieder alles anders.

Nicht, dass ich an Lisas Leistung zweifeln würde. Ihre Beiträge während des Semesters waren immer ziemlich gut. Obwohl mich ihre überengagierte Art, das ständige Melden, genervt hat. Aber vielleicht war das auch bloß der Druck durch die anderen Kommilitonen. So richtig selbstbewusst ist wahrscheinlich keiner in den Seminaren.

»Jetzt einen Kaffee?«, fragt Lisa mit einem freudigen Hüpfen in der Stimme.

»Auf jeden Fall!«, antworte ich. Dabei muss ich ein bisschen kichern, bloß so aus Erleichterung. Auf einmal fühlt sich alles ganz locker an, mein ganzer Körper.

Auf dem Weg kommen uns zwei Kommilitoninnen aus dem Seminar entgegen, wahrscheinlich haben sie schon früher abgegeben, grüßen uns fröhlich und wir grüßen fröhlich zurück.

Nach der Abgabe ist es immer ein bisschen, als würde man gemeinsam aus einer Schlacht kommen. Man kann irgendwas Erleichtertes sagen, zu irgendeinem Kommilitonen, mit dem man im ganzen Semester kein einziges Wort gewechselt hat. Die Erfahrung von neunzig Minuten Papierkampf verbindet.

An der Kaffeebar vor dem FU-Shop hat sich eine lange Schlange gebildet, am Shop entlang, weiter bis zur Glasfensterfront und herum bis zur Theke, hinter der zwei Verkäuferinnen einen nach dem anderen zu sich heranwinken.

»Wollen wir doch in die Mensa?«, fragt Lisa mit Blick auf die Schlange.

»Nö, oder?«, antworte ich. »Also, ich hab Zeit.«

Es geht nur langsam voran in der Schlange. Kleine

Schritte. Aber es scheint allen egal zu sein. Alle sind vertieft in Gespräche oder drehen schon mal eine Zigarette für später. »Fährst du weg in den Semesterferien?«, frage ich.

»Nee, ich muss mit der Bachelorarbeit vorankommen«, sagt Lisa. »Toll, oder?«

»Ich auch«, antworte ich. »Oder wir machen doch noch ein Semester länger.«

»Schön wär's«, antwortet sie. Sie schaut auf den Fußboden, die glatte Gummifläche unter uns. Sie erinnert mich an etwas, ein flaues Gefühl in meinem Bauch. Lisa rückt schweigend ein Stück in der Schlange auf. Und als sie mich wieder anguckt, ist plötzlich wieder diese Anstrengung in ihrem Gesicht. Die verbissene Starrheit in den Augen, mit der sie erklärt: »Das machen meine Eltern nicht mit. Die finanzieren mir nur die Regelstudienzeit.«

Ich nicke, weil ich nicht weiß, was ich darauf sagen soll.

Ich weiß, dass Lisa auf Lehramt studiert, Englisch und Deutsch. Das ist doch eigentlich eine sichere Sache. Nicht wie bei mir, Theaterwissenschaften und ein bisschen Englische Philologie. Aber ich kenne ihre Eltern ja nicht, wer weiß, wie die ticken.

»Oder du jobbst halt nebenher noch ein bisschen«, schlage ich vor.

Lisa schaut wieder auf den Boden. Zwei Schritte. Schweigen. Dann blickt sie auf und sagt: »Soll ich mal ganz ehrlich sein?« Sie beugt sich nah zu mir heran, flüstert fast: »Ich weiß gar nicht, ob ich überhaupt Lehrerin werden will. Aber wenn ich das meinen Eltern erzähle, dann rasten die richtig aus.«

Gummiboden. Jetzt starre ich auch wieder drauf. Habe ich letztens von der Uni geträumt? Ich schaue wieder zu

Lisa, die Anstrengung in ihren aufeinandergepressten Lippen. Was soll man auf so was antworten? So gut kennen wir uns eigentlich nicht. Für mich wäre das eh nie infrage gekommen, das mit dem Lehramt. Der heimliche Studienfavorit aller Eltern, direkt nach Medizin, Jura oder zur Not auch BWL. Aber Lehramt, ich weiß nicht. Diese Verantwortung?

»Und ihr?«, brummt die Frau hinter der Theke.

Wir sind dran. Bestellen Milchkaffee und zwei von den dicken quadratischen Kuchenstücken. Balancieren anschließend alles zu einer der Bänke bei den hölzernen Sitzwürfeln, auf denen immer jemand mit krummem Rücken hockt und seinen Laptop an der Steckdose lädt. Stellen unser Kuchengedeck zwischen uns auf der Holzbank ab und setzen uns. Während wir anfangen, schweigend den Kuchen mit den Fingern zu essen, überlege ich immer noch, was ich zu der Sache mit ihren Eltern sagen soll. Mein Handy summt. Ich lutsche Zeigefinger und Daumen ab und greife in meine Jackentasche. WhatsApp. Die Mädels.

Fanny: Bonjour, hier eure Lieblingsvalentina.

Mona: Vier Herzen.

»Heute ist ja Valentinstag«, sage ich laut.

Lisa zuckt mit den Schultern. Scheinbar hat sie auch keinen Freund. Sonst würde sie vielleicht auf Blumen warten oder sich ärgern, dass sie noch keine bekommen hat. Oder der Tag ist ihr einfach egal. Sie holt auch ihr Handy aus der Jackentasche. Tippt darauf herum. Ich starre zurück auf den WhatsApp-Chat. Denke plötzlich: Robin. Scheiße. Hat er mir deshalb geschrieben? Wollte er sich deshalb heute treffen? Und ich hab's wieder nicht gecheckt?

Fanny schreibt: Geht ihr ins Prince Charles??

Mona: Sorry, muss lernen.

Emma: Was ist da?

Fanny: Schnulziger Old-School-Hip-Hop und Herzluftballons!

Emma: Das Kotz-Emoji. Dann das Kuss-Emoji. Dann: Ja, why not? Ich frage noch Paul und Tom. Wann wolltest du hin?

Fanny: Weiß noch nicht.

Ich frage Lisa: »Hast du Lust mitzukommen? Ins Prince Charles, später?«

Sie schüttelt energisch den Kopf. Murmelt bloß: »Bachelorarbeit.«

Wir packen die Handys wieder in die Jackentasche. Schlürfen vorsichtig an unseren heißen Kaffeetassen.

###

Ungefähr zehn Stunden später. Schwarze Nacht über dem Kreisverkehr am Moritzplatz. Und wieder Schlange stehen. Man kann sie schon vom U-Bahnaus-Gang sehen. Die ganzen Leute, die sich vom Prince Charles durch die lange Einfahrt bis auf die Straße reihen. Da stehen wir bestimmt ewig an.

Ich warte vorm Haupteingang des Aufbau-Hauses. Diesem großen glatten Gebäudekomplex, der nicht nur Aufbau Verlag, sondern vor allem Einkaufsparadies für Designfans ist. Wenn Emma hier reingeht, dann kommt sie meistens erst Stunden später wieder raus, mit dem Geschenk, das sie gesucht hat, und noch zehn anderen, die sie nicht gesucht hat.

23:38 Uhr. Emma ist zu spät. Und Fanny hat doch

tatsächlich abgesagt, Begründung: Datenight. Mehr hat sie nicht geschrieben und von uns hat auch keiner mehr gefragt, ob jetzt mit Jonas oder dem anderen.

»Alter, wie viele Leute!« Emma steht plötzlich neben mir. Umarmt mich. Betrachtet dann ungläubig das Ende der schnatternden Schlange, die mit jeder Minute anwächst. Sie nimmt einen tiefen Zug von ihrer Zigarette und schüttelt den Kopf. Greift zu ihrem Handy, klemmt die Zigarette zwischen die Lippen und tippt. Lässt es danach wieder in der Tasche verschwinden und spießt die Zigarette wieder zwischen Zeige und Mittelfinger auf. Sagt: »Wir sollen schon reingehen.«

»Schon reingehen ist gut«, antworte ich, »da stehen wir bestimmt zwei Stunden an.«

Emma legt ihren Kopf mit den glatten hellblonden Haaren leicht schräg zur Seite und grinst. Ihr mütterliches Grinsen, als sei sie nicht drei, sondern dreißig Jahre älter als ich. Sagt: »Schatzi, Gästeliste.« Und hält mir das Display ihres Handys vors Gesicht.

Ich nicke. Murmle: »Ah okay, cool.«

Das ist tatsächlich mal ein Vorteil, wenn man von hier ist: Es gibt immer irgendwen, der einen auf die Gästeliste setzen kann, oder man kennt zumindest jemanden, der jemanden kennt, und so weiter, wie in meinem Fall.

Aus der Clubszene kenne ich eigentlich niemanden. Jedenfalls nicht näher. Ich verstehe diese Szene nicht wirklich, die Leute, die in dieser Parallelwelt leben, die die Partyszene doch ist, schon allein durch die versetzten Zeiten, in denen man wach ist. Dass alles grade erst losgeht, kurz bevor die Arbeitswelt aufwacht, dass alle Alltagsregeln, die Distanz, aufgehoben sind. Fremde in einer Nacht plötzlich zu engsten Freunden werden, zu Vertrauten, Eingeweihten. So sieht es zumindest immer von außen aus.

»Fanny ist auch witzig, ne?«, sage ich. »Macht erst Werbung für die Party und kommt dann selbst nicht.«

Emma zuckt mit den Schultern und schmunzelt.

»Weißt du, wen sie heute dated?«, frage ich und schiebe schnell hinterher: »Also kann sie ja machen, wie sie will.«

Emma lacht, sagt: »Beide wahrscheinlich.«

Dann hakt sie sich bei mir ein und zieht mich links an der Schlange vorbei. Ich spüre die Blicke der Mädels, die uns giftig von der Seite mustern, während wir an ihnen vorbeigehen. Die mit Glitzer und Schmollmund von einem aufs andere Bein wechseln, die Arme wegen der Kälte oder wegen des Wartens vor dem Körper verschränkt.

Emma scheint sie gar nicht zu bemerken, läuft einfach weiter über den Hof bis zu den Türstehern, cool wie immer. Vor den Eingangstüren regieren Oberflächlichkeit und Vitamin B, vermutlich genau wie in der Arbeitswelt, nur mit Drogencheck.

Emma sagt dem Türsteher in Schrankformat irgendwas, das ich nicht verstehe. Er nickt, macht eine einladende Handbewegung und wir ziehen vorbei. Rein in den Club, durch zur Garderobe. Und wieder Schlange stehen. Ich knöpfe meinen Mantel auf, lasse ihn von meinen Schultern gleiten, hänge mir die Brusttasche wieder über.

»Wow, was für ein Top!«, sagt Emma und schaut erstaunt auf mein silbernes Oberteil.

»Der Rest ist in der Wäsche«, antworte ich und grinse.

Das stimmt nicht ganz. Der Rest ist immer noch auf meinem Zimmerboden. Aber die schwarz High-Waist-Jeans und das silberne Top, die waren tatsächlich noch sauber in einer Ecke meines Kleiderschranks, weil ich das sonst nicht anziehe. Beides auf diesem ordentlich gefalteten Stapel mit Sachen, die ich mal mit Fanny gekauft habe, nachdem sie mich ewig belabert hat. Genau wie das Leo-Shirt und die Doc Martens, so was kaufe ich immer mit ihr und ziehe es dann nie an. Aber heute fühle ich mich mal danach.

Der Typ hinter der Garderobentheke scheint allein zu sein. Sachen abnehmen, aufhängen, Geld, Marke in die Hand, der Nächste. Er ist gertenschlank, trägt bloß ein Tanktop, das den Blick auf seine vielen Tattoos zulässt. Schwarzen Kajal um die Augen und auf den Wangen zwei rote Lippenstiftherzen. Er schaut uns auffordernd an, ignoriert die Mädels, die sich von links nach vorne gedrängelt haben und ihm ihre Bomberjacken entgegenstrecken. Wir heben unsere Mäntel über die Theke. Geld. Marken. Und dann ciao.

»Erst mal was trinken?«, fragt Emma.

Ich nicke.

Wir bahnen uns den Weg durch zur Bar. Überall rote Herzluftballons und lauter Soul. Wir schlängeln uns durch die glitzernde Menge. Vorbei an hübschen Frauen mit diesem Gesichtsausdruck, leicht geöffneter Mund und große Augen, naive Erstauntheit. Der muss wahnsinnig gut ankommen bei den Typen, sonst würden hier nicht so viele damit rumlaufen. Wir kommen zum blau leuchtenden Schwimmbecken, in dessen Mitte die Bar eingebaut wurde. Alles gefliest, Leute auf Hockern an den Seiten der Bar. Okay, es ist schon ganz nett hier.

Wir stellen uns an die Theke. Emma lehnt sich zu einer der Kellnerinnen vor, bestellt zwei Bier. Warten. Zahlen. Anstoßen.

»Robin wollte sich heute mit mir treffen und ich hab

abgesagt«, sage ich zu Emma. Ziehe an meinem silbernen Top herum. Setze die Flasche an den Mund und trinke drei große Schlucke.

Emma hebt erstaunt die Augenbrauen. Ich kann nicht sagen, ob sie sich wundert, dass ich ihm abgesagt habe, oder dass ich so bereitwillig ihren Rat wegen eines Typen suche.

»Was hat er dir denn geschrieben?«, fragt sie.

»Er hat bloß gefragt, ob ich heute Zeit hab, also gestern Abend. Und ich war so auf die Klausur fokussiert, dass ich Freitag vorgeschlagen habe.« Ich trinke weiter, suche das Brennen der Kohlensäure im Hals.

Emma legt mir die Hand auf die Schulter. Meint: »Er wird's überleben.« Und nimmt einen kurzen Schluck. Ruft: »Komm, tanzen!« Als hätte sie es eilig.

Wir schlängeln uns zu den Tanzflächen durch. Zu der mit dem DJ-Pult, hinter dem zwei Typen in T-Shirts und Hipstermützen stehen, dabei hat es gefühlt vierzig Grad hier drinnen. Sie machen die typischen DJ-Moves, so als würden sie mit der flachen Hand irgendwas in der Luft zerkleinern. Wippen dabei auf und ab, schauen hin und wieder in die Menge, hauptsächlich glitzernde Frauengesichter, unter Herzluftballons eingehüllt in soulig-schnulzigen Old-School-Hip-Hop.

Wir bleiben dicht bei dem Pult. Stellen unsere Flaschen auf einem kleinen Tisch daneben ab und lassen uns dann von der Masse mitnehmen. Emma hebt ihre Arme zur Decke, bewegt sich lässig im Takt. Trägt Jeans, die in der Taille sitzen, und ein einfaches weißen T-Shirt, darüber ihre Leopardenbauchtasche. Schaut mich an und nickt mir im Takt zu. Geht ein Stück in die Knie und gibt mir einen Stups mit ihrer Hüfte. Ich bin noch nicht ganz aufgetaut. Vor allem nicht so, wie die Mädels direkt neben uns, die alles laut mitsingen und dabei versuchen, möglichst sexy duckface-mäßig zu gucken. Emma nimmt meine rechte Hand, lässt mich eine Pirouette drehen. Ich muss lachen. Das kann ich. Pirouetten drehen. Und Lachen.

Ich stelle mich auf die Zehnspitzen, beuge mich an ihr Ohr. Rufe: »Was ist mit den Freunden von dir?«

Sie zuckt mit den Schultern, wippt weiter. Ruft zu mir herunter: »Kommen irgendwann. Ist ja noch früh.« Wir tanzen weiter. Dilemma. Den Song kenn ich! Emma und ich schmachten uns an, singen abwechselnd die Refrainzeilen. Fallen dazwischen dauernd aus der Rolle und lachen schrecklich schön laut. Ignorieren die Typen, die mit Bierflasche am Rand stehen und nach irgendwem suchen.

Robin.

Meine Beine hören auf zu wippen, ich starre rüber, da steht Robin, zusammen mit Lina und Marie, alle drei den Blick auf die tanzende Masse geheftet.

Blickkontakt.

Er lächelt und winkt. Mein Herz fängt an zu klopfen, alles kribbelt. Mann, das kommt ja jetzt super, erst sage ich ihm, dass ich keine Zeit habe, und jetzt sieht er mich hier. Aber Robin wirkt nicht beleidigt oder irritiert. Die drei bahnen sich den Weg zu uns vor. Ich tippe Emma am Arm, raune ihr ins Ohr: »Robin.« Sie schaut herum und dann sind wir auf einmal zu fünft auf der Tanzfläche.

»Hey«, höre ich mich eine Nuance zu hoch sagen. Dann: »Emma, Robin, Lina, Marie.« Neben uns hüpft alles weiter, die Masse schiebt uns zusammen, drängt uns in die Bewegung, Tanzen oder an den Rand.

Emma beugt sich zu mir, flüstert: »Der ist hot.« Grinst.

Dann tanzen. Lina und Marie tuscheln die ganze Zeit. Robin sieht entspannt aus, wie immer. Ragt ein Stück aus den ganzen Glitzermädels hervor, bewegt sich lässig im Beat der Musik.

Mein Körper fühlt sich plötzlich an wie aus Holz, als sei ich eine Puppe, total steif. Zum Glück ist so wenig Platz, dass man sich eh nicht viel bewegen kann. Emma grinst die ganze Zeit, total peinlich. Nimmt wieder meine Hand und lässt mich eine Pirouette drehen.

Robin lächelt. Dann beugt er sich zu Emma und fragt: »Darf ich?«

Er hält mir seine Hand entgegen. Ich halte Emmas Hand immer noch fest. Unschlüssig. Emma nickt ihm zu, grinst, schaut mich an, zieht die Augenbrauen auffordernd ein Stück nach oben.

Jetzt auch noch Whitney Houston. Die Menge kreischt auf. Zwei Frauen weiter hinten fallen sich in die Arme und singen in Richtung Herzluftballons.

Ich greife Robins Hand. Kribbeln. Wieder die Rosa-Sektdusche. Er tritt näher zu mir heran, ganz nah, und dann riecht alles auch noch nach Weihnachten. Wir tanzen, er hält die ganze Zeit meine Hand, und obwohl noch etwas Luft zwischen uns ist, kann ich seinen Körper auf meiner Haut spüren.

So hätte es sein sollen, neulich in der Griessmühle. Er hätte da sein sollen und nicht dieser Typ. Aber vielleicht ist es gar nicht schlecht so. Vielleicht wären wir jetzt nicht hier, zwischen den roten Herzluftballons.

Robin legt die Arme über meine Schultern, zieht mich ein Stück zu sich ran. Ich spüre die Wärme seines Körpers, seinen Pfefferminzatem auf meinem Gesicht, seinen Blick, diese Nähe, als sei da auf einmal ein Band zwischen uns, eine Verbindung. Nur noch wir, in unserer eigenen kleinen Seifenblase aus Rosa-Mint-Gold. Alles in Zeitlupe, jede Bewegung, jede Berührung, seine Hand, die von meiner Schulter zu meinem Rücken gleitet, seine Lippen, auf meinen.

Als ich die Augen wieder öffne, lächelt er. Nimmt wieder meine Hand und geht ein paar Zentimeter zurück. Tanzen, wieder irgendein schnulziger Song. Um uns rum alles wie vorher. Lina, Marie, Grinsen. Die Typen am Rand, starren. Dieses Starren, eklig, unangenehm. Und plötzlich ist alles zu viel, zu laut, zu bunt, zu viel Farbe.

Ich lasse Robins Hand los. Murmle: »Sorry, bin gleich wieder da.« Dränge mich ein Stück vor zu Emma, tippe sie an der Schulter. Frage: »Wollen wir kurz was trinken?«

Sie zieht die Augenbrauen hoch, schaut zu Robin. Sagt: »Klar«, hält inne. Sagt: »Wir haben auch noch unser …«

»Egal«, unterbreche ich sie und ziehe sie an der Hand von der Tanzfläche.

Wir quetschen uns an den Leuten vorbei. Vorbei an dem DJ-Pult, hinter dem die Typen immer noch mit den Händen fuchteln, vorbei an den kreischenden Mädels, zwei knutschenden Pärchen, den glotzenden Typen.

Zurück ans Schwimmbecken. Wir springen zu den zwei Frauen an der Bar, die grade von ihren Sitzwürfeln aufstehen.

»Perfekt«, sagt Emma. Ich schlage die Beine übereinander, stütze den Arm auf dem Knie ab. Atme tief durch.

Emma schaut skeptisch. »War es nicht gut?«, fragt sie.

»Doch schon«, antworte ich. »Aber fühlt sich komisch an, wenn alle zugucken. Da ist man so auf dem Präsentierteller.«

Emma lacht. Sagt: »Ist doch voll egal im Club. Schau

dich doch um.« Sie fährt mit dem Kopf herum. Zeigt auf ein küssendes Pärchen an der Bar, fügt hinzu: »Hier, die knutschen doch auch.« Dann hält sie noch mal inne, stützt ihren Ellenbogen auf der Theke ab und ihr Kinn drauf und lächelt wieder. Schmunzelt: »Du bist echt so herrlich. Wohnst seit zweiundzwanzig Jahren in Berlin und führst trotzdem das unschuldigste Leben ever. Das muss man erst mal schaffen.«

»Mona doch auch«, wende ich ein.

»Mona ist halt Mona«, entgegnet Emma, »aber du interessiert dich doch fürs Leben.«

»Mona interessiert sich auch fürs Leben, das ist halt hart mit dem Staatsexamen«, antworte ich und ich spüre, wie ich sofort das Bedürfnis habe, sie zu verteidigen, besonders nach dem, was sie mir erzählt hat.

»So war sie doch immer schon«, entgegnet Emma. »Ich mein, ist doch okay. So ist sie halt.«

»Habt ihr eigentlich mal über ihre Eltern gesprochen?«, frage ich.

»Haben die auch ’ne Ehekrise?«, entgegnet Emma.

»Nee«, antworte ich. Und belasse es besser dabei.

»Was ist mit deinen Eltern?«, fragt Emma.

»Kein Plan«, antworte ich. Ich fühle mich plötzlich so müde, als sei ich zu schwach, den Oberkörper grade zu halten.

»Ihr seht wirklich süß zusammen aus«, sagt Emma und schmunzelt. »Der steht voll auf dich.«

»Ist schon ein krasser Zufall, dass er heute hier ist«, überlege ich laut.

Ob er die Veranstaltung über Facebook gesehen hat? Meine Zusage? Er wirkt jetzt eigentlich nicht wie jemand, der dauernd ins Prince Charles geht.

Emma schmunzelt merkwürdig, spitzt die Lippen. Druckst ein paarmal rum, bis ich es selbst verstehe: Fanny.

»Hat Fanny ihm Bescheid gesagt?«, frage ich.

»Öhm«, Emma hebt die Schultern, macht ein unschuldiges Gesicht, meint: »Da bist du ja jetzt theoretisch selbst draufgekommen. Ich hab nichts gesagt.« Sie fährt sich mit Daumen und Zeigefinger über den Mund, als würde sie einen Reißverschluss zumachen.

»Boah, Fanny, ey!«, fauche ich und schüttle den Kopf. »Wie oft habe ich ihr schon gesagt, dass sie nicht meinen Love-Doctor spielen soll! Sie soll sich einfach raushalten, ihre Tipps sind nicht meine Sache. Ich kann das auch ohne sie gut versemmeln. Das krieg ich super alleine hin.«

Emma legt den Kopf schräg, das Kinn auf die Hand abgestützt. Schmunzelt. »Komm«, sagt sie, »hast du nicht ein bisschen gehofft, dass ihr euch heute seht? Und das Top? Du sagst immer, dass es dir egal ist, ob die Typen auf dich stehen oder nicht, und vielleicht ist es die meiste Zeit auch wirklich so. Aber nicht immer. Nicht bei ihm. Oder?« Sie schaut mich an und erklärt dann mit weicher Stimme: »Sie meint das wirklich nur gut.«

Und was habe ich am Ende davon? Von Fannys *Hilfe*? Gar nichts. Ich muss es doch selbst regeln. Das ist doch meine Sache. Emma schweigt. Schaut nachdenklich. Wahrscheinlich will sie mir auch wieder einen guten Tipp geben, irgendwas von Liv Strömquist. Gleich kommt bestimmt wieder eine Lobeshymne auf den *Ursprung der Welt*, die Perspektive der Vulva oder so was. Davon habe ich seit der Ausstellung jedenfalls mehr als genug. Ich weiß selbst, dass ich mich scheinbar zu viel schäme, schon klar. Aber das wird sicher auch nicht besser, wenn ich mir die ganze Zeit Vulva-Bilder in einer Graphic Novel anschaue.

Emma winkt einer der Kellnerinnen, bestellt zwei Club Mate.

»Geht auf mich«, sagt sie zu mir gewandt. Zahlt. Wir trinken.

Emma zieht einen Lippenstift und einen kleinen Spiegel aus ihrer Bauchtasche. Klappt ihn auf, macht einen Kussmund und zieht sich dabei die roten Lippen nach. Steckt beides wieder ein und fragt: »Hast du's mal mit 'ner Frau probiert?«

Es dauert einen Moment, bis ich die Frage verstehe. Emma lacht. Ergänzt: »Keine Sorge, soll kein Angebot sein.«

Ich fange an zu kichern wie eine Dreizehnjährige. »Kann mir das körperlich nicht so vorstellen«, antworte ich.

»Den Sex?«, fragt Emma.

»Joah«, antworte ich.

»Vielleicht musst du einfach doch endlich den *Ursprung der Welt* lesen«, sagt Emma. Und wieder dieser verschwörerische Gesichtsausdruck, den sie immer bekommt, sobald nur der Name Strömquist fällt.

Ich schüttle den Kopf. Sage: »Nee, immer noch nicht.«

Warum kann es nicht einmal eben doch wie in einem schnulzigen Hollywoodfilm sein? Sich finden, verlieben, vielleicht ein kleines Missverständnis, aber dann Happy End. Aber nein, stattdessen sabotiere ich einfach alles, die ganze Zeit. Ich bin das Missverständnis. Ich verstehe mich nicht und alle anderen verstehen mich auch nicht.

»Irgendwie renn ich immer weg, sobald es ernster wird«, fasse ich meine Gedanken zusammen. »Weißt du, Robin und ich können stundenlang reden und irgendwie ist da diese krasse Nähe und alles kribbelt schon, wenn er mich nur anschaut, aber irgendwann kriege ich dann doch Panik und renne weg – so wie eben.«

Emma fängt an, an dem Etikett an ihrer Flasche herumzupulen. Starrt auf ihre schwarzen Fingernägel. Sagt: »Ja, da rede ich mit meiner Therapeutin auch drüber.«

»Wegen diesem Tinder-Typen?«, frage ich.

»Nee, so allgemein«, antwortet sie.

Dann schaut sie mich wieder an, sehr direkt. Sagt: »Ist dir mal was passiert?«

»Was?«, frage ich. Ich weiß nicht, warum ich frage, ich weiß ja, worauf sie hinauswill.

»Ein Typ, der sich falsch verhalten hat. Übergriffig wurde«, sagt Emma.

Ich zögere. Es fällt mir schwer, so was zu bemessen. Dumme Sprüche, eklige Blicke, Grapschen. Ab wann ist das falsch? Wo genau ist die Grenze zwischen offensivem Flirten und Übergriff? Und wann habe ich selbst was dazu beigetragen, wann war ich vielleicht selbst schuld?

»Nicht direkt, glaube ich.«

Sie nickt. Puhlt weiter am Etikett, schabt mit dem Daumen einen langen Riss ins Papier, unter dem das Glas hervorscheint. Dann schaut sie sich in der Menge um. Mustert die vielen gestylten Leute, die um uns herumtingeln. Fragt: »Wollen wir wieder zurück?«

»Nee«, antworte ich.

Emma lacht, sagt: »Wirklich nicht? Was ist mit Robin? Du kannst den doch nicht stehen lassen.«

»Kannst du ihm sagen, dass mir schlecht geworden ist, oder so?«, frage ich.

Sie zieht kritisch die Augenbrauen hoch und wippt mit dem Fuß. Sagt: »Wirklich? Der ist doch nicht doof.«

»Kann doch sein«, antworte ich.

Sie zuckt mit den Schultern. Sagt: »Musst du wissen.«

Ich nicke. Ich weiß es eben nicht. Aber irgendwas in mir will einfach nur noch gehen.

10. KAPITEL

Geld ist Geld und Kunst ist?

In der Nacht hat es noch mal geschneit. Überall sammeln sich dicke weiße Flocken auf den kahlen Baumkronen und Autodächern. Eine dünne Schicht Zuckerguss auf der Niebuhrstraße. Auf der gegenüberliegenden Straßenseite spielen zwei kleine Mädchen mit leuchtend roten Wangen, eingepackt in dicke Winterjacken und Schals. Sie tollen umeinander herum, schlittern über den glatten Boden, vergleichen, wer weiter kommt. Schieben mit ihren kleinen Händen Schnee von einem Auto. Halten inne. Schauen zu einer Frau, wahrscheinlich die Mutter, die ein paar Meter weiter steht und demonstrativ den Kopf schüttelt, irgendwas ruft. Die Mädchen gehen vom Auto weg. Schlittern dann wieder über den vereisten Boden.

Ich bin noch im Schlafanzug. Stehe bestimmt schon eine halbe Stunde am Wohnzimmerfenster bei Mama und starre runter auf die Straße. Mama ist beim Sport, Papa vermutlich arbeiten. In ihrer Wohnung fühlt es sich an, als würde die Zeit stillstehen.

Ich frage mich, was die Mädchen sehen würden, wenn sie zu mir hochschauen. Meinen pinken Schlafanzug, zu pink oder grade pink genug für ihren Geschmack? Meine störrischen blonden Haare, oder fällt das nicht so auf? Und meine blauen Augen, die Ernsthaftigkeit in meinem Gesicht, die verrät, dass ich nicht mehr im Schnee spiele, sondern Erwachsenenprobleme habe.

Aber vielleicht war ich immer schon so und es hat nichts mit dem Erwachsensein zu tun. Schließlich fing das schon in der Grundschule an, dass alles manchmal so ernst wurde. Phasenweise. Da musste plötzlich alles ganz genau sein, alles sortiert werden, aufgeräumt, alle Puppen gekämmt und umgezogen, alle Bücher geordnet. Und nach ein paar Tagen ging's wieder. Keine Ahnung, warum. Dann war ich wieder das Mädchen mit den wilden Haaren, die ständig rumgehüpft ist, wie alle anderen auch. Merkwürdig.

Ich richte mich auf, die Schultern zurück. Haltung, wie beim Ballett. Ich habe viel zu lang nicht mehr trainiert. Wahrscheinlich fehlt mir das.

Ich stehe vom Tisch auf und hole mir einen Apfel in der Küche. Gehe zurück in meine Wohnung. Rolle aufs Bett, nehme mein Handy, öffne den Kalender und trage mir Balletttraining ein, fünfmal die Woche, ab morgen. Super unrealistisch. Egal.

Dann greife ich rüber zu *Wilhelm Meister*. Schlage da auf, wo der Bleistift steckt. Zweites Buch. Lege den Stift auf die Untertasse neben den kalten Kaffee. Beginne zu lesen. Forme dabei einzelne Worte mit den Lippen ohne Ton, als würde ich sie stumm für jemanden vormachen: Wirtshaus, Gesellschaft, Seiltänzer, Springer und Gaukler, Mignon.

Dann ziehe ich den Laptop auf die Knie, klappe ihn auf und öffne das Dokument mit Notizen zum *Wilhelm Meister*. Ganz unten habe ich angefangen, Charakterisierungen für die Hauptpersonen zu erstellen. Füge Mignon der Liste hinzu und markiere den Namen fett. Dann tippe ich die Zeilen ab, die ihr Äußeres beschreiben. Lese weiter und weiter, bis ich das zweite Buch durchhabe. Ich halte wieder inne. Versuche, mir Mignon genau vorzustellen. Ein kostümiertes Mädchen mit ernsten Gesichtszügen inmitten der Gesellschaft der Seiltänzer, Springer und Gaukler. Wie sie ihre Kunststücke vorführt, Mignons Eiertanz, von dem Wilhelm so fasziniert ist. Mignon barfuß. Sie muss furchtbar arm gewesen sein. Gezwungen, mit dieser Gesellschaft mitzuziehen, für sie aufzutreten, zu arbeiten, als dreizehnjähriges Kind. Überlege, warum da steht, dass sie den Tanz verweigert, obwohl der Leiter der Seiltänzergesellschaft sie vor Publikum dazu auffordert. Woher kommt ihr Widerstand, warum gerade da? Selbst, als er sie dafür schlägt, während keiner im Publikum reagiert, erst Wilhelm, der schreit, kämpft und sie schließlich freikauft.

Ich spüre, wie sich die Haare auf meinen Armen aufrichten. Habe plötzlich das Gefühl, direkt neben ihnen zu stehen. Spüre, wie ich selbst eingreifen möchte, weil es so ungerecht ist und mich so verdammt wütend und traurig macht.

Ich lege das Buch beiseite und reibe mir die Augen. Dann ziehe ich den Laptop zu mir. Klicke auf Google. Gebe *Mignon* ein. Google sagt: Mignon, französisch für niedlich.

Mignon (Figur) – Wikipedia.

Ich klicke. Lese, dass Mignon der Inbegriff des knabenhaften, erotisch anziehenden Mädchens ist. Eine Dreizehnjährige, erotisch? Wer hat sich das ausgedacht? Ob knabenhaft oder mädchenhaft oder was auch immer.

Ist sie nicht bloß ein Kind? Ein Kind, das niemanden hat, der sich kümmert?

Nachdem ich geduscht, eine Bluse angezogen und mir die Haare gekämmt habe, gehe ich wieder rüber. Mama sitzt in der Küche am Fenster, hinter frischen rosa Schnittblumen und der Teekanne von Oma Elly, unter der eine Kerze brennt. Sie hat die Arme auf den Tisch gestützt, den Blick auf den grauen Schneehimmel geheftet. Ihre Augen sehen glasig aus, gerötet. Wahrscheinlich meldet sich Papa wieder nicht. Oder liegt es an mir? Weil ich in den letzten Tagen so selten bei ihr war? Weil sie jetzt praktisch allein in dieser Wohnung wohnt?

Sie merkt nicht, dass ich im Türrahmen stehe. Scheint mit dem Kopf in den Schneewolken zu sein. Bloß die kleinen, tänzelnden Dampfschwaden aus der Teetasse vor ihr bewegen sich.

Es kommt mir auf einmal vor, als hätte ich das schon einmal erlebt, ein Gefühl wie bei einem Déjà-vu. Es ist keine Erinnerung an ein reales Ereignis, nein. Ich glaube, es ist eine Erinnerung an einen Traum. Vielleicht die Erinnerung an ein Gefühl, dass ich in einem Traum hatte? Manchmal ziehen sich diese Gefühle ja bis in den Alltag. Obwohl man den Inhalt des Traums längst vergessen hat, Gefühle lassen sich schwerer abschütteln. Besonders bei Albträumen, die einen noch den ganzen Tag ängstlich sein lassen, und man weiß überhaupt nicht mehr, wovor.

Ich greife den Türrahmen, halte mich daran fest. Ich schlucke, räuspere mich, sage: »Mama?«

Sie kommt aus den Schneewolken, schaut überrascht in meine Richtung. Sagt: »Ach Gott, Mila, ich habe dich gar nicht gesehen, entschuldige!«

Sie fährt von ihrem Stuhl auf, fragt: »Willst du Tee?«

Geht zum Schrank rüber, kramt nach Tasse und Untertasse, stellt mir beides hin. Setzt sich dann wieder, umfasst ihre Teetasse mit beiden Händen und starrt in die Dampfschwaden.

»Alles okay?«, frage ich und setze mich ihr gegenüber.

»Ja ja, bloß ein schlechter Tag. Heut kriege ich nicht so wirklich was gebacken«, antwortet sie.

»Du warst doch schon draußen«, sage ich.

Sie zuckt bloß kurz mit den Augenbrauen. Sagt nichts dazu.

»Wegen Papa?«, frage ich.

»Ach na ja«, seufzt sie. Schaut in den Tee, dann wieder aus dem Fester. Dann: »Vielleicht wäre es doch das Beste, wenn ich versuche, einen Job zu finden. Was ganz Eigenes, weißt du.«

»Das wäre doch gut«, sage ich.

»Hm«, sie pustet vorsichtig in ihre Tasse, lässt kleine Dampfwolken aufsteigen.

Jetzt. Jetzt ist der Moment. Jetzt muss ich es sagen, ihr von Marie Gramont erzählen.

»Aber wer will schon eine Frau über vierzig?«, seufzt Mama und streicht über den glänzenden Tisch, als würde sie ein paar Krümel von der Marmorplatte wischen. Dabei sieht der Tisch aus wie immer, als sei er grad frisch geputzt worden.

»Aber du hast doch einen Studienabschluss. Und du willst ja jetzt nicht im Sport oder so einsteigen«, sage ich.

»Ja, den schon, aber keine Berufserfahrung«, wendet sie ein.

»Und die Veranstaltungen und diese Ausstellungen, die du manchmal organisierst. Zählt das nicht?«

»Für Freunde von deinem Vater. Das ist was anderes.

In der Kunstbranche ist es eh schwierig, weißt du. Ich bin einfach nicht mehr Anfang zwanzig und kann zum Einstieg nicht erst mal dekorativ irgendwo am Empfang platziert werden.«

»Aber irgendjemand kann dir bestimmt helfen. Es muss doch einen Weg geben«, sage ich.

Ich kann es mir wirklich nicht so richtig vorstellen. Dass das trotz Abschluss so schwer sein soll, einen Job zu finden. Man hat doch kein Ablaufdatum in der Berufswelt, oder doch? Warum sollte man nicht noch mal einen Neuanfang machen können, egal in welcher Branche?

Oder liegt es am Frausein? Der Erwartungshaltung, auch in der Berufswelt, dass es nicht reicht, dass eine Frau gebildet und engagiert ist, sondern auch jung und hübsch sein muss. Ist das wirklich immer noch so? Das muss ja nicht mal in einer Jobanzeige stehen. Anforderung: jung und schön. Es reicht ja, dass die Vorgaben in den Köpfen so vieler Frauen stecken und das Selbstbewusstsein zersetzen wie eine giftige Säure, die immer wieder zischt, dass alles, jeder Abschluss, jede Berufserfahrung, jeder Wunsch einfach nicht genug ist. Man selbst nie gut genug.

Ich frage mich, ob sie die gleichen Gedanken hätte, wenn sie ein Mann wäre, mit genau den gleichen Noten und Erfahrungen. Ob sie dann auch hier sitzen würde und Löcher in die Wolken starren, statt rausgehen in die Arbeitswelt und es einfach probieren. Netzwerken, Kumpels anheuern und von den Plänen erzählen, statt nie richtig mit jemandem über die eigenen Ziele zu reden, nicht mal mit der eigenen Tochter.

Mama steht auf, geht zu den Schränken und fängt an, hektisch nach irgendwas zu kramen. Nimmt eine Glasschale aus dem Schrank über der Spüle und dann eine Packung Buttergebäck aus dem Schrank daneben. Sie füllt die Schale bis oben hin, wirft die leere Packung in den Plastikmüll unter der Spüle und setzt sich mit der Schale wieder zu mir.

Sagt: »Die brauch ich jetzt.« Und: »Greif zu.« Sie beißt störrisch auf ein Plätzchen und schaut dabei wieder aus dem Fenster. Erklärt: »Es gibt eben nicht immer eine Lösung für alles. Je älter man wird, desto schwieriger wird es nun mal.« Dann schaut sie mich ernst an und fährt fort: »Du solltest dir das auch noch mal genau überlegen, ob du wirklich im Verlag oder am Theater arbeiten willst. Die Kulturbranche ist schwierig, das ist ein Haifischbecken.«

»Was soll das denn jetzt heißen?«, frage ich. »Soll ich jetzt kurz vor dem Abschluss mein Studium abbrechen?«

»Nein, nein, natürlich nicht«, wendet sie ein. »Aber überleg dir noch mal, ob du danach nicht doch in eine andere Richtung gehst, in die Wirtschaftswissenschaften zum Beispiel. Du könntest das doch. Mit deinem Schnitt kommst du überall rein und mit zweiundzwanzig ist es noch nicht zu spät.«

»Zu spät für was?«, frage ich empört. Ich lehne mich zurück, setze mich kerzengrade ihr gegenüber. Angespannt. Füge hinzu: »Ich will definitiv nicht BWL studieren, das interessiert mich einfach nicht. Es gibt tausend Jobs, die ich mit Theaterwissenschaften und Englischer Philologie machen könnte.«

Sie schüttelt hektisch den Kopf, schließt dabei die Augen. Beißt dann wieder in ein Plätzchen. Kaut. Schüttelt wieder den Kopf. Fragt: »Welche, Mila? Bisher höre ich nichts davon.« Ihre Stimme klingt schriller. Die Sanftheit, mit der sie sonst spricht, ist fast weg, als sie sagt: »Mila, du brauchst einen Plan!«

»Und was ist dein Plan?«, entgegne ich.

Sie presst die Lippen aufeinander und schaut mich wütend an. Dann streicht sie mit den Handflächen über ihren Rock und steht auf. Greift meine Tasse und fragt: »Möchtest du das noch?«, schaut dabei bloß auf meine Tasse, verzieht keine Miene. Ihr Gesicht tut mir weh.

»Es tut mir leid«, sage ich hastig.

Sie steht auf, balanciert meine volle Tasse zur Spüle herüber und kippt den Inhalt ins Becken.

Ich wiederhole: »Mama, ich hab's nicht so gemeint.«

Sie fängt an, den Geschirrspüler auszuräumen.

Keine Chance. Wenn man einmal das Falsche zu ihr gesagt hat, gibt es keinen Weg zurück. Einbahnstraße. Vielleicht sagt Papa deshalb oft nichts.

Ich wiederhole noch mal, dass es mir leidtut, aber mehr zum Abschied. Atme tief ein und aus. Sie ignoriert mich. Wenigstens ist am nächsten Tag meistens wieder alles beim Alten, zumindest beim alten Geplänkel.

Ich gehe zurück in meine Wohnung. Lege mich auf mein Bett und starre die Decke an. Weiß, alles leeres Weiß, hier, draußen, in meinem Hirn. Mein Bauch knurrt. Ich esse den Apfel von drüben. Tunke danach den Griebs in den Rest Kaffee auf dem Nachttisch. Ich bin noch immer hungrig. Ich stapfe in meine Küche, die immer aussieht, als wäre ich grade aus dem Urlaub wiedergekommen. Eine Kulisse, die halt dazugehört, aber nie wirklich benutzt wird.

Die Arbeitsflächen links sind staubig, genauso wie der Herd. Auf dem kleinen Tisch rechts, unter meinem Degas-Bild, steht bloß ein Glas. Im Kühlschrank: ein Apfel und ein vergammeltes Stück Käse. Mehr gibt meine Küche nicht her.

Als ich hier eingezogen bin und in meine Küche geschaut habe, dachte ich: Jetzt bin ich erwachsen. Jetzt habe ich meine eigene kleine Küche, in der ich auch irgendwas Kunstvolles produziere, so wie Mama. Tja, Pustekuchen.

Wenn ich jetzt essen will, muss ich raus in den Schnee und selbst einkaufen. Von dem Geld, das Papa mir jeden Monat überweist. Vermutlich sollte ich mich glücklich schätzen. Von außen betrachtet, habe ich alles mitbekommen: Familie, Bildung, Geld. Aber was nützt das, wenn sich nichts davon richtig anfühlt? Wenn mir das Gefühl fehlt?

Ich greife zum Glas auf dem Tisch, fülle es mit Wasser aus dem Spülbecken, setze mich. Vielleicht sollte ich mir wirklich einen Job suchen. Irgendwas. Hauptsache, mal etwas Eigenes. Bis ich einen Plan habe, was ich wirklich machen will. Schließlich bin ich irgendwann keine Studentin mehr. Und dann bin ich was? Keine Ahnung. Wieso hat der Job oder das Studium überhaupt so viel mit Identität zu tun? Ich bin Anwältin, Schauspielerin oder eben Hausfrau. Beruf gleich Identität. Und im Internet macht man damit dann auch noch weiter. Da ist man dann auf Instagram Tänzerin, Food-Blogger, Model. Es gibt ja keine Kriterien dafür, was man da in seine Bio schreibt. Keine Instanz, die das überprüft. Man kann einmal im Tanzkurs gewesen sein und sich trotzdem als Tänzerin ausgeben.

Aber wie viel ist eine Online-Berufsbezeichnung im wahren Leben wert? Was bringt es, wenn man sich online erfolgreich als irgendwas präsentiert, das man real nicht wirklich verkörpert? Ja, fake it till you make it, aber soll das echt die Lösung sein?

Ich bin?

Nichts.

Auf Instagram zumindest, aber auch sonst. Eine weiße Wand.

Ich nehme mein Handy und setze mich damit an den Küchentisch. Öffne WhatsApp, den Chat mit Mona.

Tippe: Wie viel Geld braucht man ungefähr, um völlig allein zu überleben?

Ich nehme den Apfel aus dem Kühlschrank, beiße hinein und schmeiße den Käse in den Müll. Nachdem ich beide Apfelgriebse dazugeworfen habe, ziehe ich die fast leere Mülltüte zusammen und lege sie an die Wohnungstür.

Mona schickt ein lächelndes Emoji. Dann: So schlimm zu Hause?

Ich will schreiben, dass die Frage nur so rein hypothetisch war, aber halte inne. Ich muss an das Gespräch bei ihr denken. Es fühlt sich nicht mehr richtig an, alles herunterzuspielen.

Ich schreibe: Na ja. Ich glaube, es würde mir ganz guttun, etwas unabhängiger von meinen Eltern zu werden. Wird ja eh mal Zeit.

Mona: Verstehe. Dann: Mit etwa 1000 Euro kommt man gut klar. Unter 12 Euro pro Stunde würde ich nicht arbeiten. Das wird dann neben dem Studium schwierig. Ich kann mich mal umhören, aber kenne nur Leute mit langweiligen Jobs. Dann: Zwinker-Emoji.

Ich: Geld ist Geld.

Mona: Seit wann das denn? Wo ist dein Idealismus geblieben?

Ich: Vom Kapitalismus plattgewalzt.

Mona schickt drei lachende Emojis. Dann: Frag doch

vielleicht mal Emma. Die bekommen im Café nicht so viel Stundenlohn, aber ziemlich gutes Trinkgeld.

Ich: Glaubst du, ich könnte das?

Mona: Kaffee machen?

Ich: Nee, ich mein, dauernd grinsen und mit Leuten reden. In letzter Zeit fühle ich mich ziemlich asozial. Was, wenn ich einfach vergesse zu lächeln, und dann fliege ich raus?

Mona schickt das Emoji, das vor Lachen weint. Dann: Rechtlich kann man dich fürs Nichtlächeln nicht belangen. Wobei das mit dem Trinkgeld dann wahrscheinlich schwieriger wird. Ich glaube, du bist charmanter, als du denkst.

Ich: Du weißt immer, was du sagen musst. Dann: Danke auch noch mal. Für Montag.

Mona: Wirklich kein Ding.

Ich: Und wenn du reden magst, sag einfach Bescheid.

Mona geht offline. Drei Minuten. Dann schreibt sie: Danke. Vielleicht komme ich mal darauf zurück. Wenn ich etwas mehr Überblick habe beim Lernen.

Ich stapfe zurück in mein Bett. Rolle mich in meine Decken. Die Kellnerinnen hier in den Cafés und Restaurants um den Savignyplatz mochte ich als Kind immer besonders. Die waren immer so freundlich, wenn Mama und ich dort zusammen Kaffee und Kakao trinken waren. Ich erinnere mich noch ganz genau an das Lächeln der Kellnerin im Kaffeehaus Mila. Die mochte ich besonders gern. Eine junge Frau mit langen Haaren, die eigentlich immer lächelte. Vielleicht war die Kellnerin damals erst Anfang zwanzig und Studentin, so wie viele Kellnerinnen in den Cafés, die ich kenne. Aber dass sie daneben noch ein anderes Leben hatte, außerhalb des Mila, das konnte ich mir damals nicht vorstellen. Man assoziiert die Menschen mit dem Ort und eben doch: mit ihrem Beruf. Sie war Kellnerin, das war ihre Identität, wie eine Rolle, die ich ihr so abgekauft habe. Ich kannte nicht mal ihren Namen. Was sie wohl heute macht?

Ich ziehe mir den Laptop auf die Knie. Öffne Google. Gebe ein: Welcher Job, und Google ergänzt: passt zu mir? Ganz oben in den Suchergebnissen wird ein Test von der Bundesagentur für Arbeit angezeigt. Der müsste ja seriös sein. Ich öffne die Seite, lese die Überschriften: Erfahre mehr über dich selbst und finde heraus, welcher Beruf zu dir passt.

Okay, hört sich gut an.

Welche Berufe passen zu deinen Interessen?

Keine Ahnung.

Wo liegen deine Stärken?

Weiß nicht.

Für welche Berufe bist du besonders gut geeignet?

Hm, mit Theaterwissenschaften? Alles und nichts, würde ich sagen.

All das und mehr kannst du hier herausfinden.

In dreißig Minuten? Na, dann los. Ich trage Spitznamen, Alter, Geschlecht ein. Dann soll man seine Schule angeben, Bundesland, aktuelle Klasse und welchen Schulabschluss man macht. Und dann erscheint ein Feld, das einen *wichtigen Hinweis* anzeigt: Falsches Portal, ab der 11. Klasse bitte das Selbsterkundungsportal Studium anklicken. Na super. Ich ziehe den Pfeil auf den Link. Lande bei einem siebzigminütigen Fähigkeitentest, zu dem noch drei weitere Tests dazugehören. Ich fange an zu klicken.

Zweieinhalb Stunden später raucht mein Kopf und mir ist schwindelig von den ganzen Fragen. Aber endlich, endlich kann ich auf einen Reiter gehen und auswählen zwischen *Passende Ausbildungen* und *Passende Studien-*

felder. Jetzt erfahre ich endlich, ob ich das Falsche studiert habe und noch mal ganz von vorn anfangen sollte. Die Ergebnisse: Am ehesten passt ein Psychologie- oder Lehramtsstudium zu mir, oder eine Ausbildung zur Schauspielerin oder Ensembleleiterin. Hm. Wenigstens ist das in etwa die Richtung meiner aktuellen Fächer. Dann kann ich es auch einfach dabei belassen. Und jetzt? Jetzt weiß ich ja immer noch nicht, was ich damit anfangen kann. Wo ist der Test für Leute, die sich schon für ein Studium entschieden haben, aber nicht wissen, was sie damit machen sollen? Soll man den Career Service in der Uni damit nerven?

Bleibt ja auch die Frage, ob man seine Hobbys und Interessen zum Beruf machen sollte oder sich doch lieber einen Job sucht, bei dem man viel verdient. Wann geht das schon zusammen?

Wenn ich mich jetzt für Geld entscheide, dann muss ich wahrscheinlich irgendwas mit Marketing machen. Vielleicht könnte ich umschwenken, einen Master machen, der mich besser qualifiziert. Oder reicht ein Bachelor fürs Geldverdienen?

Und meine Interessen müsste ich neben dem Job in Hobbys verpacken. Aber was schafft man noch neben einer 40-Stunden-Woche? Hat man neben der Arbeit noch Zeit für Hobbys, Ballettkurse, Theatergruppen, Lesen? Vor allem, wenn man dann irgendwann mal ein Kind hat? Was für ein Zeitmanagement braucht man da als Frau mit Anspruch auf finanzielle Unabhängigkeit, Interessen und Kinderwunsch? Oder ich entscheide mich, meine Interessen zum Beruf zu machen. Ein Job beim Theater, wenn ich richtig mutig bin. Aber wie frei ist man in der Kreativbranche überhaupt? Wie sehr muss man sich dort nicht genauso der Marktlogik beugen? Wie oft kann man nicht mehr das machen, was man eigentlich im Sinn hatte, sondern was sich beim Publikum gut verkauft?

Eigentlich lustig, die gleiche Frage, die sich schon Wilhelm Meister gestellt hat, eine Frage die schon vor über zweihundert Jahren relevant war: Wie sehr muss sich Kunst am Geschmack des Publikums orientieren, um sich zu verkaufen? Eine steinalte Frage, die Kunst und Kapital unweigerlich verknüpft und die Kunst so weit einschränkt, dass ihr doch eigentlich kaum Raum zum Atmen bleibt. Deshalb. Deshalb verweigert Mignon vielleicht ihren Tanz. Weil er frei sein soll, frei von den Wünschen des Publikums, frei von den Erwartungen ihres Machthabers, nur durch ihren eigenen Willen gelenkt. Wie traurig, dass dieser Wille mit Mignon sterben muss und mit ihr scheinbar auch die Idee einer freien Kunst.

Hat sich in zweihundert Jahren daran etwas geändert? Was ist zum Beispiel mit Teilzeit? Fünfzig Prozent Bürospießer, Fünfzig Prozent Kunst ohne kommerziellen Anspruch. Was ganz Eigenes. Wenn auch nur Teilzeit, aber immerhin. Das wäre doch was. Zwei Identitäten vereint und der Marktlogik von der Schippe gesprungen.

Ich spüre die Freude in mir aufsteigen, bunte Euphorie, die sich plötzlich von meiner Brust bis in meine Fingerspitzen ausbreitet. Einen festen Entschluss: erst mal Teilzeit in einem Café arbeiten, so lange, bis ich die Bachelorarbeit fertig und den Kopf frei habe. Und dann mache ich weiter halb-halb! Ich greife zu meinem Handy. WhatsApp. Emma. Tippe: Hey, sag mal, könntest du vielleicht mal bei euch im Café wegen eines Jobs fragen? Wäre superlieb!

Sie antwortet direkt: Hast du dich mit deinen Eltern gestritten?

Ich: Nee.

Emma: Dann willst du einfach erwachsen werden? Drei von den grinsenden Emojis.

Ich: Du tust, als sei ich 12.

Emma: Sorry, Süße, war nicht böse gemeint!!!!

Ich: Ja, ist okay, du Witznudel.

Emma schickt ein Bild von einer Nudel.

Ich das Emoji mit der Hand vor dem Kopf.

Emma: Ich frage!!! Dann: Das wäre megageil, wenn du zu uns kommst!!

Ich lege das Handy zurück auf den Tisch. Spüre ein tiefes Gefühl von Zufriedenheit, auch wenn noch nichts entschieden ist. Und wahrscheinlich ist der Teilzeitplan auch keine Dauerlösung. Ein Teilzeitlohn wird irgendwann bestimmt zu wenig sein und mit Kindern sowieso. Aber die Vorstellung, bald schon unabhängig von meinen Eltern zu sein und mein eigenes Geld zu verdienen, macht mich irgendwie glücklich. Ich stehe auf, krame meine Ballettschuhe unter dem roten Pullover hervor und hänge sie über meine Stuhllehne. Dann sortiere ich die Wäsche in drei Stapel: helle Buntwäsche, dunkle Buntwäsche, weiß.

11. KAPITEL

Online-Ichs und Offline-Pläne

Es gurgelt und faucht aus der Küche. Ich reiße die Bettdecke mit einer Armbewegung zur Seite, schwinge mich in die Hocke und springe in meinem pinken Pyjama vom Bett. Lande auf irgendwas, Papier, fange mich und renne in die Küche. Ziehe den silbernen Espressokocher auf die linke Herdplatte und drehe die Platte auf null.

Heute früh war ich einkaufen. Nicht bloß Obst und Müsli und Gemüse und Brot und Brotaufstriche, nein, auch Kaffee und diesen silbernen Espressokocher, den Mona auch hat.

Ich öffne den Kühlschrank und hole die Milchpackung aus der Tür. Mandelmilch. Fülle die Tasse neben dem Herd zur Hälfte und stelle sie in die Mikrowelle. Warte, bis es plingt, und gieße dann den dampfenden Kaffee aus dem Kocher dazu. Stelle die Tasse auf meinem Küchentisch ab, unter dem gerahmten Degas-Bild mit den Balletttänzerinnen.

Es sieht schön aus, das Bild und der volle Tisch darunter mit der Obstschale, in der sich Orangen, Äpfel und Bananen türmen, der Korb mit Croissants und eine Packung Butterkekse. Ich überlege kurz, ob ich ein Bild für Instagram machen soll, #adultlife. Aber es ist jetzt auch keine wirklich herausragende Leistung, einkaufen zu gehen und einen Espressokocher zu bedienen. Also entscheide ich mich dagegen.

Ich hole den Laptop dazu. Schiebe alles auf dem Tisch zusammen und platziere ihn auf der dunklen Holztischplatte. Setze mich und schlage ein Bein übers andere. Greife mein Handy und öffne WhatsApp. Robin. Scrolle durch unseren Chatverlauf. Versuche, in unseren Nachrichten die Zeit zu greifen, die Entwicklung, die Nähe zwischen uns, mein Gefühl. Er klingt immer freundlich und höflich. Schreibt öfter, dass etwas schön sei. *Wäre schön, wenn wir uns da sehen. Das ist doch schön. Schön, du hast es bald geschafft.*

Das ist aber auch das Höchste der Gefühle. Wahrscheinlich kann man mit mir nicht flirten. Das Wort, das ich am häufigsten geschrieben habe, ist cool. Was schon absurd ist, weil ich jedes Mal kurz vorm Herzinfarkt bin, wenn er sich meldet. Er hat häufiger geschrieben. Mehr. Fast immer er, der als Erster geschrieben hat. Jetzt ist es wirklich an mir, ihm zu schreiben, wenn das noch weitergehen soll.

Ich tippe: Hey, sorry wollte mich noch verabschieden am Mittwoch, aber

Aber was? Soll ich jetzt lügen? Oder einfach die Wahrheit schreiben?

Die Dampfwolken über meiner Tasse haben sich gelegt. Ich halte meine Nase über die Tasse. Riecht gar nicht schlecht, diese hellbraune Flüssigkeit. Ein bisschen nach Karamell oder Marzipan. Ich nippe vorsichtig am Tassenrand. Würge den Schluck herunter.

Was für eine Enttäuschung. Es schmeckt nach wässriger Brühe, überhaupt nicht nach Karamell-Marzipan. Das Einzige, was man damit noch anfangen kann, ist, die Plätzchen aufzuweichen. Ich öffne die Packung und tausche ihren Platz mit der Kaffeetasse. Dann zurück zum Handy. Tippe: Hey, wie geht's? Hatten ja überlegt, uns heut zu sehen. Hast du noch Zeit?

Senden.

Ich lege den Kopf in den Nacken, betrachte die Tänzerinnen im Bild. Die drei im Vordergrund, die auf ihre Ballettstunde zu warten scheinen, sich dehnen, ihre Schuhe festbinden, auf dem Stuhl sitzen, ordentlich ein Bein vor dem anderen. Ihre weißen Tutus, den leichten Tüllstoff, der durch das Licht, das durchs Fenster fällt, förmlich leuchtet. Das Fenster, die Aussicht auf die hohen Häuser mit den dunkelgrünen und roten Dächern. Paris, wahrscheinlich Paris.

Ich klappe den Laptop auf. Gebe *Robin Frische* in die Suchleiste ein. Das Erste, was Google ausspuckt, ist sein Twitter-Account: Robin Frische (@frischetweets) Twitter. Freier Journalist.

Ich klicke. Fast 1000 Follower. Da muss er ja schon einigermaßen erfolgreich sein mit dem Schreiben. Oder halt gut tweeten. Oder einfach megavernetzt sein. Oder funktioniert Twitter anders als Instagram?

Letzter Tweet am 14.02., vorgestern. Robin Frische hat was retweetet. Einen Beitrag vom Wissenschaftszentrum Berlin. Nee, der Beitrag darunter, der ist ja erst eine Stunde alt.

Wahrscheinlich sitzt er auch die ganze Zeit zu Hause vorm Laptop.

Mein Daumen entsperrt mein Handy. Öffnet WhatsApp. Robin. Nein. Keine blauen Häkchen unter meiner

Nachricht. Hey, wie geht's? Das klingt ja auch scheiße. Furchtbar einfallslos, total banal. Da antwortet man eh nie richtig drauf. Denn würde man's ernst nehmen, müsste man zurückschreiben: Hast du Lust, drei A4-Seiten in WhatsApp-Nachrichtenformat zu lesen? Nein? Super, habe nämlich auch keine Lust, die zu schreiben.

Wahrscheinlich hat er nur das Banner auf dem Handy mit *Hey, wie geht's?* gelesen und dann gedacht: Boah, was für eine blöde Frage, da klicke ich jetzt nicht drauf.

Zurück zum Laptop. Ich scrolle seine Twitter-Pinnwand herunter. Er hat einen Artikel verlinkt, den er scheinbar geschrieben hat. Ich klicke drauf. Fange an, den Artikel zu lesen. Über die Linkspartei, irgendeine Debatte, angestoßen von Sarah Wagenknecht. Zu der Frage, ob es nicht eine neue Linkspartei geben sollte, nein, eine linke Sammelbewegung.

Wieder so ein Thema, mit dem ich mich gar nicht auskenne. DIE LINKE, die Grünen, die SPD, alles mehr oder weniger linke Parteien. Aber, was heißt das eigentlich? Was heißt »links« genau? Alle reden von »links« und »rechts« in der Politik, aber so aus dem Kopf könnte ich jetzt nicht sagen, was diese Kategorien genau bedeuten.

Namen wie Sarah Wagenknecht, Oskar Lafontaine, Katja Kipping, die im Text vorkommen, sagen mir schon was. Dietmar Bartsch, Bernd Riexinger – ehrlich gesagt nicht. Ich google alles und jeden, den ich nicht kenne, und lese mir dann die Wikipediaseiten dazu durch. Dann den ganzen Artikel noch mal. Dann noch ein drittes Mal, bei dem ich auch auf jede einzelne Verlinkung im Text klicke. Lese diese Texte auch noch.

Irgendwann klappe ich den Laptop zu und reibe mir die Augen. Schon 14:30 Uhr, wie die Zeit verflogen ist.

Das ist ja noch schlimmer als auf Instagram. Aber zumindest habe ich auf Twitter mehr gelesen. Nicht das, was ich lesen sollte, aber wenigstens hat mich die Assoziationskette zu weiteren Artikeln geleitet und nicht in einen Online-Shop.

Ich betrachte wieder die wartenden Tänzerinnen von Degas über mir. Überlege: Wenn ich zu WhatsApp, Instagram, Facebook jetzt auch noch Twitter in die Rotation der Sinnlosigkeit aufnehme, habe ich sicher bald gar kein Leben mehr.

Ich klappe den Laptop wieder auf. Scrolle weiter auf Robins Twitter-Seite. Bleibe an einem Tweet zu Bernd Stegemann hängen. Stegemann, vom Theater? Theater und Politik – vielleicht ist politische Dramaturgie ja die geistige Brücke zwischen Robin und mir. Darüber können wir uns ja noch unterhalten. Nicht bloß: Hey, wie geht's?

Ich gehe auf WhatsApp. Zwei blaue Häkchen! Und Robin *schreibt*. Mist! Jetzt hat er gesehen, dass ich online bin. Ich lege das Handy auf die Tischplatte. Greife einen Butterkeks aus der Packung und halte ihn in den kalten Kaffee. Wie ich diese Aufregung hasse. Das Herzklopfen. Warum kann ich nicht einmal cool sein? Das Plätzchen saugt sich immer voller. Mein Handy vibriert. Ich lasse das Gebäck in den Tasseninhalt fallen und lutsche Zeigefinger und Daumen ab. Klicke hektisch auf WhatsApp.

Robin: Hey Mila, ich schaffe es heute leider nicht. Habe kurzfristig noch einen Auftrag bekommen. Damit fällt das Wochenende für mich flach. Dazu das traurige Emoji. Lass uns doch nächste Woche noch mal schreiben. Und dann das Grinse-Emoji.

Ich schiebe das Handy zurück auf den Tisch. Was soll ich mit dieser Nachricht anfangen? Klingt distanziert.

Wenigstens hat er noch Emojis benutzt. Aber kein Vorschlag, wann wir uns wiedersehen. Bloß nächste Woche. Das ist nicht gut. Plötzlich dieses flaue Gefühl in meinem Bauch, plötzlich alles lila mit zu viel Blaustich.

Ich gehe zum Schrank, nehme ein Glas aus dem Regal, gieße mir Leitungswasser ein. Greife wieder zum Handy. Ablenken. Irgendwas. Instagram. Oben direkt ein Bild von @fannyfantastique. Sie und ein Typ, der den Arm um sie gelegt hat, im Hintergrund Kameras, Filmset, vielleicht der Werbedreh, von dem sie im Schwarzen Café erzählt hat. Sie strahlt, wie immer. Hat die rechte Hand in die Hüfte gestellt, den Kopf leicht schräg, sodass ihre roten Locken über die Schulter hängen. Perfekte Pose, auch der Typ mit Brille und Cappy spielt mit. Irgendwie sieht sie auf ihren Bildern immer schlanker aus als in Wirklichkeit. Die Taille. Vielleicht zieht sie den Bauch ein oder bearbeitet die Fotos. Nicht, dass sie das nötig hätte. Sie hat eben viel Oberweite und ein bisschen Bauch. Aber wahrscheinlich muss jedes Bild auf die Ansprüche ihrer 10 000 Follower abgestimmt sein.

Ich klicke auf das Follower-Männchen im unteren Bildschirmrand. @philly_fitness_freak folgt mir jetzt. Ich öffne sein Profil. Betrachte: Muskeln im Fitnessstudio, Muskeln im Bett, Muskeln am Frühstückstisch, Muskeln im Schwimmbad, Muskeln auf der Parkbank. Okay, ich habe das Konzept verstanden. @philly_fitness_freak hat 8533 Abonnenten, 236 Accounts abonniert. Also folgt er mir vermutlich, damit ich ihm zurückfolge und er mich nach zwei Tagen wieder löschen kann. Die asozialen Netzwerke.

Fanny schickt mir zwei Kaffeetassen-Emojis und ein Fragezeichen.

Ich hatte mir eigentlich vorgenommen, sauer auf sie zu sein. Aber jetzt. Vielleicht kann sie mir wirklich mit Robin weiterhelfen?

Ich schicke ihr das Daumen-hoch-Emoji.

Sie: Schwarzes? Wann?

Ich: Cool. Stunde?

Sie: Passt!

Zurück zu Instagram. Ich suche: Marie Gramont. Starre wieder auf ihren durcharrangierten Feed. Scrolle herunter, durch ihr Ich-Ich-Ich. Dauernd dieses Lippenstiftgrinsen. Außer bei einem dieser Bilder von hinten, ihre wallende, schwarz glänzende Mähne und die ausgestreckte Hand, die nach hinten greift, die Hand von einem Typen, der vermutlich bloß fürs Händchenhalten dasteht und um das Foto zu machen. Das ist Online-Romantik.

Das sind doch Papas Manschettenknöpfe!

Wieder klickt mein Zeigefinger, während mir der Atem stockt. Wieder zoomen mit Mittel- und Zeigefinger. Wieder das Gefühl, dass das alles nicht wahr sein kann. Die große behaarte Hand mit diesen silbernen gemusterten Manschettenknöpfen, das muss seine sein. Das Bild ist vom 7. Dezember letzten Jahres. Den Dezember über war er dauernd in Paris. Fand Mama natürlich super. In der Weihnachtszeit läuft sie immer zur Höchstform auf, jeden Adventssonntag ein Dreigängemenü wie im Restaurant und die ganzen kunstvoll verzierten Öko-Plätzchen, die sie backt.

Und letzten Dezember dann viel zu viele. Vielleicht genauso viele wie im Jahr davor, aber letzten Dezember hat sie keiner außer mir gegessen. Mama nicht, weil sie lieber backt als isst, und Papa nicht, weil er ja nie da war, scheinbar bei der Gramont.

Warum ist mir das alles nicht aufgefallen? Es war ja anders, er war anders. Dass er *so* oft in Paris war und Mama auf einmal dauernd beim Pilates. Aber er hat immer viel gearbeitet und er war nie so ganz da, bei uns. Auch dass er sich immer in sein Arbeitszimmer zurückgezogen hat, das war ja schon früher komisch, diese Welt, sein Büro, wo wir keinen Platz hatten und vielleicht auch keinen haben sollten.

Strolling through Paris, steht unter dem Bild. 1864 Likes, Herzchen und Daumen für Gramonts hohle Rückseite. *Who's that?*, hat jemand kommentiert. Und das erschrockene Emoji, blau angelaufen, die Hände vors Gesicht. Und sie hat nur mit einem Grinse-Emoji geantwortet. Mir kommt die Brühe wieder hoch.

Es juckt mir in den Fingern, den Kackhaufen unter ihren Kommentar zu setzen. Aber dann sieht sie natürlich, dass der von mir ist. Oder ich erstelle mir einen zweiten Account? So muss das doch laufen mit diesen Trollen im Internet. Haten, aber mit geschützter Identität, anonym. Am besten im Kollektiv.

Ob man als Promi oder B-Promi oder irgendwie bekanntere Person schneller zum Arschloch wird, weil man jeden Tag so viele Likes bekommt und einem Hunderte fremde Leute schreiben? Egal, ob Lob oder Hass. Dieses ständige Feedback, ständig gesehen werden. Man haut irgendwelche Bilder raus und eine ganze Masse reagiert. Wahrscheinlich verlernt man dabei, wie eine Kommunikation funktioniert, bei der man sich auch nach seinem Gegenüber erkundigt. Aber in den sozialen Netzwerken lässt sich der Geltungsdrang auf die Spitze treiben, der Kampf um Aufmerksamkeit, transportiert in die globale Konkurrenzsituation. Auch du kannst es schaffen! Auch du kannst ein Star werden. Du musst nur den Geschmack der Masse treffen. Eine Nachfrage bedienen. Zum Beispiel mit sexy Bildern und dann regnet es Herzen. Wer will das nicht? Deshalb funktioniert es. Weil es ein tiefes menschliches Bedürfnis ist, gesehen zu werden. Deshalb machen alle mit.

Und ich bin auch nicht besser. Ich sitze hier und starre die Bilder einer Frau an, die ich im Leben nie getroffen habe. Weil es einfacher ist, mich hinter Laptop und Handy zu verstecken. Weil ich die Konfrontation scheue. Weil ich zu feige bin.

Ich klappe den Laptop zu. Gehe ins Bad, knipse das Licht am Spiegel überm Waschbecken an. Bleibe starr vor meinem Spiegelbild stehen. Betrachte meine störrischen Haare. Lasse das Spiegelbild tief ein- und ausatmen. Die blauen Augen mit den dunklen Wimpern, ihr Blick entspannt sich langsam.

Bei Fanny funktioniert das nicht. Je länger sie sich auf Instagram irgendwelche Schauspielerinnen und Models anschaut, desto weniger erträgt sie danach ihr eigenes Spiegelbild. Aber scheinbar bin ich immun gegen diesen Mechanismus. Vielleicht, weil ich mich nicht als Konkurrentin dieser Frauen sehe. Vielleicht, weil ich sehen immer schöner fand, als gesehen zu werden.

Und doch oder grade deshalb tut es mir so gut, nach all den Bildern mich selbst zu sehen. Als würde ich zum Spiegel gehen, um mich zu überzeugen, dass ich noch da bin. Vielleicht ist so dann das Selfie entstanden. Um auch andere davon zu überzeugen, dass man noch da ist.

Ich ziehe den Pyjama aus. Bleibe fast nackt, nur in Unterhose, vorm Spiegel stehen und betrachte meinen Körper. Atme tief ein und aus und beobachte, wie sich mein Brustkorb dabei hebt und senkt. Fahre mit dem Zeigefinger die Linien meiner Schlüsselbeine entlang. Ich verstehe nicht genau, warum ich das mache. Ich hebe den Pyjama vom Boden auf und werfe ihn auf den Stapel mit dunkler Buntwäsche. Dann ziehe ich mich an, bringe die Wäsche rüber zu meinen Eltern und starte die Waschmaschine.

###

Im Schwarzen Café. Wieder Vorhang zur Seite schieben, Kopfnicken, die Treppe hochschlängeln, warten. Es ist noch recht leer auf der oberen Etage. Bloß an drei Tischen Leute. Ich setze mich an den runden Tisch direkt am Fenster beim Treppenaufgang, über dem eine weiße Tischdecke liegt. An der Wand gradezu liest ein Mann Zeitung. Die beiden Männer davor trinken schon Wein. Die zwei Frauen hinter dem Treppengeländer auf der anderen Seite sitzen schweigend nebeneinander am Tisch, beide am Handy. Vielleicht auf Instagram oder WhatsApp oder Facebook oder Twitter, mit dem Kopf in ihrem Netzwerk, am Tisch nur die leeren Hüllen.

»Magst du schon was?« Die kleine Kellnerin mit den blonden Haaren, das schwarze Speisekartenheft unter den Arm geklemmt.

»Einen Kakao gerne«, antworte ich.

»Bring ich dir«, sagt sie und lächelt, steigt die Wendeltreppe wieder herunter.

Meine Hand gleitet in die Jackentasche zu meinem Handy. Ich halte inne. Hole sie ohne Handy wieder hervor und ziehe mir stattdessen den Mantel aus. Hänge ihn über die Stuhllehne. Immer dieser Impuls, das Handy rauszuholen, sobald man alleine ist. Wann ist es so schwer geworden, das auszuhalten?

»Milady.« Fanny steht vor meinem Tisch. Sie beugt sich zu mir runter, kurze Umarmung, dann schwingt sie sich auf den Stuhl, schüttelt ihre Locken nach hinten.

»Kommst du vom Dreh?«, frage ich. Sie sieht so frisch aus, das Rouge auf den Wangen, und das Make-up stärker als sonst.

»Ja«, erklärt sie. Knöpft dabei ihren grünen Mantel auf, lässt die Ärmel nach hinten über die Stuhllehne fallen. »Aber ich geh danach zu mir, heute keine Party.« Sie bläst die rosa Wangen auf, lässt die Luft langsam entweichen. Schaut an die Decke und fährt sich dabei mit den Zeigefingern unter den Augen entlang.

Sie wohnt nicht weit von hier, am Olivaer Platz, direkt am Stück Edel-Ku'damm. In der kleinen Zweizimmerwohnung, die ihr ihre Mutter vor zwei Jahren überlassen hat, als sie zurück nach Paris gezogen ist. Sonst würde sie sicher nicht in Charlottenburg wohnen, zu wenig Party.

»Hab's bei Instagram gesehen«, erkläre ich.

Sie nickt, sagt: »Muss sein.«

Bestellt Ingwertee bei der blonden Kellnerin. Dann wendet sie sich zu mir und schaut mich mit einem breiten Grinsen an. Fragt: »Und wie war's im Prince Charles?«

Ich spüre, wie sich meine Augen misstrauisch zusammenkneifen. Verschränke automatisch die Arme. Frage: »Du hast ihn eingeladen, oder?«

Fanny grinst weiter, legt ihre Hand auf meine Schulter und meint: »Gern geschehen.«

»Was hast du ihm erzählt?«, frage ich.

»Ich hab ihn bloß zu der Veranstaltung eingeladen, über Facebook.«

»Und?«

»Und ihm geschrieben, dass wir zusammen hingehen und es cool wäre, wenn er auch kommt.«

»Und sonst nichts?«

»Und, dass du ein bisschen schüchtern bist, aber dich freuen würdest.«

Ich schüttle den Kopf. Sage: »Toll.«

Fanny: »Mann, das ist doch nicht schlimm, der findet das süß.«

»Du warst nicht mal da«, sage ich. »Das kommt doch noch blöder.«

»Ihr habt euch doch gefunden«, sagt sie. Nimmt ihren Ingwertee und eine Tube Honig von der Blonden entgegen, ich meinen Kakao.

Fanny dreht die Honigtube auf den Kopf und hält sie über den Tee, drückt sie fest mit der Rechten zusammen, ohne dass etwas herauskommt. Schüttelt die Tube ungeduldig in der Luft und presst sie dann noch mal mit beiden Händen, bis eine ordentliche Portion goldgelber Flüssigkeit in ihrem Glas landet.

Ich schüttle den Kopf.

»Und?«, fragt Fanny und schaut mich mit großen Augen an. »Wie war's?«

»Ich glaub, das wird nichts«, antworte ich.

»Hä, wieso?«, sagt Fanny.

Ich ziehe mein Handy aus der Jackentasche. Lese ihr die Nachricht vor.

Sie runzelt die Stirn. Nippt an ihrer Schale. Fragt: »Aber was war denn am Mittwoch? Lief da nichts?«

Mittwoch. Erst zwei Tage ist das her. Mint-rosa-goldene Gefühle, Nelly und Kelly Oldies, Robins Weihnachtsparfum – die Erinnerung fühlt sich an wie ein Traum. Ein schöner Traum, aus dem man eigentlich nicht aufwachen will. Und dann doch. Dann werde ich doch immer wieder wach und alles ist weg.

Fanny tippt mich am Arm an. Schaut mich mit ihren großen Katzenaugen fragend an.

»Doch schon«, antworte ich langsam, »bloß ... ach, ich glaub, ich kann das einfach nicht.«

»Bist du wieder abgehauen?«, fragt sie.

Ich nicke.

Fanny fängt an zu lachen und sagt: »Mann, Mila, der rennt dir auch nicht ewig hinterher. Ist jetzt nicht so, als könnte der keine anderen haben.« Fügt hinzu: »O Mann, und bei der Ausstellung ...«

»Ja, was?«, entgegne ich. »Da waren überall diese Vulva-Skulpturen. Das ist doch mega-awkward für ein Date.«

»Glaubst du, der hat noch nie eine gesehen?«, fragt sie.

»Ich hab keinen Bock, dass du dich immer über mich lustig machst«, sage ich.

Kann doch nicht sein, dass sie das immer noch nicht rafft. Nach all der Zeit, die wir uns kennen. Ich habe einfach keine Lust mehr, so zu tun, als würde mich das nicht stören.

»Und überhaupt«, entgegne ich, »bis die Sache mit meinen Eltern nicht geregelt ist, kann ich mich einfach nicht auf was anderes konzentrieren.«

Sie schaut mich irritiert an. Runzelt wieder die Stirn.

Und dann rede ich Klartext: »Mein Vater hat eine Affäre in Paris. Seit mindestens einem Jahr. Ich habe es über Facebook rausgefunden. Er betrügt meine Mutter mit einer Schauspielerin, die du übrigens kennst, laut Facebook zumindest. Marie Gramont.« Ich spüre, wie meine Stimme zittert, aber sie redet weiter: »Keine Ahnung, was ich jetzt damit machen soll. Und es ist mir egal, ob du das jetzt spießig oder konservativ findest, für meine Mutter ist das total beschissen, weil sie keinen Job hat und eigentlich auch nicht wirklich ein Leben. Alles fällt auseinander.«

Verdammt, ich bin wütend. Aber es kann doch nicht sein, dass ich mir jeden Müll von ihr anhöre, aber selbst nicht offen reden kann.

Fanny ist ruhig. So ruhig, dass ich schon überlege, ob ich irgendwas sagen soll, aber nein, das muss jetzt so stehen bleiben.

Sie schaut auf die weiße Tischdecke, nachdenklich. Presst die Lippen aufeinander und rührt in ihrem Ingwertee herum. »Es tut mir leid«, sagt sie schließlich und holt tief Luft. »Ich hätte dir da besser zuhören sollen. Das ist wirklich scheiße.« Sie holt noch mal Luft, rührt weiter, wiederholt: »Es tut mir echt total leid.«

Ich spüre die Tränen in meinen Augen. Blinzle. Wieso fühlt sich das schlimmer an als vorher? Als würde es jetzt erst wahr werden. Durch ihr Zugeständnis.

»Woher kennst du die?«, frage ich schließlich.

»Ach, kennen ist übertrieben«, antwortet Fanny. »Hab die bei 'nem Dreh in Paris getroffen, vor vier oder fünf Jahren. War da auch nur Komparsin und hab sie danach bei Facebook geaddet. Da war sie auch noch nicht wirklich bekannt.«

»Wie klein die Welt ist«, sage ich.

Sie nickt, meint: »Facebook weiß alles.«

Ich erkläre: »Ich schaue mir halt dauernd ihre Bilder an. Falls sie irgendwas Verdächtiges postet, einen Bildbeweis. Dauernd. Das macht mich noch wahnsinnig.«

»Also folgst du ihr?«, fragt Fanny.

»Nee«, sage ich, »ich gebe einfach ihren Namen bei Instagram oder Facebook ein.«

»Haha, du Stalker«, sagt Fanny und grinst. »Schauen ist sowieso Schwachsinn. Soziale Netzwerke sind dafür da, um zu posten. Wer postet, kriegt den Egopush, wer stalkt, kriegt nur Depressionen.«

»Danke für diese Erklärung, also, ich bin dann eher bei Depressionen«, antworte ich. »Heute Morgen hab ich überlegt, ob ich mir ein Fake-Profil erstelle und ihr einen Kackhaufen unter ihre Bilder setze. Also, falls du dich fragst, auf welchem Level Schwachsinn ich stehe.«

Fanny zieht die Augenbrauen nach oben, sagt: »Mann, Mila, das geht doch so nicht.«

»Aber ich komm da einfach nicht los. Ich will das irgendwie klären, aber nicht mit meinen Eltern. Am liebsten würde ich sie fragen, was sie sich dabei gedacht hat.«

»Gar nichts wahrscheinlich«, meint Fanny. »Warum bist du überhaupt so auf sie fixiert?« Sie runzelt wieder die Stirn und fährt nach einer kurzen Pause fort: »Ich mein, es ist dein Vater, der das alles verkackt hat, und nicht sie. Es ist seine Verantwortung.«

»Soll ich ihm das sagen?«, frage ich, ohne auf eine Antwort zu warten. »Ja, vielleicht sage ich ihm das auch noch. Aber ich bin einfach noch zu unsicher, ob das alles wahr ist. Vielleicht geht es mir gar nicht mehr darum, alles zu retten. Vielleicht will ich es einfach nur verstehen. Und wenn ihr das alles egal ist, was sie kaputt macht, dann soll sie mir das auch ins Gesicht sagen!«

»Dann fliegen wir hin«, meint Fanny. Das sagt sie ganz selbstverständlich. So als hätte sie beschlossen, dass wir jetzt in den Supermarkt gehen.

»Das können wir doch nicht machen«, antworte ich.

»Wieso?«, entgegnet sie. »Du kommst so nicht weiter. Dann konfrontier sie, wenn du deine Eltern nicht konfrontieren kannst.« Sie zieht ihr Handy aus der Tasche. Entsperrt. Wischt. Zieht die Augenbrauen zusammen. Wischt. Und ruft schließlich: »Hier!« Sie hält mir ihr Handy unter die Nase. Darauf steht: Berlin–Paris. 21.–24. Februar, in fünf Tagen. Für 157 Euro, Hin- und Rückflug.

Ich starre sie an. Blinzle. Ich weiß nicht, ob das alles noch bescheuerter ist oder tatsächlich der Ausweg.

»Wir können locker bei meiner Mutter schlafen«, verspricht Fanny.

Ich schweige.

Fanny sagt: »Dann gehen wir hin und machen ihr ’ne richtig fette Szene.«

»O Gott, nein! Ich weiß doch auch gar nicht, ob sie überhaupt da ist«, entgegne ich.

»Find ich raus«, sagt Fanny gelassen.

»Aber ich weiß gar nicht, was ich zu der sagen soll.«

»Das ist dann ihr Problem. Sie muss was sagen.«

»Jetzt echt nur deshalb fliegen?«

»Ist doch theoretisch für ’nen guten Zweck«, erklärt Fanny. »Du verreist im Namen der Gerechtigkeit. Beziehungsweise Monogamie.«

»Was für ein Schwachsinn«, sage ich.

Sie zuckt mit den Schultern. Fragt: »Also buchen?«

Ich zögere. Schaue rüber, zu den beiden Frauen hinter dem Geländer, die immer noch auf ihre Handys starren. Ich nicke.

Fanny tippt. Dann kramt sie ihre Kreditkarte aus ihrem weißen Portemonnaie. Tippt weiter, die roten Locken über ihr Handy gebeugt, während ich aufgeregt immer wieder an meinem Kakao nippe. Bis ihr Gesicht wieder unter den Locken hervorkommt und sie sagt: »Pack die Koffer, Baby!«

12. KAPITEL

Paris

»Chatelet – Les Halles«, verkündet die Durchsage endlich nach eineinhalb Stunden Flug und einer trostlosen Ewigkeit im RER.

»Die Nächste. Paris!«, ruft Fanny. Sie erhebt sich von ihrem pinken Hartschalenkoffer, auf dem sie die ganze Fahrt über gehockt und stumm auf ihr Handy gestarrt hat. Schaut mich fragend an, scheint auf eine Reaktion zu warten. »Paris!«, wiederholt sie noch mal mit aufgekratzter Stimme und mustert mich. Fragt schließlich: »Alles okay?«, als ich immer noch nichts sage.

Ich bin noch nie mit dem RER gefahren. Wenn ich mit Papa und Mama hier war, haben wir immer ein Taxi genommen. Sollte ich das nicht sehen? Die dumpfe Stimmung, die müden Blicke der Mitfahrenden, die mit dem RER aus dem Pariser Banlieue in die aufgeweckte Innenstadt kommen, um dort zu arbeiten. Selbst für Leute mit guten Jobs sind die Wohnungen dort irgendwann unbezahlbar geworden, das hatte Papa ja schon erwähnt. Aber nicht, dass sich das so sehr in der Hautfarbe widerspiegelt, dass fast ausschließlich Touristen mit Rollkoffern weiß sind. Wir. Eine Beobachtung, die ein Gefühl von Scham in mir auslöst. Es kommt mir vor, als sei ich mein ganzes Leben nur in Taxis gefahren, ohne jemals etwas dafür bezahlt zu haben.

»Das wird schon«, sagt Fanny und streicht mir über die Schulter. Ich denke nicht, dass sie verstanden hat, was los ist. Aber mir fällt auch nichts ein, was ich sagen könnte.

Chatelet – Les Halles. Fanny schiebt mich aus dem RER heraus, rein in das Untergrundgewölbe von Paris, in die dunklen Bahnhofshallen mit ihren unzähligen Ausgängen, Eingängen, Pfeilen in alle Richtungen. Jetzt schnell das RER-Ticket vorkramen, weiterlaufen, ausweichen, bloß nicht stehen bleiben. Zu den Bahnsteigsperren. Einreihen in den ungeduldigen Schwall nach draußen. Hintereinander den kleinen Streifen in einen der Schlitze bei der Sperrwand schieben, Rollkoffer hinterherziehen, dann hastig durch die Türen hechten, bevor sie sich wieder schließen. Dahinter werden wir fast überrannt. Zweimal läuft jemand gegen mich, während mein Blick die Pfeile und Schilder sortiert. Kurzkollisionen, so kurz, dass ich nicht mal die Person ausmachen kann, die sie verursacht hat, weil sie schon wieder in der hektischen Masse untergetaucht ist.

Ich folge Fannys rotem Lockenkopf durch das Gewusel, hoch in das riesige Einkaufscenter von Les Halles. Aus dem düsteren stinkenden Untergrund in die schicken mehrstöckigen Hallen mit glänzendem Fußboden und aufgeräumten Geschäften.

»Wir müssen zu Ausgang 5«, sagt Fanny. »Der ist gleich dort.« Sie zeigt auf eine Rolltreppe, über der *Sortie Porte St-Eustache* und *Mediatheque musicale* steht. Greift nach meiner Hand und zieht mich und ihren roten Rollkoffer hinter sich her, schlängelt uns durch die Massen zu der Rolltreppe durch. Auf der Treppe hält sie ihr Handy in die Luft und filmt, wie wir nach oben fahren.

Ihre Mutter wohnt in der Rue Montorgueil. Irgendwo zwischen erstem und zweitem Arrondissement. Laut Google-Maps nicht weit vom Louvre und dem Hotel de Ville entfernt.

Irgendwas in mir möchte wieder umdrehen. Will nicht hier ankommen, in dieser Stadt, wo doch alles angefangen haben muss. In den letzten Wochen hat sich so eine hässlich grellgelbe Farbe über meine Pariserinnerungen gelegt. Und Marie Gramont und die aufdringlich inszenierten Bilder ihres Instagram-Accounts haben sich in mein Hirn eingebrannt, Gramont am Eiffelturm, Montmartre, Louvre. Sie haben alles vereinnahmt, die ganze Stadt negativ besetzt.

Draußen. Frische Luft. Paris. Das Erste, was uns über der Erde begegnet, ist ein gigantisches Bauwerk, ein verschachtelter Architekturmix in Sandfarben. Mit einzelnen Streben, die wie aus einem Fischskelett hervorstehen, und Kirchenfenstern in Herzform, die Kirche Saint-Eustache.

»Hier rum und dann sind wir gleich da«, sagt Fanny und zeigt rechts an der Kirche vorbei. Sie lotst uns weiter durch die Menge an dem Bauwerk vorbei, zwischen denen uns Wolken aus Parfüm und gebratenem Essen entgegenschweben.

Die Rue Montorgueil sieht fancy aus. Eine breite Straße aus kleinen Steinen, wie ein Mosaik, das sich wellenförmig durch die hohen Häuser mit den verzierten Giebeln über den Fenstern schlängelt. Dazu die vielen winzigen Balkone, die alles verschnörkeln, typisch Paris. Weinrot gestrichene

Fassaden der Restaurants und Bars in den unteren Häuseretagen, wo die Leute trotz acht Grad Außentemperatur unter weinroten Markisen zwischen den Heizstrahlern sitzen und essen und rauchen. Und immer wieder dieses satte Dunkelgrün, mit dem man in Paris alles Mögliche lackiert hat – Straßenlaternen, Mülleimer, die Geländer der Metro-Eingänge und die stämmigen Litfaßsäulen. Darüber strahlt alles in diesem ganz besonderen Paris-Licht, das durch die graublaue Wolkendecke blinzelt, so wie in Mamas impressionistischen Kunstdrucken. Leicht, silber-golden.

Ich hatte ganz vergessen, wie schön diese Stadt ist. Es ist mindestens sechs Jahre her, dass ich zuletzt hier war.

»Da ist es«, sagt Fanny und zeigt auf die linke Straßenseite, auf einen schnörkeligen Häuserblock, im Untergeschoss ein GUESS-Geschäft. Rechts und links daneben La Grille Montorgueil und Anaïs, und LB und eine Boucherie in Weinrot auf der Straßenseite gegenüber.

An der Tür tippt sie einen Code in den Ziffernblock neben der Eingangstür ein. Leises Summen. Fanny zieht die Tür auf. Dann bugsieren wir die Rollkoffer in den dritten Stock. Vor einer der graugrünen Türen bleiben wir stehen, Fanny greift dann in ihre Tasche und zieht einen Schlüssel hervor, steckt ihn ins Schlüsselloch und schließt uns auf.

Wir stehen direkt im Wohnzimmer. Durch die großen Fenster links sieht man die Häuserfront auf der anderen Straßenseite. Und von dem verschnörkelten Balkon aus kann man vermutlich auf das bunte Treiben auf der Straße herunterschauen.

Isabelle trippelt uns in einer weiten Männerhemdbluse und Leggins entgegen. Barfuß, eine Zigarette zwischen

Zeige- und Mittelfinger, und dabei trällert sie in fröhlichem Französisch: »Sehr schön, sehr schön.«

So erinnert sie mich stark an die Frauen in alten französischen Filmen, die ständig ihren Ehemann oder Lover anschreien, weil er zu spät nach Hause kommt oder eine Affäre hat, was durchs Französisch und die Aufmachung immer leicht verrückt, aber gleichzeitig auch aufregend schön klingt.

Sie gibt Fanny einen Luftkuss, erst links, dann rechts und wieder links, und kommt dann zu mir. Sagt mit französischem Akzent: »Ich freu mich sehr, Mila.«

Wir ziehen die Schuhe an der schwarzen Holzgarderobe aus, befestigen unsere Mäntel an dem einzigen freien Haken zwischen ihren dicken Wintermänteln. Daneben hängt ein Hut, der wie ein Männerhut aussieht, aber vielleicht tragen den hier auch Frauen.

»Liebling, ihr könnt die Sachen ins andere Zimmer bringen«, sagt sie zu Fanny, winkt mit ihrer Zigarette in Richtung der Tür, schüttelt die Locken nach hinten und strahlt. Schaut zu mir und meint: »Jetzt sind wir eine, wie sagt man, eine WG!« Sie lacht laut und schüttelt dabei wieder die Haare nach hinten.

Verblüffend, wie ähnlich sie Fanny sieht. Die Lippen, dieses Püppchenhafte, das ist mir früher nicht so aufgefallen. Wie eine ältere Version von Fanny. Die Locken noch einen Tick röter, die Stimme noch eine Nuance höher und die Gestik noch eine Portion schwungvoller. Alles an ihr wirkt ein bisschen drüber, aber auf eine sehr charmante Art.

Ich muss schmunzeln. Drehe mich weg von den beiden, die sofort in eine laute Diskussion auf Französisch vertieft sind, und schaue mich im Wohnzimmer um. Besonders geräumig ist die Wohnung nicht grade. Und der Fußboden, die Wände, alles sieht ein bisschen zerfleddert aus. Aber drei kleine Zimmer für eine Person, besonders in dieser Lage, sind vermutlich Luxus. Die Wohnung muss ein Vermögen gekostet haben. Also ihren Ex-Mann, Fannys Vater, von dem sie die Wohnung nach der Scheidung übernommen hat. Was nur fair war, schließlich ist sie für ihn aus Paris nach Berlin gezogen, damit er sie dann wieder verlässt, als Fanny grade mal zwei war. Vollidiot. Mehr weiß ich eigentlich gar nicht über Fannys Vater. Mehr hat sie nie von ihm erzählt. Ihn wahrscheinlich gedanklich gestrichen, so wie er ja auch die Familie gestrichen hat.

Die Couch neben der Tür mit dem kleinen Couchtisch davor sieht gemütlich aus. Darüber eine gerahmte Schwarz-Weiß-Fotografie, die mir bekannt vorkommt. Ein Paar auf der Straße, dahinter ein großes Gebäude. Sie bleiben zwischen den Passanten stehen, mitten in der Hektik, um sich zu küssen. Als würde die Zeit, ihre gemeinsame Zeit, stillstehen, während um sie herum alles weitertreibt.

»Das ist ja schön«, sage ich.

»Ja, ja! Robert Doisneau«, erklärt Fannys Mutter, »Vor dem Hôtel de Ville, ganz in der Nähe. Da wird man gleich verliebt, nicht?« Sie kichert.

»Ist sie schon«, sagt Fanny.

Ich werfe ihr einen bösen Blick zu.

Isabelle scheint nichts zu bemerken. Legt die Hand auf die Brust und singt: »Das ist doch das Beste!« Schaut mich erwartungsvoll an, aber ich stimme nicht in ihren Gesang ein. Hefte meinen Blick stattdessen auf die Fensterfront.

»Komm hier entlang«, sagt Fanny und öffnet die Tür. Zu unserem Gästezimmer.

Der Raum ist vielleicht grade mal zehn Quadratmeter groß. Aber mit schönen silbern glänzenden Gardinen vor dem Fenster, durch das man bestimmt auch eine nette Aussicht hat. Ein Doppelbett. Ein kleiner Fliesentisch mit Stuhl. Und noch mehr Schwarz-Weiß-Fotografien, bestimmt auch Paris.

»Schön hier!«, sage ich.

Fanny zuckt mit den Schultern. Sie lässt ihren pinken Koffer auf die Rückseite plumpsen und öffnet die Riegel. Kramt nach irgendwas, zieht schließlich einen weißen Pullover und ein T-Shirt hervor.

»Gehst du duschen?«, frage ich.

»Nee, bloß umziehen«, sagt sie. »Willst du?«

»Ich mach uns ein paar Kleinigkeiten«, sagt Isabelle dazwischen und trippelt aus dem Raum.

»Ja, kurz«, antworte ich Fanny.

Nach dem Duschen gehe ich in die Küche. Isabelle hat drei Weingläser und eine Flasche Rotwein auf den kleinen Tisch vor den hohen Fenstertüren gestellt. Dazu einen Korb mit Baguettescheiben, Schälchen mit schwarzen Oliven und eins mit orangen Riffelchips und diese kleinen Käsewürfel, einzeln verpackt in Silberfolie.

»Maman, es ist grade mal 15 Uhr«, sagt Fanny mit Blick auf die Weingläser.

Isabelle kommt mit einem Stuhl über dem Kopf in die Küche und stellt ihn zu den anderen beiden am Tisch. »Aber wir müssen doch anstoßen!«, sagt Isabelle, zieht Fanny zu sich heran und drückt ihr einen lauten Kuss auf die Wange.

»Maman«, sagt Fanny, windet sich aus der Umarmung und flüchtet sich auf einen der Stühle.

Isabelle lässt sich nicht aus ihrem Singsang bringen,

tänzelt rüber zum Schrank über der Spüle und holt einen Korkenzieher daraus hervor. Im Hintergrund tönt Musik, Edith Piaf, glaube ich.

»Ich freue mich ja so, dass ihr hier seid«, trällert sie, während sie die Weinflasche vom Tisch nimmt und den Korken mit ein paar Handbewegungen so gekonnt herausdreht, dass ich mich frage, wie viele Weinflaschen sie wohl schon geöffnet hat. Wahrscheinlich ein französisches Ding, Wein und Käsewürfel zur Mittagszeit. Auch das Rauchen. Vielleicht ist es grade das, was manche nach Paris zieht. Genießen ohne schlechtes Gewissen. Nicht wie in Berlin, im Vollkorn-Avocado-Toast-Paradies, wo nur noch die aufmüpfigen Studenten Zigaretten rauchen. Vielleicht ist es das, was auch Papa hierherzieht. Hier muss er seine Zigarre bestimmt nicht in einer Schublade verstecken. Vielleicht ist die Gramont auch wie Isabelle, so eine Klischee-Französin, die immer mit Weinglas in der einen und Zigarette in der anderen Hand rumläuft und dazu schöne französische Worte nuschelt. Vielleicht hat sie auch dieses *Je ne sais pas* oder *Je ne se quoi*, oder wie das heißt, was in den Frauenzeitschriften beim Zahnarzt immer mal auftaucht.

Fanny nippt an ihrem Weinglas und pult eine Olive aus dem Öl. Sie wirkt erstaunlich ruhig, so kenne ich sie gar nicht. Dafür wird Isabelle immer lauter und die Weinflasche bald leer. In ihrem französisch gefärbten Deutsch singt sie erst eine Lobtirade auf irgendeinen Typen, der ihr umsonst den Roller repariert hat. »Ich mein, dass ist nicht selbstverständlich«, sagt sie mit großen Augen und ernstem Nicken. Dann singt sie eine ausgedehnte Hasstirade auf einen anderen, der sie im Restaurant genervt hat: »Völlig ohne Manieren!«

Zwischendurch katapultiert sie immer mal wieder einen Begeisterungsschwall über unsere Anwesenheit in Fannys Richtung, den Fanny betont gleichgültig wegatmet.

Wahrscheinlich kann das auf Dauer schon anstrengend werden, Isabelles Art. Dass alles irgendwie schwarz oder weiß ist. Wobei das bei Fanny oft ähnlich ist. Aber in Gegenwart ihrer Mutter ist sie anders. Sie schweigt viel und pult noch mehr Oliven aus dem Schälchen. Wickelt einen Käsewürfel nach dem anderen aus dem Silberpapier und faltet diese dann so oft, bis nur noch ein Haufen winziger Silberperlen übrig ist.

Es ist nicht zu übersehen, dass zwischen den beiden irgendwas nicht stimmt. Eine Art unsichtbare Wand, die ein richtiges Gespräch zwischen ihnen unmöglich zu machen scheint. Diese Wand um Fanny, an der jedes Wort von Isabelle abperlt, keine Resonanz, bloß Schweigen. Dazu diese freundliche Ignoranz ihrer Mutter, mit der sie das überspielt, als würde sie es nicht merken. Ob das bei Mama und mir von außen auch so deutlich ist? Bin ich auch so abweisend wie Fanny? Oder ist das normal zwischen Kindern und Eltern?

Bei Fanny hätte ich gedacht, dass der räumliche Abstand alles ein bisschen entspannt. Schließlich wohnt Isabelle jetzt schon länger nicht mehr in Berlin. Aber vermutlich löst Distanz keine Konflikte, sondern macht es bloß einfacher, weil man nicht mehr ständig mit ihnen konfrontiert ist. Richtig gut haben sich die beiden, glaube ich, nie verstanden. Sonst hätte Fanny uns doch öfters zu sich eingeladen, als ihre Mutter noch dort gewohnt hat. Vielleicht war sie ihr damals schon peinlich?

Isabelle schenkt sich noch ein zweites Glas ein. Spitzt die Lippen und trinkt.

»Maman, wir müssen auch bald los«, sagt Fanny. Sie steht auf und tippt mich an der Schulter an.

»Ja, natürlich«, sagt Isabelle und nickt mir zu. Greift nach ihrer Zigarettenschachtel und dem Feuerzeug neben der Spüle und steckt sich eine Zigarette an. Spitzt wieder die Lippen und inhaliert einen tiefen Atemzug.

Ich will mein Glas zum Spülbecken tragen, aber Isabelle winkt ab. »Ist schon gut, Mila.«

Ein paar Minuten später stehen wir wieder vor der Tür. Umringt von roten Markisen und noch mehr Weingläsern. Auf dem Weg – ja, wohin eigentlich?

»Wohin gehen wir?«, frage ich.

Fanny dreht sich nach rechts, wirft den Arm in die Luft und springt wie eine Ballerina einen großen Schritt nach vorne. Dabei ruft sie: »Rue de Rivoli!« Und scheint wieder ganz die Alte zu sein.

Während wir die Rue Montorgueil heruntergehen, hüpft sie mehr, als dass sie läuft, folgt den Wellen des Mosaik-Fliesen-Bodens in der Straßenmitte und zieht wie immer alle Blicke auf sich.

Wir gehen am Eingang zu Chatelet – Les Halles vorbei und immer geradeaus, die Rue du Pont-Neuf entlang. An jeder Straßenecke suche ich auf der Hauswand das blaue Schild mit dem Straßennamen, versuche, mir die Wege einzuprägen. Eine innere Karte, ein Netz in meinem Kopf zu erstellen, vielleicht brauche ich es später noch. Nach einer Weile erscheint die Aufschrift *Samaritaine* auf einem hohen Gebäude auf der anderen Straßenseite mit schön verzierten Säulen, gelb gemustert. Das muss sie sein, die Rue de Rivoli.

»Der Ku'damm von Paris!«, rufe ich.

Fanny lacht.

Wir biegen nach links ein. Reihen uns ins Gewimmel der großen Einkaufstüten und französischen, englischen, teilweise auch deutschen Gesprächsfetzen ein. Dazwischen vereinzelt Frauen mit rotem Lippenstift, Handtaschen und Absätzen und Männer mit Aktentaschen und schicken Anzügen, die mit desinteressierten Gesichtern und kantigem Gang die Straße entlangmarschieren. Bestimmt die echten Pariser. Dieser Paris-Vibe, die elegante Eile, die etwas Ansteckendes hat und mich sofort überlegen lässt, zu welchem Kreativprojekt ich hier mit rotem Lippenstift und hohen Absätzen dazu eilen könnte.

Fanny hält ihr Handy in die Luft und drückt mit dem Daumen den Auslöser. Dann bleibt sie plötzlich stehen. Ich drehe mich um, laufe zwei Schritte zurück.

»Sorry, warte kurz«, murmelt sie, den Kopf über ihr Handy gebeugt, darauf Instagram geöffnet. Sie wählt eine Frankreichflagge aus den Emojis aus und ein Croissant. Zieht beides in die obere Bildhälfte.

Die Leute strömen um uns herum. Ein Typ mit Aktenkoffer wischt haarscharf an Fannys Lockenkopf vorbei. Marschiert weiter. Fanny bemerkt ihn gar nicht, tippt: #parisbaby #vacamood #goodlive und platziert die Hashtags in der unteren Bildhälfte. Murmelt: »Bin gleich fertig.« Und runzelt die Stirn. Jetzt noch der Filter. Ist schließlich Februar. Dann klickt sie auf teilen. Und wir setzen uns wieder in Bewegung.

Aber bloß ein paar Schritte, dann bleibt sie wieder stehen. Hält mir ihr Handy hin und fragt: »Kannst du noch kurz ein Bild von mir machen?«

»Okay«, antworte ich.

Sie blickt sich um, sagt: »Warte kurz, bis ein bisschen weniger Leute da sind.«

Ich warte. Gehe zwei Schritt zurück. Laufe gegen eine Frau, entschuldige mich auf Deutsch, dann noch mal mit einem Pardon.

»Mach gleich so fünf«, sagt Fanny, »drei Porträts, zwei Ganzkörper.«

Ich grinse. Bei Fotos weiß sie genau, was sie will. Sie entspannt ihre Gesichtszüge, setzt ihr breites Lächeln auf, macht einen Knicks. @fannyfantastique, wie sie leibt und lebt. Und ich klicke.

Was hatte ich erwartet? Irgendwie muss ihr Instagram-Account ja mit den ganzen aufregenden Bildern gefüllt werden. Jetzt bin ich eben der Instagram-Boyfriend.

Ich gebe ihr das Handy zurück, sie sagt: »Merci.« Und weiter geht's.

Manchmal frage ich mich, wie es wäre, wenn sie sich das mit der Schauspielkarriere nicht in den Kopf gesetzt hätte. Wenn sie wie Emma, Mona und ich studieren würde, den Fokus auf einen Gegenstand, ein Thema legen würde und nicht so sehr auf sie selbst. Ob ihr das nicht vielleicht guttun würde.

Studieren hat sie eigentlich abgeschrieben. Nachdem sie es vor zwei Jahren bis in die dritte Auswahlrunde unter Hunderten an der Universität der Künste in Berlin geschafft hat und dann kurz vorm Ziel doch die Absage kam. Seitdem flucht sie nur noch übers Studieren, meint, dass das doch hinderlich sei, vor allem für die Filmkarriere. Bloß Zeitverlust und dann ist man plötzlich alt und hat keinerlei Referenzen. Und so viele erfolgreiche Leute hätten schließlich höchstens mal in einen Studiengang reingeschnuppert, auch wenn in den Lebensläufen und Wikipedia-Einträgen gerne was anderes steht, wenn da aus drei Scheinen schnell mal ein ganzes Studium gemogelt wird. Wir sind mittlerweile dazu übergegangen, ihre Flucherei zu überhören und unsere Studiengänge nicht mehr zu verteidigen. Weil wir, ich zumindest, glauben, dass sich dahinter bloß ihre Angst verbirgt, dass es @fannyfantastique trotz 10 000 Instagram-Followern und einem Bombenego im Schaufenster dann doch nicht schaffen könnte und am Ende ohne Ausbildung dasteht.

Vor uns baut sich Schritt für Schritt das Hotel de Ville auf, dieses monumentale Gebäude hinter dem Platz, das mit den vielen aneinandergereihten Fenstern, verteilt auf mehrere Etagen, ein bisschen wie ein sehr teures altes Schulgebäude aussieht. Links von uns ein Body Shop.

»Hier!«, sage ich laut. Von hier aus müsste der Winkel stimmen, schräg das Hotel de Ville im Hintergrund. »Hier wurde doch das Foto aufgenommen!«

»Welches Foto?«, fragt Fanny.

»Na, von Doisneau. Bei deiner Mutter«, antworte ich.

Fanny zuckt mit den Schultern.

»Das ist doch echt schön«, sage ich, »wie der diesen Moment eingefangen hat.«

Fanny grinst. Ihr Blick wandert nach rechts, zu einer Laterne. Sie rennt rüber, ruft dabei: »Jetzt fang mich ein!« Greift mit der Rechten an den Laternenhals und wirft sich in die Drehung. Schwenkt dabei den Kopf nach hinten, wie dieser Typ mit Regenschirm, der *Singin' in the rain* singt.

Ich zücke mein Handy, knipse, fünfmal. Danach hopst Fanny zu mir zurück und ich sage: »Du hast 'n Knall.« Und wir lachen.

Sie hält inne, überlegt. Fragt: »Vermisst du ihn?«

Ich: »Wen?« Dabei weiß ich genau, wen sie meint. Also sage ich doch: »Ja.«

Sie nickt. Wir gehen Richtung Hotel de Ville, auf den großen Platz davor. Nach einer längeren Pause meint Fanny: »Ich glaube, der hat auch viel um die Ohren grade.«

»Mit seinen Aufträgen?«, frage ich.

Fanny fährt sich durch die Haare. Schaut einem Mann hinterher, der im dunkelblauen Anzug über den Platz läuft und dabei aussieht, als würde er über einen Laufsteg gehen. Dann schaut sie wieder zu mir, sagt: »Ich hab mich vor paar Tagen mit Lina getroffen, seiner Mitbewohnerin, hast du ja bei der WG-Party kennengelernt, ne? Also, sie hat auf jeden Fall erzählt, dass er letztens einen Artikel veröffentlicht hat, irgendwas über die AfD, und dann haben sich Hater gemeldet und ihn richtig krass beleidigt und bedroht. Danach war er megafertig, hat sich zwei Tage in seinem Zimmer verkrochen.«

Wir stehen vor einer Bank und ich setze mich, ohne etwas zu sagen. Mir ist schwindelig und ich fühle mich, als hätte mir jemand die Luft abgedreht. Ich komme mir so dumm vor. Immer zu glauben, dass ich irgendwas falsch gemacht hätte, dabei haben manche Dinge ja einfach gar nichts mit mir zu tun.

Fanny setzt sich neben mich, legt den Arm um meine Schulter und sagt: »Hey, mach dir keine Sorgen, das kriegt er schon hin.«

»Weißt du, wie der hieß, der Artikel?«, frage ich.

Sie schüttelt den Kopf. »Irgendwas mit AfD«, sagt Fanny und hebt die Schultern. »Wirklich, keine Ahnung.«

Ich ziehe mein Handy aus der Jackentasche, tippe auf Google, gebe *Robin Frische* in die Suchleiste ein und klicke auf seinen Twitteraccount.

Fanny beugt sich über mein Handy, während ich seine

Pinnwand runterscrolle, bis ich bei einem Artikel angekommen bin, über dem AfD steht.

»Klick mal auf die Kommentare.«

»Die sind öffentlich?«, frage ich. »Nicht mal Privatnachrichten oder Mails?«

Fanny zuckt mit den Schultern. Klickt für mich auf den Post. 43 Kommentare.

Fanny liest laut: »Starker Text! Richtig gut, Herr Frische, ignorieren Sie die Kommentare einfach! Es braucht mehr solcher Beiträge, wenn wir weiter in einer Demokratie leben wollen.«

Sie schaut mich an und meint: »Ist doch voll positiv.«

Ich wische weiter, lese laut: »›Neue Rechte‹ ist auch nur ein Begriff der Systemmarionetten. Links-grüner Propagandazirkus! Wieder ein Artikel für Merkels Claqueure. Sie werden schon noch sehen, wo Sie damit landen.«

»Das ist überhaupt nicht positiv«, sage ich zu Fanny.

Das hört sich an wie aus einem NS-Film. Bei Worten wie Propaganda muss ich automatisch an Krieg denken, an Goebbels. Warum soll Links-Grün Propaganda betreiben? Was machen überhaupt diese Worte aus dem Theaterkontext hier, Marionetten, und auch der Begriff Claqueure, die sind doch völlig aus dem Zusammenhang gerissen.

»Krass«, sage ich. Ich kann nur den Kopf schütteln, weiß nicht, wie ich das alles zuordnen soll. Und das sind ja nicht mal die Drohungen. Die muss er dann scheinbar auch noch privat bekommen haben.

»Komm, schreib ihm irgendwas Nettes«, meint Fanny.

»Er meinte, er muss arbeiten«, antworte ich. »Vielleicht braucht er Zeit für sich?«

»Niemand braucht Zeit für sich, wenn er verliebt ist«, antwortet Fanny und grinst.

Aber ich schüttle den Kopf, sage: »Ich warte noch.«

Sie zuckt mit den Schultern, schlägt vor, dass wir zur Aufmunterung noch in den Body Shop gehen.

»Ich brauch nichts«, antworte ich, aber sie ist schon aufgestanden.

Im Body Shop begrüßt uns eine Wolke aus süßen Düften. Lauter bunte Gefäße, einzelne Würfel mit Schleifchen als Geschenk verpackt, alles in kleinen Ständchen hübsch aufgestellt. So ziemlich genau das Gleiche wie in der Wilmersdorfer Filiale.

Fanny hat sich vor Moringa-Duschgel, Blossom Strawberry Kiss und Shea Butter platziert. Schon den Finger in eine pinke Dose getaucht. Dann schlendert sie weiter zum Make-up-Regal.

»Man kann nie genug haben«, erklärt sie über die Schulter zu mir gewandt.

Mit Make-up kenne ich mich überhaupt nicht aus. Ich habe zwar einen ganzen Koffer voll, aber benutzen tue ich eh nur einen Mascara und zwei Lippenstifte.

»What the fuck! Shit, shit, shit«, flucht Fanny plötzlich von einem der Spiegel. Die eine Verkäuferin, schmale Lippen und Dutt, starrt zu ihr rüber, zieht eine fein gezogene Augenbraue hoch, schaut dann zu ihrer Kollegin und schüttelt den Kopf.

Fanny dreht sich zu mir, zeigt auf ihre Wange und sagt: »Alter, ein Pickel, ich sterbe!«

Es fällt mir schwer, nicht zu lachen. Gut, meine Haut ist schon unkompliziert, aber wegen eines Pickels so einen Aufriss zu machen, das kann doch nicht ihr Ernst sein.

»Warum hast du nichts gesagt! Jetzt sind alle Bilder

für'n Arsch«, heult sie und schaut mich vorwurfsvoll an. Dann wieder in den Spiegel, tastet vorsichtig auf eine rote Stelle, die mir erst jetzt auffällt.

Was soll ich sagen?

»Leg halt 'n Filter drüber«, antworte ich. Ich schiele rüber zu den zwei Verkäuferinnen, die Fanny irritiert beobachten.

»Pfffff«, macht Fanny. Nimmt ein kleines beiges Fläschchen aus dem Regal, tupft Make-up auf ihren Pickel, während sie angewidert den Mund verzieht. Geht dann zu den Verkäuferinnen, bezahlt für das Make-up, ohne ein Wort zu sagen, und stapft aus dem Laden.

»Ist doch kaum zu sehen«, rufe ich ihr hinterher.

»Ja, *jetzt*«, antwortet Fanny.

Das Licht wirft silber-goldene Strahlen auf den Rathausplatz. Eigentlich der perfekte Filter.

»Wollen wir vielleicht 'n Kaffee trinken?«, frage ich Fanny. Vielleicht hilft ja Koffein.

Sie zuckt mit den Schultern. Meint: »Ja, why not. Die Cafotheque ist ganz nett.«

Sie führt uns schweigend am Hotel de Ville vorbei, rechts in eine Seitenstraße, bis kurz vor die Seine. Da ist die Cafotheque. Drinnen prangt ein großer bunter Vogel auf einem Ast, breit über die hintere Wand gepinselt. Durch den Türrahmen darunter kann man noch weiter schauen, auf einen zweiten Raum, in dem angeregt geplaudert und Kaffee getrunken wird.

Fanny beachtet die beiden Typen hinter der Theke gar nicht, marschiert an ihnen vorbei die zwei Stufen hoch. Es ist ziemlich voll, aber geräumiger, als ich von draußen gedacht hätte. Viele bunte Bilder an den Wänden mit Tieren, Menschen, Pflanzen und dazwischen überall echte

Pflanzen, die vom Boden nach oben oder von der Decke nach unten wachsen. Wie in Monas Wohnung, das würde ihr bestimmt gefallen hier.

Wir gehen nach hinten durch.

»Cappuccino?«, fragt Fanny über die Schulter. Ich nicke. Sie geht zu einer Theke, bestellt zwei Cappuccini bei den Typen dahinter.

Im Raum daneben ist noch Platz. An einem kleinen Tisch links, der an der großen Fensterwand steht mit vielen Pflanzen davor. Über die rechte Wandseite wurde ein riesiges Bild auf Leinwand gespannt. Expressionistisch müsste das sein, die knalligen Farben und schwarzen Konturen. Abgebildet ist eine rote Couch, auf der zwei Leute sitzen, die selbst auch wieder von abstrakten, pflanzenartigen Gewächsen umgeben sind.

Fanny scheint es gar nicht wahrzunehmen. Sie lässt sich auf einen Stuhl fallen, sieht müde aus. Hält den Kopf über ihr Handy und mustert angestrengt den Bildschirm. Starrt, löscht, starrt, löscht. Sagt: »Boah, seh ich da fett aus.« Zieht mit Zeigefinger und Daumen das Bild immer größer, während sich ihre Stirn immer weiter runzelt und sie ihre Unterlippe leicht nach unten schiebt wie ein Kind. Starrt, löscht, starrt, löscht.

Einer der Typen bringt unsere Cappuccini. Stellt sie vor uns auf den Tisch, zu der Glasflasche und einer Tasse mit Zuckerpäckchen.

»Soll ich noch ’n Bild von dir machen?«, frage ich und strecke Fanny die Hand hin, aber sie will mir ihr Handy nicht geben.

»Nee, jetzt nicht«, murmelt sie.

»Aber jetzt ist doch alles überschminkt. Das wird bestimmt ein schönes Bild.«

Ihre Unterlippe beginnt plötzlich zu beben. Ihre Augen füllen sich mit Tränen. Dann lässt sie den Kopf in ihre Arme sinken und verschwindet völlig unter ihren roten Locken. Die Leute an den anderen Tischen schauen herüber, aber sie bemerkt ohnehin niemanden mehr.

Ich streiche ihr über die Locken, frage: »Was ist los?«

Fanny schluchzt: »Ich kann nicht mehr. Nicht noch ein Foto.«

Ihr Gesicht kommt wieder zum Vorschein, das Make-up völlig verschmiert und der Rest auf ihren weißen Ärmeln verteilt.

»Ich wollte dich jetzt nicht unter Druck setzen«, sage ich. »Von mir aus müssen wir überhaupt keine Fotos machen.«

»Den Druck mach ich mir ja selbst. Alles mein Ding und trotzdem kann ich irgendwie nicht anders«, weint Fanny.

Auf einmal tut sie mir nur noch leid, wie sie hier über dem Tisch hängt, mit der ganzen Schminke auf den Ärmeln. Ich überlege, ob das bei ihr wie mit dem Mädchen im Anderson-Märchen ist. Das Mädchen mit den roten Schuhen, die sie so unbedingt anziehen will, und dann kann sie nicht mehr aufhören, darin zu tanzen.

Fanny legt den Kopf wieder auf ihre Arme, schaut zu mir, erklärt: »Das ganze Rumgepose, die ganzen tollen Fotos, mein ganzer Scheiß-Instagram-Account. Das macht mich alles so fertig. Weißt du, wie viel Zeit ich damit verbringe, Fotos von mir anzuschauen, mich zu hassen, weil ich mich zu fett finde? Und dann an denen rumschnippele und sie bearbeite, bis ich mich halbwegs erträglich finde? Ich mein, wofür die ganze Scheiße? Wofür?«

»Na ja ich dachte, das gehört dazu«, antworte ich.

»Tsss«, macht Fanny, pfeift durch ihre Zähne, schüttelt die Locken und zieht die Augenbrauen hoch. »Ich bin doch nicht mal wirklich Schauspielerin. Die paar Sachen, die ich gemacht hab, was ist das schon? Hin und wieder mal ein Shooting für ’ne Werbung. Das ist nichts!«

»Du bist doch auf ’nem guten Weg«, sage ich. Versuche, dabei möglichst positiv zu klingen, zuversichtlich. Aber, dass wir von einem Pickel zur Existenzkrise übergehen, das hätte ich jetzt auch nicht gedacht. »Ich mein, du willst doch das Aufregende, die Show, die Präsenz«, sage ich vorsichtig.

»Ach, wollen.« Fanny rümpft die Nase, schaut auf ihre verschmierten Ärmel, probiert, das Make-up abzuwischen, reibt es dabei noch weiter in den Stoff und gibt es schließlich seufzend auf.

»Irgendwie war halt immer klar, dass ich Schauspielerin werde. Das hat immer zu mir gehört. Und meine Mutter hat das immer gefördert. Die Schauspielkurse früher, der Tanzunterricht, Ballett mit euch, Empfehlungen an Bekannte. Weißt du, wie viel Kohle sie in mich gesteckt hat? Und ich glaube, sie checkt einfach nicht, dass das vielleicht alles umsonst war.«

»Ist doch cool, dass sie an dich glaubt. Das machen nicht alle Eltern«, sage ich.

Aber ich kann mir schon vorstellen, dass das auch Nachteile hat, wenn die Eltern einen bei den Künstlerträumen unterstützen. Soweit ich weiß, zahlt ihre Mutter ihr dafür jeden Monat einen Tausender. Was natürlich ein Privileg ist und verhindert, dass sie jeden Müll mitmacht, der manchmal von ihr verlangt wird. Die ganzen Anfragen für Nacktdoubles und Erotikszenen, die sie uns immer zum Scherz vorliest, wenn sie die bekommt.

Aber wenn wirklich der Tag kommt, an dem sie feststellen muss, dass der große Durchbruch doch nicht eingetreten ist, muss Fanny das dann nicht nur selbst verkraften, sondern auch dem Menschen beibringen, der die ganze Zeit in ihre Vision mitinvestiert hat.

»Ja, wenigstens ein Elternteil«, meint Fanny. Sie schaut in ihren Cappuccino, auf die Schaumdecke, die noch immer schneeweiß ist, weil sie noch nicht einen Schluck getrunken hat. Sie greift ein Zuckerpäckchen und streut den Inhalt in ihre Tasse. Sagt: »Ich glaub, meine Mutter hat nie verkraftet, dass mein Vater sie verlassen hat.«

»Und du?«, frage ich.

Sie schweigt, schaut auf die weiße Schicht in ihrer Tasse, die langsam in sich zusammenfällt, während sich eine Träne durch die Wimperntuschereste auf ihrer Wange einen Weg bahnt.

»Dein Vater ist ein Idiot, wenn er sich nicht für dich interessiert«, sage ich schließlich. »Und da wird dein beruflicher Erfolg vermutlich auch nichts dran ändern, auch wenn es hart klingt. Aber sieh doch, was du hast. Emma und Mona, deine Mutter und ich und all die anderen, wir interessieren uns alle für dich.«

Fanny dreht ihren Kopf zu mir, schaut mich direkt mit ihren schwarz verschmierten hellgrünen Augen an und sagt: »Weißt du, manchmal bin ich neidisch auf dich.«

»Auf mich?«, frage ich überrascht.

Sie fährt sich mit den Fingern übers Gesicht, wischt die Tusche unter den Augen zur Seite. Sie nickt. Meint: »Du hast das alles nicht nötig. Dir ist alles so egal. Ob du was postest oder nicht. Wie du rüberkommst. Schminke.«

Ich lehne mich ein Stück zurück, schaue sie an, dann wieder weg. Kennt sie mich wirklich so wenig?

»Ich bin genauso kritisch bei meinen Fotos wie du«, erkläre ich. »Ich bin auch neidisch, wenn ich sehe, wie wahnsinnig viele Follower manche Leute haben und was sie damit für berufliche Chancen bekommen. Ja klar ist es cool, dass jeder jetzt die Möglichkeit hat, in diesem Game mitzumischen, aber wenn es bedeutet, dass einem nur noch dann zugehört wird, wenn man sich ständig ablichten lässt, ständig seinen Körper präsentiert, egal ob mit tausend Filtern oder mit Achselhaaren, dann bin ich nicht bereit, dieses Spiel mitzuspielen. Ich kann das einfach nicht.«

Ich muss Luft holen, mein Herz klopft plötzlich wie wild.

»*Du* hast halt die Wahl«, sagt Fanny trocken.

»Du doch auch!«, antworte ich.

Fanny schüttelt den Kopf, sagt: »Nicht in der Branche, nicht ohne Abschluss in irgendwas.«

»Kannst du doch noch machen«, antworte ich. »Studier doch noch parallel. Ist doch nicht zu spät.«

Sie schüttelt den Kopf. Sagt: »Ich hab keine Ahnung, was ich sonst machen soll. Ist halt nicht jeder so smart.«

»Das ist doch Blödsinn!«, antworte ich. »Es kann doch nicht sein, dass du dich dafür kaputtmachst.«

Fanny lacht. Ein trockenes kurzes Lachen. Gefolgt von Schulterzucken. Dann fängt ihre Unterlippe wieder an zu beben. Sie lässt den Kopf auf die dreckigen Ärmel sinken. Ihr Rücken zittert.

Ich fühle mich echt nicht vorbereitet für das hier, es überfordert mich völlig. Ich möchte ihr die Hand auf den Rücken legen. Aber weiß nicht. Weiß einfach auch nicht, was ich jetzt am besten machen sollte.

Nach einer Weile kommt ihr Kopf wieder hoch. Sie

schaut mich an, lange, nachdenklich irgendwie, und sagt: »Du bist immer so krass selbstlos.«

»Soll das jetzt ein Kompliment sein?«, frage ich.

Fanny stützt den Kopf in ihre Hand. Sie mustert mich, zu lange für meinen Geschmack, und dann meint sie: »Ich hab manchmal das Gefühl, dass du mir irgendwas vorenthältst. Als gäbe es was, was du mir nicht zeigen willst.«

»Okay«, antworte ich irritiert. Und dann: »Ich weiß nicht, was du meinst.«

Aber während ich das ausspreche, frage ich mich, ob es wirklich stimmt. Ob ich es wirklich nicht weiß, oder ich es nicht wissen will. Aber die Frage ist unangenehm, so viel weiß ich. Sie ist mir zu viel.

»Selbst wenn«, antworte ich, »selbst wenn das vielleicht so sein sollte, dass ich dir nicht immer alles sage, dann will ich das vielleicht einfach nicht. Ich bin doch nicht verpflichtet, dir alles mitzuteilen.«

Fanny schaut nachdenklich, sagt: »Nee, natürlich nicht. Aber verstehst du trotzdem, dass das schwierig für mich ist?«

»Doch, ich glaube schon«, antworte ich.

Sie beugt sich zu mir rüber, legt ihre Hand auf meine Wange und gibt mir einen Kuss auf die Stirn.

Ich rutsche ein Stück zurück, schaue in meine leere Cappuccinotasse. Weiß nicht, ob der Kuss oder die Frage mich verlegen macht, oder beides. Murmle bloß ein Danke.

»So!«, sagt Fanny im nächsten Moment mit fester Stimme. Sie legt die Hände auf den Tisch, richtet den Rücken grade auf. »Jetzt konzentrieren wir uns auf die blöde Bitch.« Und dann lächelt sie wieder.

»Aber wie?«, frage ich.

»Ach so«, Fanny rollt eine Locke um ihren Finger,

lehnt sich genüsslich zurück. Erklärt: »Der Freund von dem Dreh damals hat sich ein bisschen umgehört und meinte, sie ist öfter im Silencio. So ein fancy Club hier, wo lauter Promis rumrennen. Man muss da extra Mitglied sein.«

»Ja, das bringt uns doch dann nichts«, antworte ich.

»Meine Mutter ist Mitglied«, sagt Fanny. Sie nimmt einen großen Schluck aus ihrer Tasse und grinst zufrieden. »Und wenn das nichts bringt: Ab elf können wohl alle rein. Also lass uns am besten einfach um 23 Uhr hin und dann: Showtime!«

13. KAPITEL

Silencio

Hinter den halb geöffneten Gardinen schimmern schon die Lichter der Nacht. Wie schnell es dunkel geworden ist. In wenigen Stunden werde ich sie treffen. Oder auch nicht. Wer weiß. Aber wenn nicht, dann muss ich die ganze Kiste trotzdem abhaken, hilft ja nichts.

Vier Grad, sagt die Wetter-App auf meinem Handy, 22:30 Uhr. Ich liege immer noch auf unserem Bett, unter der dicken weißen Decke. Fanny ist schon seit einer halben Ewigkeit im Badezimmer verschwunden. Flucht wahrscheinlich über ihren Pickel und schichtet ordentlich Make-up drüber.

Ich habe keine Lust, mich fertigzumachen. Wofür? Für die Frau, mit der mein Vater schon seit mindestens einem Jahr fremdgeht? Für den Job könnte ich mir auch eine stinkende Mülltüte anziehen. Aber damit komm ich wahrscheinlich nicht in diesen fancy Club rein.

Ich tippe *Silencio Paris* in mein Handy. Klicke auf *Accueil* ganz oben in den Vorschlägen. Betrachte die Schwarz-Weiß-Fotografien auf schwarzem Hintergrund, die auf der Webseite von selbst nach links rutschen. Darauf überall dunkle Räume mit abgerundeten Decken, fast ein bisschen gruselig, aber alles sehr kunstvoll. Das Silencio wird als Privatclub für Kreative angekündigt, designed by Mr David Lynch himself, dem großen Filmregisseur.

»Du bist ja immer noch im Bett!« Fanny steht in der Tür und schaut zu mir herunter. »Auf, auf!«, ruft sie lachend, zieht mir die Decke weg und drückt sie an ihre Brust.

Im ersten Moment hätte ich sie fast nicht wiedererkannt. Sie hat die roten Locken zu einem strengen Dutt nach hinten gebunden, die Augen schwarz umrandet. Dazu ein langes dunkelblaues Kleid.

»Steht dir«, sage ich.

»Findest du?«, fragt Fanny. Sie schaut skeptisch an sich herunter, über die Schulter, auf ihren Po.

Ich nutze die Ablenkung, um ihr mit einem Ruck die Decke aus den Armen zu ziehen und mich wieder darin einzurollen. Fanny schüttelt den Kopf. Ich grinse zu ihr hoch, die Decke um beide Ohren geschlungen wie einen Kokon.

»Irgendwann musst du dich aber schon von der Decke verabschieden«, sagt sie. Tupft dann vorsichtig mit den Zeigefingern auf ihrer Wange herum. Fragt: »Und der Pickel?«

»Welcher Pickel?«, antworte ich.

Sie grinst.

»Bist du wirklich sicher, dass wir da reinkommen?«, frage ich.

»Na, nicht im Schlafanzug«, meint Fanny. »Ist nicht Berlin.«

Ich nicke. Rolle mich aus der Bettdecke und gehe zum Spiegel hinüber. Nehme meine Bürste und kämme mir die Haare. Sie sehen schon wieder länger aus. Gefühlt jedes

Mal drei Zentimeter mehr, wenn ich in den Spiegel schaue. Wahrscheinlich müsste mal wieder ein Stück ab.

»Du hast echt so schöne Haare«, sagt Fanny.

»Findest du?«, frage ich. Schaue in den Spiegel, in mein Spiegelbild. Es schaut schüchtern zurück.

»Ich weiß«, entgegnet Fanny, »du willst mehr so die Intellektuelle sein.«

Ich drehe mich zu ihr, schaue sie erstaunt an und sage: »Ich will gar nichts sein.«

Sie grinst.

Ich setze noch mal an, erwidere: »Schönheit liegt im Auge des Betrachters.«

»Deshalb sag ich es dir doch«, meint Fanny.

Ich zucke mit den Schultern. Ich mag es nicht, wenn mein Aussehen Thema ist. Ein Gefühl, als würde mir etwas entgleiten, ich selbst, in eine andere Realität oder Wahrnehmung.

Fanny kramt in ihrem Koffer, zieht ein schwarzes Kleid hervor und hält es mir zusammen mit ihrem Lippenstift hin. Sagt: »Come on, you can do it.«

###

Vor der Tür ist es milder, als die App prophezeit hat, aber das kann auch an der Wärme der Heizstrahler rund herum liegen. Aus den Restaurants in der Rue Montorgueil schwappt sie mit der Pariser Abendstimmung zu uns herüber, fließt über den rutschigen Mosaikboden zwischen den Passanten und um uns herum. Überall tummeln sich Leute, ziehen durch die Straßen oder stehen in Grüppchen mit Zigaretten vor den Bars.

»Weißt du, wie wir fahren müssen?«, frage ich.

»Laufen«, meint Fanny, »sind bloß zehn Minuten.«

Zehn Minuten. Mein Herz fängt an zu klopfen. Was sage ich jetzt zu Marie Gramont, wenn sie wirklich da ist? Fuck, bis dahin habe ich überhaupt nicht gedacht! Ich fahre mir immer wieder durch die Haare, presse die Lippen aufeinander, versuche, nicht den Lippenstift abzukauen, den Fanny mir auf die Lippen geschmiert hat.

Sie nimmt meine Hand, sagt: »Tut mir leid, dass ich das mit deinen Eltern am Anfang nicht so ernst genommen hab. Ich verdränge irgendwie selbst alles, was mit Eltern zu tun hat.«

»Schon okay«, antworte ich.

Diesmal gehen wir nach links, die Rue Montorgueil herunter. Nach wenigen Schritten baut sich ein dunkelgrün lackierter Torbogen vor uns auf, der sich hoch über der Straße erhebt. Dahinter ist ein gelbes Bild auf einer der Hauswände erkennbar, mit schwarzen Konturen. Ich kneife die Augen zusammen, sage: »Guck mal«, und zeige durch den Bogen, »Tim und Haddock knutschen.«

Tim und Struppi. Bilder von früher. Kindheitserinnerungen: Wie Papa mir wieder ein neues Comicheft mitbringt. Ich mich sofort darauf stürze, alles stehen und liegen lasse. Mich in den großen Sessel in der Couchecke einrolle, das Heft aufgeklappt wie Papa seine Zeitung. Meine Zeitung, nur mit ganz vielen Bildern und viel lustiger.

»In Paris knutschen alle«, sagt Fanny und wirft einen Luftkuss in meine Richtung.

Ich muss kichern. Hinter dem Torbogen biegen wir nach links, am McDonald's vorbei in die Rue Réaumur. Ein Bio c' Bon in dunkelgrünem Lack, ein Kaschmirgeschäft, die Papeteries Réaumur. Dann rechts. Rue Montmartre, hier muss es sein.

Tief durchatmen.

Fanny zeigt auf ein Gebäude rechts. Ziemlich unspektakulär eigentlich. Ein heller, schnörkeliger Pariser Bau mit verzierten Giebeln und französischen Balkons. Bloß die Fassade im Untergeschoss hat man komplett schwarz angepinselt. Davor stehen ein paar Leute und rauchen, so zehn vielleicht, ist ja noch früh. Und zwei Türsteher in Anzügen, der eine vor einer der schwarzen Türen, durch die ein roter Teppich ins Innere reicht. Nur ein paar Sekunden später und wir stehen drinnen. Fanny nimmt wieder meine Hand. Zischt leise: »Siehste!«

Drinnen: wenig Licht, bloß Gold. Ein düsterer Goldrausch. Wie in einem Traum.

»David Lynch, war der nicht auch der Regisseur von Twin Peaks?«, frage ich Fanny.

Sie zuckt mit den Schultern. Fragt: »Ist das hier gedreht worden?«

Ich zucke auch mit den Schultern.

Twin Peaks, diese Serie aus den Neunzigern, von der ich gehört habe, weil sie 2017 nach Ewigkeiten ihr Revival gefeiert hat. Dann habe ich extra die ersten beiden Staffeln geschaut, um die neue im Anschluss zu sehen. Bloß habe ich nicht einmal die erste Folge geschafft, drei- oder viermal bin ich eingeschlafen. Es passiert so unglaublich wenig, maximaler Kontrast zum hektischen Social-Media-Alltag, in dem Langeweile und sentimentale Einsamkeit durch die Rotation der Sinnlosigkeit ersetzt wurden.

Schade eigentlich. Vielleicht muss ich der Serie noch eine Chance geben, lernen, die Ruhe auszuhalten. Könnte mir in Situationen wie diesen ja nicht grade schaden.

Fanny und ich schleichen vorsichtig durch die schummerig-goldenen Räumlichkeiten. Ich schaue mir die Leute genau an, suche nach Marie Gramonts dunklen Haarwellen, einem teuren Kleid. Aber davon gibt es hier viele. Wir gehen weiter bis zu einem Raum mit Couchecken, darüber diese abgerundeten Decken wie auf der Website, scheinbar ein besonderes Stilmerkmal hier, golden, oder golden beleuchtet.

»Lass uns erst mal zur Bar«, meint Fanny.

Die Bar glänzt wie ein polierter Goldring inmitten der Menschen. Eine abgerundete, massive Theke, komplett mattgolden, darauf die Tischplatte, spiegelglatt. Und auch die Spiegel hinter den vielen Flaschen in den Regalen werfen das Goldlicht zu allen Seiten zurück. Die zwei Männer hinter der Bar hüpfen dazwischen herum, mixen aufwendige Cocktails.

Wir drängeln uns vor zur Theke. Fanny wedelt mit einem Fünfzigeuroschein und sagt: »Ich zahle.« Fügt hinzu: »Also meine Mutter.« Bestellt uns zwei Weißwein.

Um uns herum stehen und gehen eigentlich nur Leute, die aussehen, als ob sie entweder richtig viel Geld oder Fame haben, oder beides. Sehr extravagant gekleidet, viel Schwarz, dicker Schmuck oder Glitzerstoff und kleine Handtaschen. Frauen mit gespitzten Lippen, ausgeprägten Wangenknochen und schlanken Taillen, die nach 80-Stunden-Woche oder nach 0-Stunden-Woche aussehen, nach keine-Zeit-zum-essen oder viel-Zeit-um-sich-aufs-Nicht-essen-zu-konzentrieren. Menschen, die zu cool sind, um sich viel umzuschauen, sondern mehr mit sich und ihren Bekanntschaften beschäftigt sind. Elegante Handbewegungen und verhaltenes Getuschel, Selfies alleine, Selfies zu zweit, höchstens mal ein kurzer Blick zu uns, bei dem wahrscheinlich sofort deutlich wird, dass wir weder Geld noch Fame haben.

Das Publikum ist auch eher älter. Ich komme mir ein bisschen vor wie früher, wenn Fanny und ich ausnahmsweise mal auf einer der Erwachsenenpartys unserer Eltern länger wach bleiben durften.

Vielleicht ist Papa auch schon hier gewesen. Oder er hat sie hier kennengelernt?

Wir beobachten weiter. Leute im goldgelben Schummerlicht, die tanzenden Lichtreflexionen auf ihren Gesichtern, laute französische Gespräche, das Klirren der Gläser auf der Theke. Nippen an unseren Weingläsern.

Vielleicht wird das hier genau wie die erste Folge von Twin Peaks 3: unendlich viel Rumstehen, Leute anstarren und dann gehen wir einfach wieder nach Hause und das war's. Ende der Geschichte. Darauf habt ihr jetzt Jahrzehnte gewartet. Ein schummeriges Nichts.

Plötzlich, ein paar Gläser weiter im flackernden Licht: die dunklen Haarwellen, schöne Gesichtszüge, Paillettenoberteil. Das ist sie, das ist Marie Gramont!

Mein Fuß tippt gegen Fannys Schienbein.

»Aua!«, mault sie.

»Sorry«, zische ich und mache eine Kopfbewegung in Richtung Paillettenoberteil.

Fanny schaut rüber, nickt mir zu. Bleibt ganz ruhig stehen, lächelt, nippt an ihrem Weinglas.

Mein Herz klopft bis zum Hals, bis in die Ohren. Jetzt cool bleiben!

Fanny hilft. Fängt an, über Paris zu reden, über die wunderschönen Restaurants und bla, bla. Nippt weiter an ihrem Glas.

Aus dem Augenwinkel kann ich erkennen, dass die Gramont rüberkommt. Mit irgendeinem Typen an ihrer Seite, groß, gut aussehend, vielleicht auch Schauspieler.

Als sie nur noch einen halben Meter von uns entfernt ist, schwenkt Fanny den Kopf zu ihr rüber und ruft auf Französisch: »Marie! Was für ein Zufall!«

Marie fährt herum, schaut Fanny an, scheint zu überlegen, wahrscheinlich erinnert sie sich nicht. Dann schaut sie mich an, zieht die Augenbrauen überrascht nach oben. Als würde sie mich erkennen. Sie lächelt. Nicht Hollywood, nicht fake. Irgendwie ehrlich. Sie sagt dem Typen neben ihr was ins Ohr, schiebt sich an den zwei Typen vor ihr vorbei, kommt mit ihm zu uns an die Bar.

Ich weiß nicht, was ich gedacht habe, was passieren würde, sollte sie wissen, wer ich bin. Aber wohl eher, dass sie mich anspringt und mir die Augen auskratzt, so wie ich mir das bei ihr überlegt hatte. Oder dass sie vor mir flüchtet, einfach wegrennt, mich ignoriert, der Situation aus dem Weg geht. Aber sie lächelt. Immer noch. Gibt Fanny drei Luftküsschen. Streckt mir die Hand entgegen. Wie mechanisch legt sich meine in ihre. Ich murmle: »Mila.«

Sie nimmt meine Hand, fester Händedruck. Herzlich. Sagt: »Sehr erfreut, Mila, Marie Gramont.«

Der Mann an Maries Seite nickt uns desinteressiert zu und verabschiedet sich dann von ihr. Schlängelt sich durch den Raum und bleibt dann an zwei anderen Frauen hängen.

In meinem Kopf rattern die Zahnräder. Ich versteh gar nichts mehr. Diese aufrichtige Freundlichkeit. Dass sie immer noch hier steht und lächelt und jetzt extra Englisch spricht. Dass sie einfach nichts mit dem Bild gemein hat, dass ich mir über die letzte Zeit aus ihrem Instagram-Account zusammengeklebt habe: ein paar Schnipsel crazy Diva, ein paar oberflächliche Kuh, ein paar böse Hexe, die meinen Vater verzaubert hat. Das Bild, das ich wahrscheinlich auch einfach in ihr sehen wollte. Sie ist es nicht und gleichzeitig ist sie es. Und scheinbar weiß sie auch noch, wer ich bin. Da müsste sie doch irgendwie reagieren, also mit irgendwas anderem als Freundlichkeit. Oder sie weiß schon, dass ich Papas Tochter bin, aber glaubt nicht, dass ich von der Affäre weiß? Sie sieht einfach nicht aus wie eine Frau, die grade von der Tochter ihrer Affäre ertappt wird. Oder ist sie so eine gute Schauspielerin? Ich verstehe gar nichts mehr.

Marie Gramont mustert unsere halb leeren Gläser und sagt auf Englisch: »Ich hole mir noch eine Cola. Wollt ihr auch noch was?«

»Ja«, antwortet Fanny, »Cola Zero wäre super.« Sie streicht über ihren Lockendutt, vielleicht ein bisschen beleidigt, dass Marie Gramont sich nicht an sie erinnert, bloß höflich bleibt.

»Und du?«, fragt die Gramont und schaut mich an. Ich vergesse für einen Moment, dass ich einen Mund habe. Starre bloß ihren an, als würde ich meine Worte dort finden. Ich lächle und sage: »Super, Cola Zero wäre nett.«

»Klar«, sagt die Gramont. Lehnt sich zum Kellner, der sie sofort bemerkt und dann freudig ihre Bestellung aufnimmt.

Fanny spitzt die Lippen, in ihren Augen leuchtet das flackernde Goldlicht. Eine Sekunde später stehen drei Colaflaschen für uns auf der Bar.

Ich kann es immer noch nicht fassen, dass wir jetzt hier stehen, in der David-Lynch-Bar mit Marie Gramont. Wie surreal.

Fanny nutzt die Gunst der Stunde, Marie Gramont auf die Sprünge zu helfen, wo sie sich zuletzt gesehen haben, und um von ihren Schauspielambitionen zu berichten. Und ich kann es ihr nicht verübeln, weil das immer noch besser ist als meine Wortlosigkeit.

Marie Gramont zeigt, dass sie nicht nur aufrichtig lächeln, sondern auch gut zuhören kann. Sie nickt, stellt Nachfragen. Sie ermutigt Fanny, nicht aufzugeben, und gibt Tipps, an wen sie sich am besten wenden soll. Hin und wieder wirft sie mir einen nachdenklichen, aber doch freundlichen Blick zu, den ich immer noch nicht interpretieren kann.

Denken überfordert mich, sprechen geht gar nicht. Ich stehe schweigend neben den beiden, während das Licht über die Gesichter an der Bar tanzt, lautes Lachen ertönt, immer wieder wird angestoßen. Irgendwann steht der Typ von Marie Gramont wieder bei uns. Lehnt sich zu ihr, flüstert ihr irgendwas ins Ohr. Sie nickt. Stellt ihn vor: »Pierre, mein Kollege«.

Küsschen links-rechts-links, Küsschen links-rechts-links. Sie entschuldigt sich bei uns, geht ein Stück zur Seite und fängt an, irgendwas mit ihm zu diskutieren.

Fanny beugt sich zu mir vor, fragt mit aufgerissenen Augen: »Und? Willst du jetzt nicht mal fragen?«

Ich weiß nicht, was ich ihr antworten soll. Aber irgendetwas in mir rumort nicht mehr, hat aufgehört zu fragen. Versteht diese ganze Situation zwar nicht richtig, aber hat sie doch als real abgespeichert. Und so langsam setzt sich in meinem Kopf der Gedanke zusammen, dass ich hier an der falschen Adresse bin, hier, bei der Gramont. Sie ist es nicht, der ich mich stellen muss, ich weiß es doch. Vielleicht wollte ich das glauben. Vielleicht, weil sie weit weg war und damit auch der Konflikt. Und dabei war alles immer nur in meinem Kopf, das Bild von ihr, das ich mir selbst zusammengesetzt und an dem ich mich so sehr festgebissen habe. Jetzt wurde es überschrieben. Ich habe endlich das Gefühl, es weglegen zu können.

»Lass uns gehen«, sage ich.

»Sicher?«, fragt Fanny und schaut mich irritiert an.

»Ja«, antworte ich und stehe von meinem Stuhl auf. Wir gehen auf Marie Gramont zu, die uns überrascht anschaut.

»Wir müssen leider los«, meint Fanny auf Französisch. »Wir fliegen morgen.«

»Oh, das ist schade«, sagt sie auf Englisch. Und wieder wirkt es echt. Echtes Bedauern, nicht gespielt. Nicht dieses überzogene Genöle, wie auf den WG-Partys, wenn man gehen will und genau weiß, dass die besoffene Meute einen nach zwei Minuten eh schon vergessen hat.

»Ihr könnt mir schreiben, wenn ihr wieder in Paris seid«, fügt sie hinzu, kramt in ihrer kleinen dunkelgrünen Handtasche und drückt uns dann jeweils eine Visitenkarte in die Hand. Schaut mich dabei wieder so merkwürdig von der Seite an.

Wir bahnen uns den Weg durch die vollen Räume. Vorbei an rotem Lippenstiftlächeln und Männern in Anzügen mit aufgeknöpften Hemden. Während wir den Club verlassen, gleitet meine rechte Hand in meine Jackentasche. Fährt mit dem Zeigefinger über den Rand der glatten Pappe darin. Als würde ich mich davon überzeugen wollen, fühlen, dass das alles wirklich wahr ist, diese Visitenkarte, sie. Wer hätte gedacht, dass an einem Ort wie diesem eine Begegnung stattfindet, die sich echter als alles andere anfühlt. Eine bloße Begegnung, die so wenig Worte braucht, nur einen Blick, um alles Vorherige zu überdenken, abzugleichen, zu verwerfen und dabei eine neue Realität zu schaffen. Ein Gefühl, als hätte jemand einen Vorhang beiseite gezogen. Und ich stehe selbst noch mitten auf der Bühne, ja, aber doch in dem Wissen, dass es jetzt Zeit ist, herunterzusteigen und das Theater zu verlassen. Es führt kein Weg daran vorbei. Ich muss mit Andreas sprechen.

14. KAPITEL

Männer

Die 23 wirkt verloren auf dem roten Backsteinpfeiler. Das kleine schwarz-weiße Hausnummernschild des Literaturhaus-Cafés, umgeben von einem eisernen Zaun aus graden Streben, Verzierungen, gebogenen Streben, die sich kringeln und winden. Vielleicht Jugendstil, oder einfach Schnörkel. Dahinter das Café, in dem ich zuletzt mit Andreas und Lilly war.

Es ging alles so schnell. Vor fünf Stunden stand ich noch in Paris, Charles de Gaulle, und jetzt hier, in der Fasanenstraße. Ich gehe zum Schaukasten an der Backsteinmauer und betrachte die ausgestellten Bücher hinter der Glasscheibe.

Die Straße rechts runter auf dem Ku'damm rasen die Autos. Menschen in Grüppchen. Alles zieht vorbei. Vorbei am Literaturhaus-Café, dieser kleinen Insel inmitten des hektischen Konsumtreibens, die den Charme des alten intellektuellen Berlins konserviert hat. Die eisernen Türen zwischen den Backsteinpfeilern sind weit geöffnet, zeigen in Richtung des würfelförmigen Gebäudes mit dem zugehörigen Wintergarten. Ich gehe hindurch. Dann die Treppenstufen über den gemusterten Teppich herauf bis zur Etage links, in der die weiße Elefantenfigur unter der Decke schwebt, angestrahlt von den Deckenleuchten. Geradezu die Wand, an der einzelne Bücher von Fäden baumeln. Bleibe links an dem Stand mit den Flyern hängen. Kulturinfo, Werbeprospekte. Sammle mir einen kleinen Stapel zusammen: Kinemathek, Berliner Kriminaltheater, Schaubühne, Haus der Kulturen der Welt. Zucke zusammen. Vom Vibrieren in meiner Jackentasche. Halte inne, spüre das Trommeln in der Brust.

Bloß Emma, WhatsApp. Atme erleichtert aus.

Emma: Hey!!! Hab gefragt, du kannst ab März bei uns im Café anfangen! Dann: ein Herz.

Ich schicke ein Danke und ein Herz zurück. Wechsle in den Flugmodus.

15:18 Uhr, achtzehn Minuten zu spät. Ich lasse das Handy zurück in die Jackentasche gleiten. Betrachte die starre Türklinke zu den Caféräumen. Sie neigt sich plötzlich, zwei ältere Damen kommen heraus. Nicken freundlich, halten die Tür auf. Ich schiebe mich ins Innere des Cafés. Drinnen herrscht geschäftiges Treiben. Die schwarzen Tische vor den schwarz bezogenen Bänken und Sesseln sind alle besetzt. Älteres Publikum, das durch die Bank weg nach irgendwas mit Kulturwissenschaft aussieht. Vornehm frisiert nippen sie an ihren Kaffeetassen und auch die Kellner sehen wie immer ordentlich aus in Schwarz-Weiß. In der Fensterfront bloß Natur, dunkles Grün, als sei man im Wald.

Hier ist er nicht. Im Raum links eine Zeitung, aufgeschlagen über dem Knie. So kennt man ihn hier wahrscheinlich. Andreas Mertens, der Anwalt, der Intellektuelle, der Freund der Kulturszene. Ich gehe rüber, setze mich auf den freien Stuhl ihm gegenüber.

Er schaut erstaunt hinter der Zeitung hervor, faltet das Papier zusammen. Sagt: »Emilia, Hallo.« Wirft einen Blick auf seine Uhr am linken Unterarm, dann wieder zu mir. Sagt nichts und ich auch nicht. Er streicht sich mit der Rechten über den Kopf, sieht zerstreut aus, die Augen unter den buschigen Augenbrauen hüpfen zwischen den Tischen umher, dann wieder zu mir. Weiß er, was jetzt kommt?

»Wie war es denn in Paris?«, fragt er.

»Interessant«, antworte ich knapp.

Er nickt. Fährt sich wieder durch die Haare, als sei da was, was er beim ersten Mal nicht erwischt hätte.

»Und habt ihr euch viel angeschaut? Den Eifelturm?«, fragt er weiter.

»Nee«, sage ich und schüttle den Kopf.

Er schaut erstaunt, zieht die Augenbrauen zusammen. Sagt nichts und ich auch nicht.

Eine der Kellnerinnen kommt an unseren Tisch, fragt nach unserer Bestellung.

»Magst du was essen?«, fragt er.

Ich schüttle den Kopf. Bestelle bloß Kaffee.

Am Nebentisch eine Stimme: »Gudula, das steht völlig außer Frage. Völlig geschmacklos hat er das inszeniert.« Die Dame neben Andreas auf der Bank, roter Kurzhaarschnitt, knallige Lippen und eine Brille mit dickem schwarzem Rahmen, mit der sie sofort nach Kulturkritikerin aussieht. Die Dame ihr gegenüber, vermutlich Gudula, hat auch so eine.

Ich schaue wieder zu Andreas, wie er sich die Ärmel seines weißen Hemds hochkrempelt, den Blick auf Gudula gerichtet.

Wir können das jetzt noch eine Weile so weiterspielen.

Uns noch Gudulas Sichtweise anhören, die ganze Kulturdebatte der beiden. Ich könnte das auskosten, dass ich mehr weiß als er, mehr, als ich wissen sollte, und dass er vermutlich keinen Plan hat, was er mit meinem Wissen anfangen soll. Aber so bin ich nicht.

Ich denke, ich will nichts mehr von ihm. Keine Entschuldigung, vielleicht nicht mal mehr eine Erklärung. Ich will es einfach loswerden.

Ich greife in meine Jackentasche, fühle die glatte Oberfläche, die spitzen Ecken der Visitenkarte von Marie Gramont. Ziehe die Karte hervor und lege sie auf die Tischplatte.

Andreas schaut mich an, als ob ich ein Maschinengewehr rausgeholt hätte. Sein Kinn rutscht an seinen Hals, seine Augenbrauen nach oben. Er sieht aus, als hätte er aufgehört zu atmen. Die Augen auf die Visitenkarte, dann auf sein Knie oder den Fußboden gerichtet. Irgendwie tut er mir plötzlich leid. Schließlich ist er ja noch mein Papa, aber gleichzeitig auch ein Fremder.

»Woher weißt du von ihr?«, fragt er.

»Ist egal«, antworte ich. Meine Stimme klingt fest.

Wir schweigen.

»Sie hat es mir gesagt, dass ihr euch getroffen habt«, erklärt er schließlich.

»Also weiß sie von mir?«, frage ich.

»Ja«, sagt er, »ich habe von dir erzählt, aber mehr nicht.«

Er blinzelt, wischt sich über den Mund. Schaut mir in die Augen, suchend, als würde er auf Verständnis, Mitgefühl, Gnade oder was weiß ich hoffen.

»Hast du was zu deiner Mutter gesagt?«, fragt er zögerlich.

Ich atme tief ein und wieder aus. Versuche, klar zu bleiben, nicht die Fassung zu verlieren, nicht auszurasten und wütend zu werden. Obwohl das völlig gerechtfertigt wäre.

Sage schließlich bloß: »Nein.«

»Weißt du, das ist wirklich schwer zu erklären …«, setzt er an, aber ich unterbreche ihn und sage: »Doch, ich versteh das ganz gut.«

Ich verstehe: Es wird irgendwann langweilig in der Ehe, einer verändert sich und der andere nicht, oder einem fehlt plötzlich einfach was in der Beziehung, man fühlt sich nicht mehr wahrgenommen, schaut sich um und auf einmal ist da jemand, der einen sieht, so wie man sich das wünscht, der einem gibt, was man gesucht hat, ein neues Lebensgefühl, Bestätigung, was Menschen halt so brauchen. Verstehe ich. Gibt schließlich tausend Romane und Theaterstücke und Filme und Forenbeiträge im Internet dazu.

»Es ist nicht so, wie du denkst«, sagt er.

»Was denke ich denn?«, antworte ich trocken. Und bevor er antworten kann, lege ich nach: »Erklär mir doch bitte, was ich denke. Du weißt es ja eh immer besser. Also? Was denke ich?«

Er schweigt. Schaut wieder auf sein Knie. Scheint zu überlegen. Hat er sich auf dieses Gespräch vorbereitet? Wenn sie ihm von unserer Begegnung erzählt hat. Vielleicht hat er im letzten Jahr doch mal einen Moment überlegt, was er da tut, reflektiert, und vielleicht eine kleine Schublade angelegt, neben der mit dem Brief und der Zigarre, eine mit Antworten.

»Weißt du, wenn man so lange zusammen ist …«, setzt er an.

Vielleicht aber auch nicht.

»Weiß ich«, unterbreche ich ihn wieder. »Manchmal lebt man sich auseinander.«

Er schaut mich an, starr, hält inne. Meint: »Ich konnte deiner Mutter nicht mehr die Aufmerksamkeit geben, die sie verdient hat. Das ist meine Schuld. Weißt du, man fragt sich, ob es das ist, und …«

»Stimmt«, falle ich ihm ins Wort, »die Sache mit der Midlife-Crisis.«

Er wirkt irritiert. In jeder anderen Situation hätte er mich längst zurechtgewiesen, mich als überheblich und respektlos bezeichnet oder wäre einfach aufgestanden und gegangen. Ach was! In jeder anderen Situation hätte ich so was niemals gesagt. Aber jetzt ist alles anders. Jetzt ist es, als hätten sich unsere Positionen verändert, er sitzt plötzlich auf der anderen Seite seines Schreibtischs und ich auf dem Sessel. Er muss sich erklären, rechtfertigen und nicht ich.

Er schweigt.

Die Kellnerin bringt meine Kaffeetasse. Wir bedanken uns. Schweigen weiter.

Gudula und die andere zahlen, stehen auf, krumpeln sich zurecht und gehen Richtung Ausgang.

Andreas räuspert sich. Nimmt einen großen Schluck aus seiner Kaffeetasse. Meint dann mit gesenkter Stimme: »Ich weiß, ich habe dich unterschätzt.«

Er sieht auf den Boden, wirkt plötzlich so weich, als hätte sich seine Konsistenz verändert. Sagt: »Das tut mir leid. Alles. Es tut mir alles aufrichtig leid. Ich …«, seine Stimme stockt. Er räuspert sich noch mal, nimmt noch einen Schluck. »Ich wusste nicht, was ich deiner Mutter sagen soll.«

Ich spüre, wie ich plötzlich wütend werde, als hätte jemand ein Ventil in mir aufgedreht, das mich lauter sprechen lässt, sagen lässt: »Das ist deine Sache. Ich weiß Bescheid, aber du musst dir überlegen, was du damit machst!«

Meine Arme verschränken sich vor meiner Brust, die auf einmal voller Wut ist, egal, wie sehr ich versuche, das alles hier reflektiert anzugehen.

Ich sage: »Ich hab's satt, dass ich mich immer verantwortlich für euch fühle, für Mama. Ich hab mir jetzt lange genug den Kopf zerbrochen, wie ihr das lösen könnt. Dabei ist das deine Sache, es ist deine Verantwortung. Weißt du, wie schwer das für mich ist?«

Ich hole tief Luft. Ich kann das alles nicht nüchtern sagen. Aber diesmal kann er mir das nicht als Schwäche auslegen. Irgendeinen Sachverhalt herauspulen, den ich in meinem Anfall von Irrationalität nicht bedacht habe. Er ist derjenige, der so vieles nicht bedacht hat. Ich glaube, es ist das schlimmste Gespräch, das wir je hatten. Und gleichzeitig ist es das beste.

Er hält mir die Speisekarte hin. Meint: »Bestell doch noch was.«

Aber ich schüttle den Kopf. Habe meinen Milchkaffee noch nicht mal angerührt.

Er räuspert sich wieder. Schaut sich um, rastlos, dann wieder zu mir. Fragt: »Was ist denn nun mit diesem Robin? Ist der dein Freund?«

»Warum soll ich dir jetzt von ihm erzählen?«, antworte ich.

Wieso kommt er auf einmal damit? Will er vom Thema ablenken? Sonst fragt er so was ja auch nicht, erkundigt sich höchstens bei Lilly.

Er schaut mich an, irgendwie traurig, meint: »Emilia, ich würde mir wirklich wünschen, dass wir mehr reden. Auch über so was. Vielleicht ist das alles auch eine Chance, dass wir jetzt mehr reden. Ich … ich habe dich ausgeschlossen aus einem großen Teil meines Lebens, das ist mir bewusst, und wahrscheinlich habe ich dadurch auch etwas verloren. Von dir. Ich mache mir große Vorwürfe.«

Ich spüre, wie mir die Tränen kommen. Dann ein Zucken in den Beinen. Der Impuls zu gehen. Die Überforderung. Ein komisches Gefühl. Überhaupt, mit ihm über Gefühle zu reden. Als hätten wir plötzlich den Raum gewechselt, würden zu zweit einen anderen betreten, einen mit bunten Wänden. Alles ungewohnt. Wo soll ich anfangen? Will ich überhaupt?

»Du warst nie richtig da«, setze ich an, »schon vor der Gramont.«

Er nickt. Erklärt: »Meine Arbeit war immer sehr einnehmend. Ich verstehe, dass das große Nachteile hat. Aber es gibt sicher viele Faktoren, Dinge, die weiter zurückliegen. Weißt du, mit Oma Hildegart und Opa August, da gab es vieles, das mich in gewisser Weise geprägt hat. Vieles hängt mit meinem Problem zusammen, meiner Angst, nie gut genug zu sein, auch für deine Mutter und für dich.«

Er winkt einer Kellnerin, bestellt noch zwei Kaffee.

Ich spüre, wie sich meine Arme fester vor meiner Brust verschränken. Sage: »Das ist doch auch wieder so eine egoistische Sichtweise. Dabei geht es wieder nur um dich, dass *du* gut bist, dass wir *dich* gut finden. *Du* musst immer den Helden spielen.«

Jetzt sieht er plötzlich so klein aus. Die hängenden Schultern im weißen Hemd, als sei er darunter geschrumpft.

»Ich bin kein Held, absolut nicht«, sagt er kleinlaut. Und: »Emilia, das hier ist wirklich nicht leicht für mich.«

»Ja, weißt du, wie schwer es für mich ist, das alles zu hören?«, antworte ich.

Er nickt.

»Was weiß die Gramont von Mama?«, frage ich.

»Ich habe ihr erzählt, dass wir geschieden sind«, sagt er.

»Also hast du sie angelogen«, antworte ich. »Hat sie dich nie in Berlin besucht?«

»Doch. Aber ich habe noch eine Zweizimmerwohnung hier«, sagt er.

Ich muss schlucken. Das kann doch alles nicht wahr sein. Antworte trocken: »Ich werde auf jeden Fall ausziehen.«

Er nickt.

Ich sage: »Ich fange in einem Café an, bei Emma. Dann brauche ich auch kein Geld mehr von dir.«

Er schaut erschrocken, zieht die Augenbrauen hoch. Sagt eindringlich: »Geld spielt doch keine Rolle. Du musst dir keine Gedanken darum machen. Egal, ob du das Praktikum jetzt machst oder nicht. Ich zahle, hörst du. Geld spielt keine Rolle.«

Als ob. Ich schüttle bloß den Kopf. Es fühlt sich nicht richtig an, ich will nicht mehr abhängig von ihm sein.

Die Kellnerin kommt zum tausendsten Mal an unseren Tisch. Hebt Andreas' leere Tasse auf ihr Tablett und stellt ihm eine volle hin. Schaut auf meine volle Tasse, zögert einen Moment, stellt dann schweigend den neuen Kaffee neben den alten. Geht wieder.

Ich greife nach meiner Tasche über meiner Stuhllehne, hole mein Portemonnaie hervor. Ziehe zwei Fünfeuroscheine heraus und lege sie zu meinen Kaffeetassen.

Andreas starrt auf meine Hände, als würde ich mein Maschinengewehr jetzt überraschend wieder einpacken.

Ich stehe vom Stuhl auf, nehme die Jacke ab.

»Ich werde es deiner Mutter sagen«, erklärt er. Er hört sich an, als würde er mich anflehen.

Ich halte einen Moment inne. Schaue auf die vielen Kaffeetassen.

»Wann sprechen wir dann weiter?«, fragt er.

»Weiß ich noch nicht«, antworte ich, ohne ihn anzusehen. »Tschüss.«

»Tschüss, Mila.«

Erst auf den Stufen, auf dem gemusterten Teppich nach draußen, fällt mir auf, dass es das erste Mal ist, dass er mich Mila genannt hat.

Ich gehe den Weg entlang, durch das eiserne Tor, zurück auf die Fasanenstraße. Fühle mich seltsam leicht, als würden sich meine Füße, mein Körper, von selbst bewegen. Ohne Widerstand. Die Luft scheint milder, die Temperatur frühlingshaft.

An der Ecke zum Ku'damm halte ich an. Spüre plötzlich eine seltsame Orientierungslosigkeit, einen Schreck, der mir durch die Glieder fährt, der mich nach den Gesichtern der Passanten suchen lässt, nach ... ich weiß nicht, wonach. Ich schau nach links, Richtung zu Hause. Gehe rechts, Richtung Breitscheidtplatz.

Früher bin ich diesen Weg oft gegangen, den Ku'damm runter. Mit dreizehn oder vierzehn als Shoppen eine Weile mein Hobby war, wenn man das überhaupt ein Hobby nennen kann. Zumindest hatte ich eine gewisse Regelmäßigkeit entwickelt. Die Nachmittage nach der Schule verbrachte ich oft in den Geschäften, um T-Shirts, Kleider, Hosen, alles Mögliche anzuprobieren, was ich bestimmt nicht brauchte, aber damals wahnsinnig wichtig fand. Gemeinsam mit Fanny, bei der man Shoppen heute noch zu ihren Hobbys zählen könnte, wenn auch nicht mehr so häufig auf dem Ku'damm und dafür auf Amazon. Aber damals haben wir noch ganze Nachmittage Fotos in den Kleidern gemacht, ich von Fanny natürlich, und uns sinnlose Nachrichten auf die Facebook-Pinnwand gepostet.

Ich gehe an den Geschäften vorbei. Betrachte die Schaufensterpuppen im Vorbeigehen, die starr aus den Scheiben nach draußen blicken. Die Leute um mich herum, mit ihren ganzen Einkaufstüten. Vor der Hauswand beim großen H&M-Tempel steht eine größere Gruppe Teenies, vielleicht eine Schulklasse. Zwei von ihnen haben sich von der Gruppe abgekapselt, zwei Meter weiter. Lehnen an der Wand, halten Händchen, schauen sich verträumt in die Augen, ignorieren die Rufe und Pfiffe der anderen. Lachen leise, flüstern sich irgendwas ins Ohr und beachten die Gruppe nicht weiter.

Beim Anblick der beiden spüre ich ein Gefühl, als würde mir etwas fehlen. Robin. Er fehlt mir.

Keine Nachricht auf meinem Handy. Ich gehe weiter, vorbei an der Gruppe, an zwei Frauen mit To-go-Kaffeebechern, Porträtzeichnern am Straßenrand.

Mist. Versehentlich Blickkontakt mit einem Typen aufgenommen. Ich schaue zu einer Schaufensterpuppe, aber sehe aus dem Augenwinkel, dass er schon zu mir gelaufen kommt. Weiße Turnschuhe, Bomberjacke mit Fellkragen, gegelte Haare, durch die er sich dauernd fährt. Dazu dieses melancholische James-Dean-Gesicht, leicht gequälter Ausdruck, der vermutlich irgendwie tapfer-maskulin wirken soll. Als er vor mir steht, legt er den Kopf leicht schräg und sagt: »Sorry, darf ich dir kurz was sagen?«

Nein, denke ich. Bleibe stehen und antworte: »Ähm ja.«

Er sagt: »Du siehst voll hübsch aus.«

Ich: »Okay, danke.«

Er steht ziemlich breitbeinig vor mir, wippt leicht mit den Knien hin und her. Wirkt irgendwie ungeduldig. Fragt: »Wollen wir vielleicht mal was trinken gehen?«

Ich antworte: »Ich glaub nicht.«

Er sieht enttäuscht aus. Fährt sich wieder durch die Haare und wippt herum. Fragt: »Hast du ’n Freund?« Dabei ein Hoffnungsschimmer in seinem Gesicht. Seine James-Dean-Augen rufen förmlich: Bitte sag es, es gibt jemand anders. Sag, dass es nicht an mir liegt, sondern bloß schon jemand vor mir da war. BITTE SAG ES.

»Ja«, antworte ich.

»Ach, schade«, sagt er erleichtert. Streckt mir dann höflich die Hand entgegen. Händeschütteln, wow. Dann wünscht er herzlich alles Gute und zieht weiter.

Das zweite Mal an diesem Tag, dass ich mich über Männer wundere, so ganz allgemein. Über das männliche Ego, scheinbar permanent von Bestätigung abhängig, fragil wie eine Porzellanvase. Und Frauen, wie offensichtlich auch ich, die dauernd darauf Rücksicht nehmen. Bloß nicht diesem zarten Pflänzchen einen Knick verpassen. Bloß immer ein schmeichelndes Spiegelbild zurückgeben. Ist es das, was Männer wollen? Dass man ein Spiegel mit eingebautem Herzchenfilter ist? Warum füge ich mich diesem Bedürfnis auch noch? Aus Mitleid? Um selbst nett rüberzukommen? Um selbst positiv von ihm zurückgespiegelt zu werden? Ein gegenseitiges Ding? Vielleicht wäre die Welt eine andere, wenn Frauen ehrlicher zu Männern wären. Nicht gemein ehrlich, nicht bei jeder Kleinigkeit, nicht bei zu viel Haargel oder so was, das muss ja nicht sein. Aber bei den wichtigen Dingen: was man erwartet, was einen verletzt, was einem gefällt, was man sich voneinander wünscht. Wenn Mama das gesagt hätte, dann hätte Papa vielleicht was verändert, statt sich bloß still zurückzuziehen und jeder Konfrontation aus dem Weg zu gehen. Und wenn er ehrlich gewesen wäre, über seine Sorgen geredet hätte, dann wäre sie vielleicht offener für seine Wünsche gewesen. Dann wäre er vielleicht gar nicht erst gegangen. Es funktioniert ja in beide Richtungen, wahrscheinlich auch, egal welches Geschlecht. Das fällt sicher allen schwer.

Dabei verspricht Schweigen immer bloß kurzfristigen Aufschub, genauso wie Weglaufen. Wie bei den Leuten, die dauernd verreisen müssen und damit Beziehungen sabotieren. Sorry, wieder eine Beziehung mit Erasmus zerstört, aber machen ja alle, das muss halt in den Lebenslauf. Oder die Leute, die ihr Leben bloß noch von Urlaub zu Urlaub planen, weil sie Menschen, Dinge, was auch immer, an einem Ort auf Dauer nicht aushalten. Dabei ist doch nur die Aufrichtigkeit nachhaltig. Warum ist das so schwer? Warum fällt es mir so schwer?

Vor den Eingangstüren des KaDeWe bleibe ich stehen. Ziehe das Handy aus der Jackentasche. Öffne WhatsApp, Robin. Mein Daumen bewegt sich hastig über die Tastatur. Ich tippe, ohne groß nachzudenken, achte nicht mal auf die Rechtschreibung. Frage, ob wir uns sehen können, jetzt, vielleicht im Café A Horn, falls er zufällig Zeit hat. Und, dass ich mit ihm reden will.

Mein Herz klopft unter dem Mantel. Aber wenn Robin ehrlich antwortet, dass er nichts mehr von mir will, dass das mit mir nicht das war, was er sich gewünscht hat. Dann weiß ich es wenigstens.

Ich gehe mit langsamen Schritten die bunte Schaufensterdekoration am KaDeWe entlang. Zehn Fenster. Abwechselnd in Gelb, Pink, Grün. Schaufensterpuppen mit Blumenbouquet auf dem Kopf, in Kleidern mit Blumenmuster. Blumensträuße in grünen Töpfen, darauf kleine Handtaschen.

In meinen Fingern vibriert es. Er hat geantwortet. Wirklich! Mein Zeigefinger tippt aufgeregt auf die Nachricht. Wir treffen uns in einer Stunde!

Ich hüpfe die Schritte entlang der Schaufenster durch die Menge, bis ich an der Ampel angekommen bin. Bleibe stehen. Überlege. Jetzt bin ich doch viel zu früh. Grün. Dann lauf ich halt.

Von der KaDeWe-Frühlingsdeko ins holzige Café A Horn. Von Fake-Blumensträußen hinter Schaufenstern zu echten Blumensträußen in Glasfläschchen. Ich begrüße die Mädels hinter der kreisrunden Bar. Lasse den Blick durchs Café streifen. Er ist noch nicht hier, kein Robin zwischen den Leuten. Hinter der Bar, an dem Fenster links, ist noch ein freier Tisch. Ich gehe durch, setze mich neben den langen Heizkörper, warte. Ziehe die Jacke aus. Wieder die Kellnerin mit den Klimperwimpern. Sie reicht mir die Karte, klimpert, auch für mich allein. Schreibt meine Kakaobestellung auf ihren Block.

Robin betritt das Café. Die leicht verwuschelten schwarzen Haare, ohne Haargel, sein vertrautes Lächeln. Er winkt, kommt zu mir rübergelaufen. Beugt sich runter in die Umarmung.

»Cool, dass es so spontan klappt«, sage ich.

»Brauchte auch mal 'ne Pause vom Schreibtisch«, meint er.

Ich nicke, schlage ein Bein übers andere, schiebe die

Vorderzähne auf meiner Unterlippe herum. Wo fängt man an?

Er bestellt schwarzen Kaffee. Wendet sich dann wieder mir zu. Sagt: »Du warst in Paris, ne?«

Ich bin irritiert.

»Fanny«, sagt er und grinst. »Sie hat's gepostet.«

»Ach, gar nicht gesehen«, antworte ich. Seit vier Tagen kein Social Media. Rekord. »Aber ich war ihr Instagram-Boyfriend.«

Seine linke Augenbraue hebt sich und ich schiebe schnell hinterher: »Weißt du, diese Accounts von den Influencerinnen? Auf denen immer nur Bilder von denen sind? Die muss ja auch einer machen und manchmal muss dann eben der Freund ran.«

Seine Augenbraue senkt sich wieder, Lächeln, er nickt. Nimmt seinen Kaffee von der Kellnerin entgegen. Gießt einen ordentlichen Strahl Zucker hinein und kreist ein paar Runden mit dem Teelöffel durch die schwarze Flüssigkeit. Ob ihn jetzt das mit dem Boyfriend irritiert hat?

»Fanny hat von deinem Artikel erzählt, von den Hatern«, wechsle ich das Thema. Beobachte dabei sein Gesicht, ob ich damit zu weit gehe, er vielleicht nicht reden will.

Er stößt einen tiefen Seufzer aus. Rührt noch mal in der Tasse. Seufzt: »Ja, das belastet mich schon ziemlich. Ich weiß nicht, ob ich mit dem Thema weitermachen will. Ob ich das aushalte.«

Meine Hand löst sich von der Kaffeetasse, legt sich mutig auf seine. »Kann ich verstehen«, sage ich, obwohl ich nicht sicher bin, ob ich es wirklich verstehen kann, aber es fühlt sich richtig an, das zu sagen und seine Hand zu halten.

Er schaut auf unsere Hände, streichelt mir über den Handrücken, schaut zu mir. Lächelt.

»Bald ist das mein Job«, sage ich mit Blick zu den Kellnerinnen hinter der Bar.

»Fängst du hier an?«, fragt er.

»Nee, bei Emma im Café, ein kleines in Wedding.« Ich halte einen Moment inne. Füge hinzu: »Also, jetzt nicht für ewig. Prinzipiell suche ich noch nach was, das mehr mit meinem Studium zu tun hat.«

»Ist doch schön, mal was zu machen, was nichts mit dem Studium zu tun hat«, antwortet er. Nimmt seine Hand aus meiner und dann vorsichtig einen Schluck aus seiner Tasse.

Er erzählt, dass er auch eine Zeit lang im Café gearbeitet hat, in Neukölln, während seines Bachelors. Von den netten Leuten dort und viel zu lauten Privatgesprächen hinterm Tresen. Ein schöner Ausgleich zu den einsamen Stunden mit den Hausarbeiten. Er kann das gut verkaufen. Es klingt nett, was er sagt. Aber irgendwie bleibt eine Distanz zwischen uns, wie ein Graben. Wahrscheinlich der, den ich selbst gelegt habe.

»Ich will auch ausziehen und mich selbst finanzieren«, sage ich.

Er schaut überrascht. Aber das wird jetzt wohl ein überraschendes Gespräch, denke ich.

»Wohnst du noch bei deinen Eltern?«, fragt er.

»Nicht direkt«, antworte ich. Und dann werde ich doch direkt. Erzähle von Marie Gramonts Facebook-Profil bis zum Gespräch mit Papa vorhin. Dass sich meine Eltern jetzt wahrscheinlich scheiden lassen werden, wie soll es auch sonst weitergehen? Vielleicht muss es raus, damit es weggeht, zwischen uns. Damit der Graben kleiner wird.

Und Robin hört zu, die ganze Zeit. Unterbricht nicht, lässt mich ausreden. Da ist kein Widerstand, kein Unverständnis, gegen das ich anreden muss. Ein Raum, der schon da ist, ich muss bloß hineingehen.

Und dann sage ich schließlich, was ich eigentlich sagen will, warum ich geschrieben habe, warum wir hier sind: »Ich mag dich. Ich könnte mir das vorstellen, das mit uns.«

Und er schaut wieder überrascht. Kratzt sich am Hinterkopf, fährt sich durch die Haare. In seinem Gesicht, dem Wegschauen, seinem Zögern sehe ich zum ersten Mal eine Unsicherheit. Vielleicht war sie die ganze Zeit da? Vielleicht habe ich sie nicht entdeckt, weil ich immer von meiner eigenen Unsicherheit eingenommen war.

»Sorry, wenn das jetzt alles ein bisschen viel ist«, schiebe ich schnell nach.

»Nee«, antwortet er. »Ich bin nur überrascht. Ich dachte, du stehst einfach nicht auf mich. Ich mein«, er schaut mich an, schweigt einen Moment, sieht mich nur an. Sagt: »Du hast die Tendenz zu flüchten, bevor sich mehr entwickelt.«

»Ich weiß, ich weiß!«, sage ich hastig. Und sie ist immer noch da. Diese Angst, die ich immer noch nicht richtig in Worte fassen kann. Vor Nähe, vor Berührung, gleich die Angst, eine Grenze zu überschreiten. In einen Bereich vorzudringen, den ich nicht mehr kontrollieren kann, die Scham. Scham, die mich lähmt. Mich gefangen hält, wie eine fremde Hülle um mich, die ich nicht steuern kann, nicht weiß, wie.

»Ich hatte noch nie einen Freund«, sage ich langsam.

Er nickt.

War das so offensichtlich?

Er streicht über die kleinen Blüten des Strauchs in dem Glasfläschchen, sagt: »Ich will dich zu nichts drängen, ich hoffe, das weißt du. Wir können das langsam angehen. Jetzt weiß ich ja zumindest schon mal, woran ich bin.«

Ich spüre, wie mir wieder Tränen in die Augen steigen, greife nach meinem Kakao, trinke schnell. Frage mich wieder, warum er so nett ist. Warum ich nicht selbst darauf gekommen bin, dass er mir Zeit lassen würde. Und dann wieder das Gefühl, es nicht verdient zu haben. Warum ich? Andererseits: Warum eigentlich nicht?

Ich gebe dem Impuls nach, ihn zu küssen. Lehne mich leicht vor, zu ihm, seinem Gesicht, seinen Lippen. Alles geht so schnell beim Küssen. Man weiß plötzlich nicht mehr, wo oben und unten ist. Schon die Berührung, der langsame Rhythmus, in dem sich jede Bewegung fügt, ein Tanz, der alles kribbeln und bunt werden lässt. Die Aufregung im ganzen Körper.

Ich öffne die Augen, sehe sein Lächeln. Dann den Rest, das Café, die Kulisse, die im Kuss immer völlig verschwindet.

Er greift meine Hand, hält sie ganz fest. Die Struktur seiner Haut, seiner Finger um meinen Handrücken. Ein Gefühl von, ich weiß nicht, Geborgenheit? Er lehnt sich in den Stuhl zurück, winkelt das Bein überm linken Knie an.

»Ich bin leider noch verabredet«, sagt er nach einer Weile.

»Ja, ich auch, aber ich habe gar keine Lust mehr«, antworte ich und grinse.

Aber ich habe Emma versprochen, dass wir heute feiern gehen. Sie wollte unbedingt ins Loftus Hall, zu irgendeiner Veranstaltung, zu der sie mich schon vor Wochen bei Facebook eingeladen hat.

»Willst du nachkommen, ins Loftus Hall? Wollte aber auch nur so bis zwei bleiben«, sage ich.

»Mal schauen, wie lang das bei mir geht«, antwortet er. »Wir feiern in einen Geburtstag rein, auch in Neukölln. Aber lass uns noch mal schreiben, das wär schön.«

»Ja«, antworte ich.

Jajaja!

15. KAPITEL

Durchbruch

Emma sticht in der Dunkelheit hervor, ihr rosa Mantel und der hellblonde Bob. Sie steht vor der kargen Mauer. Es scheint noch nichts los zu sein, hier am Maybachufer. Neben ihr nur zwei Grüppchen von Leuten. Sie tritt ihre Zigarette aus und umarmt mich. Dann lehnt sie sich ein Stück zurück und betrachtet mich skeptisch. Sagt: »Du siehst irgendwie anders aus.«

»Wie denn?«, frage ich.

»So glücklich.« Sie lacht.

»Seh ich sonst unglücklich aus?«, frage ich.

»Nee, das nicht«, sagt Emma und grinst. »Nee, sonst siehst du immer so aus, als würdest du zu viel nachdenken.«

»Kann sein«, sage ich und lache.

Wir gehen rechts rein, einen dunklen Weg entlang, an dessen Ende eine kleine Schlange zu sehen ist.

»Ich glaube, Robin und ich sind jetzt zusammen oder so was«, sage ich.

»Alter, was?«, ruft Emma und bleibt auf halbem Weg stehen. Greift mich am Arm und jault: »Nein, verlass mich nicht!«

»Quatsch, ich verlass dich doch nicht«, antworte ich. Unschlüssig, ob das nun wieder einer ihrer sarkastischen Kommentare ist oder ich das ernst nehmen soll.

»Deal, jetzt hast du's versprochen«, sagt Emma und lässt meinen Arm wieder los.

»Aber er kommt vielleicht auch noch, später«, sage ich.

»So fängt es an«, meint Emma und zieht die hellen Augenbrauen hoch.

»Ach komm, du bist eh immer irgendwann verschwunden, wenn wir weggehen«, entgegne ich.

»Okay, stimmt auch wieder«, meint Emma und grinst.

Wir müssen nicht lange warten. Die Türsteher winken uns direkt durch, müssen nicht mal unsere Ausweise zeigen.

Drinnen sieht es aus wie in einer anderen Zeit. Als seien wir in die Siebziger gereist. Im Schummerlicht sind überall diese wahnsinnig hässlichen Tapeten an den Wänden zu sehen, mit Blumenmuster oder orangeroten geometrischen Formen. Auch diese Häkelgardienen über den Fenstern von der Bar, dazwischen Wandleuchten wie kleine Laternen. Aber die Musik verrät, dass das hier nicht die Siebziger sind. Es läuft Elektro mit dicken Bässen und monotonen Melodien, die sich regelmäßig in einem Drop entladen.

Wir geben unsere Mäntel im Garderobenfenster ab. Nehmen die Marken entgegen, stecken sie zurück in die Portemonnaies in unseren Bauchtaschen. Gehen vor an die Bar. Stellen uns an den Tresen, auf dem kleine Teelichter in Gläsern platziert wurden. Davor sitzen die Leute auf Barhockern oder stehen.

Emma lehnt sich nach vorne, bestellt uns zwei Bier. Ganz hinten bemerke ich einen Typen, der die Ellenbogen auf dem Tresen abgestützt und den Kopf zu uns herübergebeugt hat, er trägt noch seine Jacke. Schon älter, vielleicht um die vierzig. Er grinst ein komisches Grinsen. Die dunklen Haare hängen ihm fransig ins Gesicht, aber er macht sich nicht die Mühe, sie zur Seite zu schieben. Sein Blick ist unangenehm, hat etwas Bohrendes, als würde er selbst über die Entfernung zu nah an uns heranrücken.

»Komm, lass uns tanzen gehen«, sage ich zu Emma und ziehe sie am Arm vom Tresen weg zur Tanzfläche. Wir bewegen uns an tanzenden Ellenbogen und wippenden Köpfen vorbei bis zum DJ-Pult. Es wurde wie ein Altar auf einem Tisch aufgebaut, umringt von Palmen, mit Teelichtern und von bunten Scheinwerfern beleuchtet.

Eine Weile hängt mein Blick noch an den Körpern um mich herum, an kreisenden Armen, geschlossenen Augen. Dann weckt der vibrierende Bass auch meinen Körper auf, meine steifen Ballettbewegungen fühlen sich nun weicher an. Alles entspannt sich. Im Gegensatz zu all dem hier kommt mir Ballett immer mehr wie ein Korsett vor. Es gibt mir zwar Halt, lässt mir dabei aber nie den Gestaltungsspielraum, den ich zum Atmen brauche.

Emma und ich fassen uns an den Händen, drehen uns umeinander, folgen dem Rhythmus einer Frauenstimme, die etwas Unverständliches singt, aber doch immer wieder das Gleiche. Ein Gefühl von Freiheit in der Monotonie?

Irgendwann rufe ich Emma zu, dass ich kurz auf die Toilette gehe. Sie nickt, bewegt sich weiter, hebt die Arme über den Kopf und lässt sie kreisen.

Vor der Damentoilette ist eine Schlange. Ich stelle mich hinten an, warte, bis ich an der Reihe bin. Die Toilette ist ziemlich klein und ranzig. Überall nasses Klopapier über dem Waschbecken, beklebte Wände, beschmierter Spiegel. In der Kabine nicht besser.

Wenn Mona doch mal in einen Club geht, setzt sie sich nie auf den Toilettensitz. Selbst bei sauberen Toiletten nicht. Sie hockt sich über die Klobrille, ohne Aufsetzen. Hier mache ich das auch.

Auf dem Rückweg gebe ich die Bierflasche an der Bar ab, schiele nach rechts, ans Tresenende, aber der Typ ist weg.

Ich gehe wieder zur Tanzfläche, quetsche mich vor, weiter zum DJ-Pult. Suche die Leute ab, aber kann Emma nirgendwo entdecken. Ich schlängle mich nach links an den Rand. Stelle mich auf die Zehnspitzen. Nirgendwo Emma. Bloß bunte Menschen in ihrer eigenen Welt. Ich schaue zur Bar herüber, aber da ist sie auch nicht. Ich bleibe nah an der Wand, tanze weiter. Drehe mich immer mal wieder zur Bar nach rechts. Hier muss sie ja irgendwann vorbeikommen.

Dann spüre ich plötzlich eine Hand auf meiner Schulter.

Endlich! Ich drehe mich um, aber da steht nicht Emma, sondern dieser Typ. Von der Bar. Fragt: »Hey, wie heißt du?«

Ich fühle mich sofort unwohl. Antworte knapp: »Mila.« Und frage nicht, wie er heißt. Weiche ein Stück zurück. Tanze weiter, versuche, ihn zu ignorieren.

Er grinst, als würde er sich über mich lustig machen, und schaut an mir herunter.

Ich drehe mich noch mal zur Bar, suche Emma, verdammt, wo ist sie denn nur?

Er fragt: »Willst du noch ein Bier?« Und legt mir dabei wieder die Hand auf die Schulter.

»Nee danke«, antworte ich und drehe mich wieder weg. Überlege, ob ich gehen soll. Jetzt, zur Garderobe und dann raus.

Er lacht wieder sein komisches Lachen. Seine Anwesenheit hemmt mich beim Tanzen, als würde er auf einmal allen Raum einnehmen, mir meinen wegnehmen. Ich werde langsamer in meinen Bewegungen, schaue mich wieder um.

Er beugt sich zu mir. Raunt: »Du gefällst mir.« Und legt seine Hand an meine Hüfte.

Ich fühle mich plötzlich starr, wie eingefroren. Weiß nicht, wie ich reagieren soll, was ich machen soll. Etwas an ihm schüchtert mich ein, lähmt mich, lässt mich stumm werden. Ich fühle mich eisig, eingefroren, eisblau und habe plötzlich schreckliche Angst. Schaue weg, Emma, verdammt!

Er schiebt mich zur Wand, drückt mich dagegen. Er ist viel größer und stärker, mir überlegen, ich verliere die Kontrolle. Kann nicht richtig atmen.

»Das willst du doch«, flüstert er mit seiner rauchigen Stimme in mein Ohr. Er drückt seinen Unterarm auf meinen Brustkorb, fest an die Wand, gleitet mit seiner anderen Hand an mir herunter, immer weiter.

»Nein«, antworte ich. »Nein, ich will das nicht.«

Er achtet nicht darauf, was ich sage, als sei ich gar nicht da, bloß ein Körper, etwas, das ihm gehört. Er lacht. Hört nicht auf. Seine Hand gleitet zu meiner Hose, in meinen Schritt, tastet daran herum.

Ich schaue nach unten, auf den grauen Gummiboden, abgenutzt an den Stellen, auf denen viel getanzt wurde. Vor allem vor den Ballettstangen an der Spiegelfront. Es läuft immer noch Schwanensee. Ein Klimpern. Ich schaue hoch zu Herrn Bender. Er kommt zurück zu mir, nachdem er die Tür abgeschlossen hat. Eigentlich war er doch immer so nett. Warum muss ich länger bleiben, warum alleine? Warum steht er über mir, drückt mich an sich, berührt mich. Da. Warum?

Ein Ruck. Der Körper über mir verschwindet. Der Boden unter mir ist wieder hart, schwarz, dreckig. Menschen, überall tanzende Menschen, der Club. Bunte Lichter, vibrierende Bässe. Ein wütender Schrei.

»Ey! Ey, spinnst du!«

Emma. Emma steht neben dem ekligen Typen und schreit ihn an. Sie sieht seltsam verzerrt aus wie ein Picasso-Gesicht, furchtbar aufgewühlt, die Augen wütend zusammengekniffen, die Arme fuchteln. Sie zieht ihr Handy aus der Hosentasche. Der Typ macht plötzlich auf dem Absatz kehrt und bahnt sich hektisch einen Weg durch die Leute, an der Bar vorbei, Richtung Ausgang. Er verschwindet. Er ist weg.

Emma fasst mich am Arm. Ihre Hand fühlt sich warm an auf meiner Haut. Das Gefühl fließt in meinen Körper zurück.

»Bist du okay?« fragt sie. Sie sieht furchtbar aus. Sie blickt nach hinten zu den tanzenden Leuten um uns, schüttelt den Kopf. Ein Typ schaut herüber, dann wieder nach vorne.

»Scheiße«, sagt Emma, »was für ein Wichser!«

»Können wir kurz zur Toilette?«, frage ich.

Sie nickt. Legt den Arm um meine Schulter, während wir gehen.

Meine Beine fühlen sich merkwürdig an, als würde ich grade lernen zu laufen. Ich gehe wie mechanisch durch die Leute, um die Ecke zu den Toiletten, an der Schlange vorbei, bis zu der Frau ganz vorne. Emma beugt sich dicht zu ihr, sagt irgendwas in ihr Ohr. Die Frau nickt, geht ein Stück zur Seite. Wir müssen nur kurz warten, dann geht die Toilettentür auf und wir in die Kabine.

Als Emma abschließt, wird mir plötzlich schlecht. Mein ganzer Körper verkrampft sich, ein berstendes Stechen in meinem Bauch. Mein Kopf schnellt nach vorne über die Toilettenschlüssel. Ich übergebe mich, alles raus, alles raus, alles raus. Der Ekel, diese grässlichen Berührungen, alles raus.

Emma hockt hinter mir, hält meine Haare zurück und streicht immer wieder über meinen Rücken.

Nachdem ich fertig bin, richte ich mich langsam auf. Hocke mich mit dem Rücken an die kalte Toilettenwand. Schaue an mir herunter. Der oberste Knopf meiner Jeans ist offen.

Mir kommen die Tränen, ganz plötzlich. Alles um mich herum zerfließt, die dreckige Toilette, der kalte Boden, die laute pochende Musik. Mein Körper zittert.

Emma hockt sich neben mich, legt den Arm um mich, den Kopf auf meine Schulter. Es klopft. Ich weiß nicht, wie lange wir schon hier drin sind.

Emma richtet sich auf. Ihr Gesicht, ihre Augen sind rot und verquollen. Sie hat geweint. Ich weiß nicht, wann ich sie zuletzt oder jemals so habe weinen sehen.

Ich fahre mir über die Wangen, wische die schwarze Wimperntusche, so gut es geht, ab. Stehe auf. Knöpfe mir die Hose zu.

»Sollen wir zu dir fahren?«, fragt Emma.

Ich schüttle den Kopf. Sage: »Nein.« Frage: »Kann ich mit zu dir?«

»Klar«, antwortet sie.

Sie zieht ihr Handy aus der Bauchtasche und eine Packung Taschentücher. Eins für mich, eins für sie.

Es klopft wieder.

»Alter, gleich!«, ruft Emma wütend. Tippt auf ihrem Handy herum.

Ich wische mir unter den Augen entlang, dann über den Mund. Meine Zähne fühlen sich pelzig an, der Säuremantel, der sich um sie gelegt hat. Ich werfe das Taschentuch in die Toilette, spüle es mit der stinkenden Brühe herunter.

Wir gehen aus der Toilette an der Schlange vorbei zur Garderobe. Überall Menschen, aber zum Glück keine lange Schlange vor dem Garderobenfenster. Ich suche die Gesichter ab, nach dem Typen, aber er scheint wirklich weg zu sein.

Draußen versuche ich, tief ein- und auszuatmen. Erst jetzt fällt mir auf, wie stickig es drinnen war. Die Nachtluft ist angenehm frisch. Und trotzdem fühlt sich mein Körper unendlich dreckig an.

Wir gehen vorbei an den Türstehern und den Leuten, die hier rumstehen und rauchen. Nach vorne, durch das Tor zum Straßenrand, Maybachufer. Emma hat die ganze Zeit den Arm um mich gelegt, weicht nicht von meiner Seite. Ich weiß nicht, ob ich jetzt in dieser Situation alleine stehen könnte. Ich weiß nicht, was ich ohne sie gemacht hätte. Spüre wieder die Tränen in mir aufsteigen. Bin zu fertig, um sie wegzublinzeln.

Emma schaut auf die Straße, beobachtet ein Auto, das zu uns vorfährt, dann anhält. Sie zieht ihr Handy hervor, schaut. Meint: »Das ist unsers.« Sie zeigt auf das Auto. Will hinlaufen.

»Warte«, sage ich und halte sie am Arm zurück. »Ich muss Robin noch irgendwas schreiben.«

Sie bleibt stehen.

»Er wollte doch vielleicht kommen«, sage ich.

Emma schaut zum Auto herüber, macht dem Fahrer ein Zeichen, dass wir ihn gesehen haben. Ich ziehe mein Handy aus der Tasche. Starre auf den Bildschirm. Entsperre, öffne WhatsApp. Starre wieder auf die Chats. In meinem Kopf tobt ein Gewitter. Ein Wust aus Wolken und Bilderfetzen, immer wieder der graue Gummiboden, leise Schwanensee, Herr Bender, der Eklige aus dem Club, Bilder, die wieder und wieder hervorblitzen. Ich kann nicht richtig durchsehen. Bin zu schwach, um sie zurückzudrängen. Schaue Emma an. Sage: »Scheiße, ich kann das jetzt nicht.«

Es hupt, der Uber-Fahrer. Er dreht die Scheibe herunter und ruft: »Was ist denn jetzt, Mädchen?«

»Ja, gleich«, Emma winkt ihm noch mal.

Mir kommen schon wieder die Tränen, ich fühle mich unfähig, völlig überfordert, wie ein Kind.

Emma streckt mir die Hand entgegen. Sagt: »Komm, das machen wir im Auto.« Schaut wieder zum Fahrer, winkt ihm noch mal.

Wir steigen ein, beide hinten. Ich sage gar nichts, Emma regelt alles. Entschuldigt sich, wiederholt ihre Adresse, dann irgendein Blabla. Die Bezüge im Auto stinken. Ich hasse den Fahrer, ohne überhaupt sein Gesicht gesehen zu haben. Aber seine Rückseite, seine fleischige Glatze, seine Gleichgültigkeit.

»Soll ich ihm schreiben?«, fragt Emma und hält mir wieder die Hand hin. Schaut sanft, strahlt diese Kraft aus. Diese Ruhe, ohne die ich jetzt nicht wüsste, was ich machen würde. Das Einzige, was mich rauszieht aus dem Unwetter.

Ich lege mein Handy in ihre Hand. Nicke stumm, starre

aus dem Fenster, in die dunklen Straßen, die vorbeiziehen, kahle Baumkrallen, grelle Lichter. Schließe die Augen.

Herr Bender, der zu mir runterlächelt. Auf mich, auf meinen hellblauen Ballettanzug, den Body, ohne Strumpfhose. So wenig Stoff, ich fühle es, seinen merkwürdigen Blick. »Nicht so zappelig, Emilia, halt den Arm grade.« Er lächelt, entblößt seine vergilbten Zähne, kneift die eisblauen Augen zusammen. So sieht er aus wie ein alter Teddybär, schon viele graue Haare zwischen den dunkelbraunen.

Emma tippt mir auf die Schulter, ich fahre erschrocken herum. Sie sagt: »Sorry, also, ich hab geschrieben, dass ich mich übergeben hab und du mich nach Hause bringst, aber du dich morgen meldest.«

»Was?«, frage ich. Dann: »Ach so, ja.« Ich nehme das Handy aus ihrer Hand. Sage dann: »Nein. Nein, ich will Robin nicht anlügen.«

»Du kannst ihm doch später alles in Ruhe erklären«, sagt Emma. »Das wird er verstehen.«

Ich nicke. Schaue wieder aus dem Fenster. Das kleine weiße Häuschen in der Straßenmitte, darüber die amerikanische Flagge. Wir sind schon am Checkpoint Charlie. Alles geht so schnell, zu schnell, um irgendwas zu begreifen.

Schwanensee, noch mal. Meine Oberschenkel schmerzen, ständig muss ich die Knie durchdrücken. Ich lege die Arme über Kreuz, lasse sie weiche Bewegungen ausführen, hoch und runter, sanft wie eine Schwanenfeder, und die Finger nicht vergessen, den Mittelfinger zum Daumen. Dann aufstehen.

»Zehnspitzen, Emilia.« Herr Bender hockt sich neben mich, greift mit der einen Hand um meinen Oberschenkel, mit der anderen meinen Fuß, drückt die Spitze nach unten, bis es wehtut. Ich zucke zusammen und er lässt los.

»Wenn du es noch mal so toll wie vorhin tanzt, bekommst du wieder eine Süßigkeit«, sagt Herr Bender und grinst. Er ist ganz anders als Mama. Süßigkeiten, wenn ich gut war, das gibt's bei ihr nie. »Das bleibt unser Geheimnis, hörst du, Emilia?« Ich nicke. Natürlich will ich nicht, dass Mama böse wird.

Ich richte mich auf, grader Rücken. Während ich erneut mit dem Tanz beginne, steht Herr Bender auf und geht zur Tür. Ein Klirren. Warum schließt er die Tür ab? Er kommt wieder zurück. »Nicht aufhören, Emilia.«

Nachdem ich fertig bin, klatscht er, kommt zu mir, setzt sich neben mich. Legt wieder die Hand auf mein Bein, meinen nackten Oberschenkel. Aber da bleibt sie nicht, sie rutscht höher, zwischen meine Beine. Was macht er denn da? Gehört das zum Training? Ist das ein Spiel? Warum spielt er an mir herum? Ich murmle: »Warum machen Sie das?«

Er ist komisch. Er lächelt, sieht auf einmal fröhlich aus. Seine andere Hand ist in seiner Hose.

»Mila, geht's?«

Emma.

Ich muss würgen, wieder das Stechen im Bauch, wieder das Krampfen im ganzen Körper. Alles muss raus. Weg, weg mit diesem Gefühl, den Händen, weg damit!

»Musst du noch mal kotzen?«, fragt Emma eindringlich. Ihre Augen weit aufgerissen. Die grellen Lichter hinter den Scheiben werden ruhiger, das Auto langsamer.

»Wenn hier jemand kotzt, halte ich an«, brummt der Glatzkopf.

»Nein, muss ich nicht«, sage ich nach vorne.

Genervtes Brummen vom Vordersitz. Das Auto wird wieder schneller.

Kurze Zeit später halten wir an, vor Emmas Haus. Wir steigen aus. Der Fahrer fährt los, als die Tür ins Schloss fällt.

Emma schließt die Haustür auf. Wir steigen schweigend die Treppen zu ihrer Wohnung hinauf, zweiter Stock, endlich.

An ihrer Garderobe bücke ich mich, um meine Schuhe auszuziehen, aber sie winkt mich durch, durch den Flur, an der Küche vorbei, in ihr Zimmer. Sie knipst das Licht an. Wir ziehen schweigend unsere Schuhe und Jacken aus. Sie nimmt mir meine ab, hängt beide an die Kleiderhaken bei ihrem großen Spiegel. Kramt in ihrem Kleiderschrank, zieht ein großes, rosa Handtuch hervor. Dann noch eine Jogginghose und ein T-Shirt. Reicht mir beides. Sagt: »Zahnbürsten weißt du ja. Sind in der obersten Schublade unter dem Waschbecken.«

Ich nicke.

»Willst du was essen? Ich kann was machen.«

»Nee.«

»Tee?«

Ich nicke.

Irgendwie sitzt jeder Handgriff bei ihr, wie Erste Hilfe. Wir brauchen nicht viele Worte.

Nach dem Duschen und Zähneputzen fühle ich mich immer noch dreckig. Ich gehe in Emmas Zimmer zurück. Sie sitzt auf ihrem Bett an die Wand gelehnt, die Beine angezogen und die Arme darum geschlungen. Wirkt plötzlich viel kleiner, als sie mit ihren 1,80 Metern ist. Schaut mich bloß an, schweigt. Sie hat das kleine Licht neben ihrem Bett angemacht. Auf dem weiß lackierten Bücherregal am Boden zwei Teetassen platziert, aus denen langsam der Dampf aufsteigt.

Ich klettere zu ihr auf die linke Betthälfte an der Wand. Sie reicht mir die Teetasse rüber. Sagt: »Vorsicht, ist noch heiß.« Richtet sich dann an der Wand auf, setzt sich in den Schneidersitz und legt ein Kissen in ihren Schoß. Stellt die Tasse darauf ab. Fragt: »Magst du reden?«

»Ich weiß nicht«, antworte ich.

Es sind zu viele Bilder in meinem Kopf und es kommt mir vor, als könnte ich bloß entweder sehen oder reden, nicht beides.

Der Typ im Club, wie er mich gegen die Wand drückt, zwischen all den Leuten, den bunten Lichtern, der Musik. Dann wieder der Ballettraum, Herr Bender. Alles verschwimmt, ich kann nichts mehr auseinanderhalten. Weiß nicht, wie ich das in Worte bringen soll. Die Bilder schnüren mir den Hals zu, lähmen mich. Ich schäme mich so.

Ich drehe mich zu Emma. Schaue sie an. Als müsste ich mich immer wieder vergewissern, dass sie noch da ist. Ich sage: »Ich schäme mich so.«

Dabei weiß ich, jetzt wird sie sagen, dass das Schwachsinn sei. Der Typ im Club hat sich falsch verhalten, ich habe ja Nein gesagt. Aber sie weiß auch nicht, dass das nicht alles ist. Und diese Scham, die ich empfinde, die entzieht sich dem Rationalen, dem objektiv Falschen.

Emma richtet sich auf, nippt vorsichtig an ihrer dampfenden Teetasse. Stellt sie wieder auf der Ablage ab und fährt sich mit den Händen über ihr Gesicht. Streicht über ihre Stirn, lehnt sich zurück, dreht den Kopf zu mir.

»Erinnerst du dich noch an Thomas?«, fragt sie.

»Der Psychopath?«

Sie nickt. Dann redet sie. Und während sie spricht, stockt mir der Atem. Ich kann nicht glauben, was ich höre. Dass er sie so unter Druck gesetzt hat, mit ihm ins Bett zu gehen. Während ihrer Beziehung, als sie erst einundzwanzig und er schon dreißig war. Dass er dafür zwar keine körperliche Gewalt angewendet hat, aber doch psychische, sie manipuliert hat, ewige Diskussionen über mehr Sex, seine Bedürfnisse, die Herabsetzung ihres Äußeren und ihres Charakters, die Ignoranz, wenn sie nicht gemacht hat, was er wollte, der Liebesentzug. Dass es dann, kurz bevor sie sich endgültig getrennt haben, wirklich in körperliche Gewalt umgeschlagen ist, Vergewaltigung.

Mir kommen die Tränen. Emma redet klar und ruhig, fast pedantisch korrekt. Schildert die Ereignisse wie in einem Polizeibericht. Diese Teilnahmslosigkeit, die ihr starres Gesicht widerspiegelt, ist irritierend. Aber vielleicht ist sie nötig, vielleicht könnte sie sonst gar nicht reden.

»Hast du ihn danach angezeigt?«, frage ich.

Sie schüttelt den Kopf, sagt: »Ich hatte nicht die Kraft.« Sie schaut in ihren Tee. Lange. Meint: »Vielleicht mache ich es noch.« Nachdem sie fertig erzählt hat, hält sie inne, als würde sie sich an etwas erinnern. Sie schaut mich an und dann kommen ihr auch die Tränen.

»Am Anfang hab ich ihn wirklich geliebt und am Ende nur noch gehasst. Dafür, wie er mich behandelt hat. Es war, als würde er mir immer mehr das Selbstbewusstsein nehmen, und das hat es immer schwieriger gemacht zu gehen. Je länger ich mit ihm zusammen war, desto mehr hab ich mich selbst verabscheut und irgendwann habe ich mich an diesen Umgang gewöhnt, dachte, ich hätte es nicht anders verdient. Ich weiß nicht, wo ich heute wäre, wenn ich es Fanny nicht erzählt hätte.«

Ich wusste, dass das halbe Jahr Beziehung mit ihm schlimm war, aber nicht, dass es so schlimm war. Ich möchte fragen, warum sie mir nichts von der Vergewaltigung erzählt hat. Warum Fanny, warum nicht ich? Aber ich kenne die Antwort ja. Scham. Und wenn ich selbst nie über irgendwas rede, dann ist es wahrscheinlich noch schwieriger, so was preiszugeben.

»Machst du deshalb die Therapie?«, frage ich.

Sie nickt. Zieht die Beine noch ein Stück näher zum Kinn und umschließt sie mit beiden Armen. Erzählt: »Seit ihm ist es schwierig«, sie fährt sich wieder mit den Händen über ihr Gesicht, streicht mit den Fingern über ihre Augen, sagt: »Irgendwie hab ich das Gefühl, dass seitdem immer nur das eine geht: Sex oder Gefühle, aber nicht beides zusammen. Darüber rede ich viel mit der Therapeutin.«

»Wie hast du die eigentlich gefunden?«, frage ich.

»Eine aus der Uni hat von der Praxis erzählt«, erklärt Emma, »und da hab ich dann zum Glück auch relativ schnell einen Platz bekommen.« Einfach sei es nicht gewesen, Erstgespräche wie Fernsehinterviews, lange Wartezeiten auf freie Plätze, auf den Bewilligungsbescheid von der Krankenkasse und dann natürlich die Überwindung, einem Fremden seine Geschichte zu erzählen. »Aber es lohnt sich, wenn man das einmal durchhat. Jetzt kann ich das aufarbeiten«, sagt Emma.

Ich nicke. Und plötzlich kommen mir wieder die Tränen.

»Kann dir die Nummer geben«, sagt Emma.

Ich nicke wieder. Schaue sie an, ihr Gesicht mit den

hellen Augenbrauen und Wimpern, den weißblonden Haaren, dem starken, entschlossenen Gesichtsausdruck. Ein Kontrast zu ihrem zarten Aussehen. Suche, während ich sie anschaue, nach einer Einleitung, wenigstens einem Wort. Wende den Blick ab, auf meine Knie, dann wieder zu ihr. Alles in mir sagt: nicht jetzt. Jetzt passt es nicht.

Die Erinnerungen fühlen sich an wie ein Traum, in dem man die ganze Zeit schreien will, aber nicht kann, der Körper nicht gehorcht, das ist das Schlimmste.

»Du musst nicht reden«, sagt Emma. »Es ist ganz wichtig, dass du das weißt, okay? Nimm dir die Zeit, die du brauchst.«

Ich will, aber ich kann nicht. Ich will das von Bender erzählen, aber es geht einfach nicht. Ich habe Angst, dass ich auch schuld bin, nicht nur er. Vielleicht, weil er keine Gewalt angewendet hat? Weil ich nichts dagegen gesagt habe? Diese ganze Verwirrung macht mich so fertig. Es ist, als würde seine Mahnung, dass ich niemandem davon erzählen darf, immer noch auf mich wirken, als würde ich immer noch unter seinem Bann stehen.

»Kennst du diese Zweifel?«, frage ich. »Dass man nicht mehr weiß, was da richtig und falsch war? Ich hasse es, dass da immer noch ein Zweifel ist, wo wahrscheinlich objektiv keiner sein sollte.«

»Na ja schon«, meint sie. »In Beziehungen ist es ja immer auch ein Psycho-Spiel. Ich glaube, ein Täter weiß ziemlich genau, wie er einen manipuliert. Wie er einen glauben lässt, dass man selbst schuld an allem ist. Aber die Situation mit dem Typen im Club ist so glasklar, ehrlich! Zu hundert Prozent sein Fehler.«

»Ich weiß, Nein heißt Nein«, antworte ich.

»Und es gibt ja extra Gesetze für so was«, meint Emma,

»auch wenn der Großteil der Täter leider nie bestraft wird. Aber wenigstens wurde mal festgelegt, was alles als sexueller Übergriff zählt.«

»Komisch«, sage ich, »ich hab mich nie mit der Rechtslage beschäftigt.«

»Echt nicht?«, fragt Emma.

Aber ich kann nur den Kopf schütteln.

»Mir hat das auch total geholfen, dass man so viel im Internet über Missbrauch und so lesen kann. Und die ganzen Geschichten aus der Me-Too-Debatte, von anderen Frauen, es sind so viele.«

Ja, die Me-Too-Debatte, die ist natürlich nicht an mir vorbeigegangen. Auch am Theater. Das haben wir in den Theaterwissenschaften rauf und runter diskutiert. Aber ich habe das nie auf mich bezogen. Dafür hätte ich mich erinnern müssen.

Habe ich mich denn gar nicht erinnert? Doch, vielleicht so eine Ahnung, eine Tür in meinem Innern, von der ich immer wusste, dass dahinter etwas Abscheuliches lauert, und die ich deshalb wohl nie geöffnet habe.

Emma rutscht ein Stück zu mir, an meinen Rücken, legt die Arme um mich und lehnt ihre Wange an meinen Kopf. So liegen wir eine Weile, wie ein kleiner Löffel und ein großer, und ich bin so verdammt froh, dass sie da ist. Ich mag ihre Umarmung, ich kann sie aushalten.

Ich weiß nicht, was ich all die Jahre gedacht hatte, in denen ich die Bilder verdrängt habe, mit niemandem darüber sprechen konnte. Vielleicht, dass sie das Bild von mir verändern, mich beschmutzen, in ein dreckiges Licht ziehen, entstellen?

Immer wieder versuche ich, mir zu sagen, dass ich nichts falsch gemacht habe, dass es nichts gibt, wofür ich mich schämen muss. Aber es klappt nicht, ich kann mich schlecht selbst überzeugen. Sollte ich doch mit Emma reden?

Das Problem ist: Wenn ich es ausspreche, dann wird es real. Dann verliere ich die Kontrolle über das Geschehene. Dann wird es gedeutet, bewertet, vielleicht verzerrt. Und dann kann ich es nicht mehr wegschieben. Dann muss ich damit leben. Aber andererseits muss ich auch so damit leben, alleine, und ist das jetzt besser?

Emmas Atem an meinem Ohr wird ruhiger. Ihr Brustkorb hebt und senkt sich langsamer gegen meinen Rücken. Sie scheint eingeschlafen zu sein.

16. KAPITEL

Wir

Ich gehe durch die blau umränderten Glastüren am S-Bahnhof Wedding, steige die Treppen zum Gleis hinauf. Oben laufe ich den grauen Bahnsteig bis zum Ende, dann wieder zurück. Vorbei an herumstapfenden Tauben, um die sich hier, zwischen überquellenden Mülleimern, schlafenden Obdachlosen und Graffiti, niemand schert.

Das Frühstück mit Emma war ruhig. Ein paar Worte: Banane? Apfel? Hier die Haferflocken. Und dann hat jeder sein Müsli zusammengekippt. Wir haben schweigend gegessen, die immer gleiche Bewegung von der Schüssel zum Mund. Als hätten wir in der gestrigen Nacht schon alles gesagt, was es zwischen uns zu sagen gibt. Unser gesamtes Vokabular ausgetauscht. Und dieses Vokabular verbindet uns jetzt.

Das ist es wahrscheinlich, was sie denkt. Wahrscheinlich hat sie jetzt das Gefühl, wir seien uns näher. Wir verstehen einander mehr als jemals zuvor, sprechen jetzt die gleiche Sprache. Es fühlt sich an, als hätte ich sie angelogen.

Ich fühle mich, als sei ich ihr etwas schuldig. Meine Geschichte, ich hätte sie auch erzählen sollen. Ich hätte genauso den Mantel des Schweigens lüften und ihr auch das Vertrauen entgegenbringen sollen. Hätte zeigen müssen, dass es okay ist zu reden, grade jetzt. Aber es ging nicht. Nein.

Der Gedanke, es auszusprechen, ist unvorstellbar. Nein, das wäre nicht auszuhalten. Es würde mich zerreißen. Es löst den starken Wunsch in mir aus, alles zurückzunehmen. Ich will alles verneinen, den ganzen Abend, das alles ist nie passiert, hörst du?

Die S-Bahn fährt ein und ich bleibe stehen. Schaue ihr zu, wie sie anhält, ein paar Leute herauslässt und dann wieder fährt. Ich stehe nur da, wie angewurzelt. Direkt bei den Tauben, die sich jetzt um den Mülleimer geschart haben und auf dem Boden herumpicken. Was gäbe ich jetzt dafür, eine von ihnen zu sein.

Ich überlege ernsthaft, zurückzugehen und Emma zu beschwören, dass sie das gestern für sich behält. Auch vor Fanny und Mona.

Eine der Tauben kommt zu mir vorgestapft, nickt mir zu. Es ist bloß ihr Gang, das Nicken, ich weiß. Aber es wäre schön, wenn sie mir jetzt wirklich zugenickt hätte.

Die Taube dreht um und stapft zurück zum Mülleimer.

Ich ertrage es nicht, dass Emma dem Ganzen so nah gekommen ist. Der Gedanke, die Geschichte mit Bender könnte herauskommen, versetzt mich in Panik. Es würde mein ganzes Leben, alles, was ich doch geplant oder noch nicht geplant habe, über den Haufen werfen. Scham, Schuld, alle Gefühle, die auf mich einströmen würden, wenn es herauskäme, die mich wie eine Lawine überrollen würden.

Und tief in mir, das ist das Schlimmste, tief in mir weiß ich, dass ich die Zeit nicht mehr zurückdrehen kann.

Als ich in die nächste S-Bahn trete, die Menschen auf den Sitzplätzen bemerke, die Türen sich wieder hinter mir schließen, spüre ich einen ungeheuren Druck auf der Brust. Das Atmen wird schwerer, ich greife nach einer der Stangen, halte mich daran fest.

Die Bilder der letzten Nacht, sie blitzen wieder auf, der eklige Typ mit den fettigen Haaren, Bender, und ich mittendrin, will einfach nur weg, weg von ihnen, flüchten, es ist wie ein Überfall.

Meine Hand krallt sich an der Stange fest. Ich traue mich nicht aufzuschauen. Fühle mich beobachtet, bloß nicht zu den Leuten setzen. Schwindel. Ich weiß nicht, wie lange ich das durchhalte.

Am S-Bahnhof Westkreuz stolpere ich die Stufen runter, ein Stück den Bahnsteig entlang, in die wartende S-Bahn Richtung Savignyplatz. Setze mich jetzt doch, in die Reihe hinter einem leeren Vierer. Lasse den Kopf auf die Rückenlehne sinken. Alles dreht sich. Jemand springt hastig in die Bahn, bevor die Türen sich schließen. Ein Mann, der ein kleines Mädchen an der Hand hält. Sie setzen sich in den Vierer, direkt mir gegenüber. Er hebt das Mädchen auf seinen Schoß, sie quengelt irgendwas. Ihr Anblick überfordert mich, ich schließe die Augen.

Wieder nackte Bilderfetzen, die sich mir aufdrängen. Sich zwischen mich und die Außenwelt schieben wie eine überdimensionale Leinwand, die kein Ende findet. Darauf der Ballettraum, ein kleines Mädchen im hellblauen Ballettanzug an der Stange, ich, Bender, sein unheimliches Gesicht mit den eisblauen Augen.

»Guck mal, die schläft!«

Ich öffne die Augen. Das Mädchen. Sie zeigt auf mich, schaut mich aufmerksam an. Ich schließe sie wieder.

»Vielleicht ist sie müde«, antwortet der Vater ruhig.

»Nächster Halt, Savignyplatz«, sagt die Durchsage. Ich warte, bis die Bahn langsamer wird. Dann krauche ich mit gesenktem Blick aus der Bank durch die S-Bahn-Türen nach draußen.

Meine Hand gleitet in meine Jackentasche, greift mein Handy, lässt es wieder los. Ich traue mich nicht, es aus der Tasche zu nehmen. Nachzusehen, ob Robin geantwortet hat, oder schlimmer noch, ob er nicht geantwortet hat. Es graut mir davor, ihm das alles erzählen zu müssen. Nein, das geht nicht. Bloß: Wenn es mit uns weitergehen soll, wenn wir irgendwann miteinander ins Bett gehen ... Wenn er mich anfasst und dann die Bilder zurückkommen so wie im Club, dann wird er denken, dass es an ihm liegt. Dann wird er sich schlecht fühlen, glauben, dass er schlecht ist. Das will keiner. Und wenn wir nicht miteinander schlafen, dann wird es nicht halten mit uns. Dann ist es keine Beziehung. Dann ist es nur eine Freundschaft, wobei, das hat auch noch nie funktioniert. Dann verliere ich ihn.

Ich muss schlucken. Stolpere auf der Treppe, rudere kurz mit den Armen, fange mich grade noch am Geländer. Peinlich. Gehe vorsichtig weiter die Treppe herunter.

Nein, das gebe ich mir nicht. Ich werde mich zu nichts zwingen. Das mache ich nicht. Nein. Wenn es nicht geht, dann geht es nicht. Dann bleibe ich halt allein. Für immer.

Aber was, wenn die Bilder trotzdem nicht weggehen? Wenn das jetzt immer so bleibt und ich jede Sekunde mit einer Gewitterattacke rechnen muss? Wie soll ich so ein normales Leben führen? Wie soll ich das aushalten? Vor allem allein?

Savignyplatz. Der schöne Savignyplatz, mit seinem

schönen 12 Apostel und dem schönen Bücherbogen und allem, zu schön. Niebuhrstraße. Ich biege nach rechts ein, gehe die letzten Schritte zu meiner Haustür. Der Wind lässt mich frösteln, die Arme vor der Brust verschränken, gleich geschafft.

Vorm Hauseingang plötzlich ein harter Stoß an der Schulter. Die Haustür. Ich schwanke zurück, löse die Arme von der Brust, spüre eine Hand an meinem linken Arm, die mich festhält, finde das Gleichgewicht wieder.

Papa, der vor mir steht. Einen Koffer in der Linken, den er jetzt abstellt. Er hält mich mit beiden Händen an den Schultern, sieht mich erschrocken an, sagt: »Mein Gott, ich habe dich gar nicht kommen sehen!«

Ich spüre, wie mir die Tränen in die Augen schießen. Dabei war der Stoß nicht extrem, der Schmerz lässt nach. Und doch. Die erste Träne rollt schon.

»Habe ich dir doll wehgetan?«, fragt er aufgebracht. »Sag doch was!« Er hält inne. Blickt zu seinem Koffer nach unten, dann zu mir, dann zum Boden. Schluckt.

Ich stehe einfach nur da, heulend, wie ein Kind. Spüre, dass er sich zu mir herunterbeugt und mich in den Arm nimmt. Es fühlt sich an, als sei ich zu Hause, endlich angekommen von einer langen beschwerlichen Reise. Keine Ahnung, von wo. Aber für einen kurzen Moment hat alles wieder seine Ordnung. Ich kann durchatmen.

Irgendwann, als keine Tränen mehr kommen, wische ich mir mit dem Ärmel übers Gesicht, über die verquollenen Augen.

»Ich, tja, also, ich muss zum Flughafen«, sagt er zögerlich.

Ich nicke.

»Einiges besprechen«, fügt er hinzu. Zieht dabei müde

die schwarzen Augenbrauen nach oben, presst die Lippen zusammen.

Ich nicke.

Er setzt an, zögert, dann erklärt er: »Ich habe es deiner Mutter gesagt.« Er schaut auf den Boden, wischt sich dann tatsächlich über die Augen. Er weint.

Ich stelle mich auf die Zehnspitzen und nehme ihn in den Arm. Schweige. Frage schließlich: »Was passiert jetzt?«

»Sie will mich erst mal nicht mehr sehen. Ich ziehe in die andere Wohnung.« Er schluckt, räuspert sich: »Aber ich möchte noch mal mit ihr sprechen, über alles. Es gibt so viel. Ich hoffe, sie lässt mich noch mal mit ihr sprechen.« Er blinzelt. Schaut dann auf seine Armbanduhr. Sagt: »Wir reden auch noch mal. Okay? Vielleicht schon übermorgen?«

»Okay«, sage ich.

Dann gehe ich durch die Haustür, lasse sie hinter mir ins Schloss fallen und steige die Treppe hoch in meine Wohnung. Bei jeder Stufe sage ich mir: Ich bin nicht allein. Immer und immer wieder. Wie eine Formel, einen Zauberspruch, mit dem ich mich selbst beschwören will. In der Hoffnung, dass er mich vor dem nächsten Überfall bewahrt. Ich bin nicht allein, ich bin nicht allein, ich bin nicht allein. Während ich meine Wohnungstür öffne, meine Jacke ablege, während ich mich umziehe, mir ein Glas Wasser in der Küche eingieße, mich aufs Bett setze. Ich sage es so lange, bis ich Angst bekomme, ich könnte diesen Satz vielleicht nie wieder loslassen.

Ich hole den Laptop aus meinem Rucksack, hocke mich damit aufs Bett. Öffne Google, tippe: *Zwangsstörung* in die Suchleiste ein. Überfliege die Beiträge. Es fällt mir schwer, mich zu konzentrieren. Also verwerfe ich die Suche. Zumindest ist der Satz aus meinem Kopf verschwunden. So schlimm kann es also nicht sein.

Ich überlege, rüberzugehen und mit Mama zu sprechen. Aber sie wird aufgelöst sein, nur an die Trennung denken können. Vielleicht ist Karin bei ihr. Nein, ich kann mich damit nicht beschäftigen, nicht jetzt. Und es ihr erzählen?

Ich versuche, mich an das zu erinnern, was Emma gestern Abend gesagt hat. Irgendwas, das mir doch Kraft gegeben hatte. Er ist schuld, nicht ich. Das hat sie doch gesagt, oder? Gesetze. Ich gebe *sexueller Missbrauch Gesetz* bei Google ein. Und da steht es direkt, der Paragraf §176 StGB, Sexueller Missbrauch von Kindern. §176, ein Paragraf wie alle anderen, und trotzdem scheint er mir wie aus einem anderen Universum. Aber da steht alles, schwarz auf weiß: strafbar.

Natürlich, wenn ich mir die ganzen Unterpunkte so durchlese, natürlich ist das alles strafbar. Natürlich weiß ich, dass das alles nicht passieren darf, dass die Gesellschaft solche Fälle aufs Schärfste verurteilt. Ich kenne die Geschichten über verschwundene Kinder, die irgendwann tot im Wald aufgefunden werden, oder über irgendwelche Gruppen, die Kinderpornografie im Darknet verkaufen. Wenn man davon hört, ist man betroffen, weiß nicht, was man sagen soll. In Gesprächen, im Gerichtssaal, überall. Und doch fällt es mir so schwer, meine Geschichte hier einzusortieren, sie damit in einen Zusammenhang zu bringen.

Irgendwann gehe ich zu YouTube über. Um ein Gesicht zu sehen, die Vorschläge auf der Startseite, irgendwas, das nichts mit diesem scheußlichen Thema zu tun hat.

Und dann gebe ich doch *sexual abuse child* in die Suchleiste ein.

Unter den ersten Vorschlägen ist ein Mann abgebildet, vor einem schwarzen Hintergrund und mit bunt gefärbten Haaren. *Harish Iyer* und *Being a Survivor of Male Child Sexual Abuse* steht daneben, ein Ted-Talk.

Ich zögere, spüre, wie irgendwas in mir immer wieder von der Bildschirmfläche abschweift und dann doch wieder zurückkehrt. Unfähig, eine Entscheidung zu treffen. Doch zu Instagram oder Facebook, oder …

Nein. Ich klicke auf das Video und ein Scheinwerfer wird eingeblendet, Licht, dann Text. Und dann der Mann, Harish Iyer, der auf einer Bühne steht und mit einem indischen Akzent Englisch spricht und so freundlich und positiv wirkt, dass ich im ersten Moment überlege, ob ich das richtige Video geöffnet habe. Aber seine Worte sind so klar und klingen so eindringlich in meinen Ohren, dass sich plötzlich alles in meinem Innern fokussiert. Er sagt, dass das Schweigen über sein Erlebtes einen Preis habe: Gewalt. Es zu verschweigen bedeutet einen Aufruhr, einen Aufstand im Innern.

Während er seine Geschichte erzählt, spüre ich Übelkeit, Verwirrung, zucke zusammen, aber schweife doch keine einzige Sekunde vom Bildschirm ab. Seine Geschichte fesselt mich wie ein Horrorfilm, für den ich eigentlich noch zu jung bin, zu gewaltvoll, zu brutal. Und dann sind da auf einmal auch Zweifel, der Gedanke, dass meine Geschichte dagegen ja harmlos ist.

Wenn einem ein Onkel, jemand aus der eigenen Familie, auch noch mehrere Leute, ein kriminelles organisiertes Netzwerk so etwas Schlimmes antut, über Jahre, wie überlebt man das? Und er steht immer noch da, redet ruhig, geradezu verständnisvoll zum Publikum, zur Kamera, in die Welt.

Er erklärt, was er erleben musste, was er dabei gefühlt hat, dass ihm nicht geglaubt wurde, dass er selbst lernen musste, es zu akzeptieren, die unvorstellbare Wahrheit, und auch, dass diese Wahrheit in seinem Herkunftsland Indien jedes zweite Kind betrifft. Sie sind unglaublich, die Zahlen. Alle fünfzehn Minuten ein Kindesmissbrauch, allein in Indien. Je länger er spricht, desto mehr laufen mir die Tränen. Und es ist gut so, das weiß ich.

Er sagt, man solle nie aufhören, den eigenen Schmerz zu betonen, nie aufhören, ihn anzuerkennen. Man solle zu seinem Schmerz stehen.

Nachdem das Video zu Ende ist, klappe ich den Laptop zu. Lehne mich zurück und starre meine weiße Decke an. Durchflutet von Gefühlen, die keine Form, kein Muster, keine Grenzen mehr kennen. Nur die Gewissheit: Diese Geschichte hat ein unsichtbares Band geknüpft, zwischen mir und Harish Iyer, einem Menschen, irgendwo auf der Welt, den ich noch nie zuvor gesehen habe, und doch, das weiß ich, der mir in diesem Moment näher ist, als es irgendwer jemals war. Mir mehr gegeben hat, als es jemand anders je konnte.

Keine Anweisungen, keine Gesetze, bloß die Versicherung, dass es in meiner Hand liegt. Es ist jetzt meine Entscheidung. Es ist meine Geschichte und ich kann entscheiden, wie ich mit ihr umgehe.

Vielleicht ist es das. Kein Gedanke, es ist dieses Gefühl, nicht mehr allein damit zu sein. Etwas, das mir plötzlich eine Kraft gibt, die sich erst ganz langsam zu einem Gedanken formt.

Ich schließe die Augen, strecke Arme und Beine von

mir. Spüre, wie mein Körper immer ruhiger wird. Wie mein Atem sich verändert, wie er tiefer wird. Als hätte sich eine Spannung in meinem Körper gelöst, ich kann atmen, frei.

Vor meinem inneren Auge tauchen Bilder auf. Erinnerungen an meine Kindheit. Immer wieder betrete ich mein altes Klassenzimmer in der Grundschule, sehe mich mit den anderen in der oberen Etage des Schulgebäudes Verstecken spielen.

Mir scheint es, als sei in mir auf einmal eine ganze Zeitspanne mit Erinnerungen freigelegt worden. Nicht nur die düsteren Bilder, auch die bunten. Das Schöne, an das ich seit einer Ewigkeit nicht mehr gedacht habe.

Wie den Kunstunterricht von Frau Schiller, in der Vierten. Ich saß weit vorne, trug ein Kleid. Und die langen blonden Haare in einen Zopf geflochten. Den Kopf dicht über diesem Bild. Wir sollten Silvester malen, das bunte Licht der Raketen auf schwarzem Nachthimmel. Zuerst haben wir die weiße Papierfläche mit Farben bemalt, ein großes Mosaik. Dann alles mit schwarzer Tusche überpinselt, bis kein Funken Bunt mehr zu sehen war. Und gewartet, eine halbe Ewigkeit, bis die Schicht getrocknet war. Erst danach durften wir mit dem Zahnstocher in die schwarze Oberfläche kratzen. Und dann: Boom! Die leuchtende Farbe darunter hervorholen.

Das sah unerwartet gut aus. Bestimmt die Technik, aber egal. So egal, dass ich spontan noch mich selbst aufs Papier kratzte. In die linke Bildecke, die Knie dicht an den Kopf gezogen, bunte Haare, wie Harish Iyer. Habe ich deshalb sein Video angeklickt oder erinnere ich mich deshalb jetzt an das Bild?

Ich weiß noch, ich wollte das Bild heimlich mit nach

Hause nehmen und Mama schenken. Ich dachte wahrscheinlich, dass ich in der nächsten Stunde ein Neues machen könnte, vermutlich war noch Zeit.

Aber warum ich es ihr dann doch nicht gegeben habe, weiß ich nicht mehr. Bloß noch, dass Papa an diesem Nachmittag schon von der Arbeit zurück war und sie lächelnd bei ihm in der Küche saß.

Vielleicht entschied ich in dem Moment, dass das Bild nicht passte?

Wie oft ich auch heute noch das Gefühl habe, dass manches einfach passiert. Und dann realisiere ich erst im Nachhinein, dass ich aus einem bestimmten Gefühl, aus einem Impuls heraus gehandelt habe, unbewusst, ohne dass mein Kopf das mitentschieden hätte. Oder umgekehrt. Ich treffe eine reine Kopfentscheidung. Und hinterher fühlt es sich an, als hätte ich da durch einen grauen Tunnel geschaut.

Vielleicht ist es das, was Erwachsensein ausmacht: dass Verstand und Gefühl sich absprechen, weil sie nun mal im selben Körper wohnen. Und dass man diesen Körper wahrnimmt, akzeptiert, liebt.

Klingt das pathetisch, nach Jane Austin?

Aber ist es nicht so?

Ich erinnere mich noch dunkel, dass ich das Bild eine Weile mit mir im Schulranzen herumgeschleppt habe. Eine Zeit lang dachte ich wohl noch darüber nach, es Mama zu schenken. Ich habe vielleicht auf den richtigen Moment gewartet. Bis ich es irgendwann mit den anderen Grundschulbildern in das Fach meines weißen Kleiderschranks getan habe, ganz nach unten, unter das Bastelpapier.

Ich öffne die Augen, sehe mich in meinem Zimmer um,

rüber zum Schreibtisch, dann zu meinem weißen Kleiderschrank. Der doch mein Kleiderschrank ist, solange ich denken kann. Ich wollte nie einen neuen haben. Er gefiel mir immer, mit seinen drei großen Spiegeltüren in der Mitte, die ganzen Fächer im Innern.

Ich rolle vom Bett und hocke mich vor den Schrank. Dann ziehe ich die unterste Schublade auf. Sie hakt, ich habe viel zu viel Geschenkpapier hier reingequetscht, immer neues und das alte nie aufgebraucht. Mir quillt Weihnachtspapier mit kleinen Weihnachtsmännern entgegen, eine Tüte mit gefalteten Sternen, eine mit schimmernden Geschenkbändeln, die etwas durcheinandergeraten sind. Ich ziehe alles nacheinander heraus und lege es neben die Schublade, bis ich vor einem großen bunten Haufen sitze. Und da, doch, ganz unten, da ist das Bild.

Ein schwarzer Nachthimmel, auf dem es bunt leuchtet. Aber es sind keine Silvesterknaller dort am Himmel. War das nicht das Thema? Silvesternacht? Aber ich habe keine Raketen, sondern krakelige Noten in den Himmel gekratzt. Hektisch, das ist nicht zu übersehen. Vielleicht wollte ich den Klang darstellen? Das laute Knallen? Ich fahre mit dem Zeigefinger über die bunten Noten in der rauen schwarzen Fläche, als würde ich darin etwas suchen.

Dann trage ich das Bild zu meinem Schreibtisch und lege es auf die Tischplatte. Setze mich davor und betrachte es weiter. Fahre wieder mit dem Finger die Einschnitte ab. Über die kleine Figur, die ich da reingeritzt habe, das kleine Mädchen mit den bunten Haaren. Ein ähnliches Gefühl, wie wenn man ein altes Foto von sich entdeckt. Vertraut und irgendwie irritierend, dass man das mal gewesen ist und gleichzeitig noch immer ist. Diese Figur, in einem Body?

Ich fahre über die bunten Kratzer auf ihrem Körper, dann wieder über die Noten am Himmel. Einzelne und Noten im Balkensatz, unten miteinander verbunden, obendrüber ein Bogen. Ist das nicht …?

Ich gehe zu meinem Laptop, öffne ihn, lege mich auf mein Bett. Gebe *Schwanensee Noten Geige* in die Suchleiste ein und klicke auf einen der Vorschläge. Dann nehme ich den Laptop mit zum Schreibtisch, halte den Notensatz neben mein Bild. Es stimmt. Die Noten im Bild sind die Noten von *Schwanensee*. Das Stück wollte ich damals unbedingt auch auf der Geige lernen.

Und dann begreife ich plötzlich, was das hier sein soll. Dieses Bild, ich wollte es Mama geben. Ich wollte mit ihr sprechen, ich wollte ihr alles sagen. In ihrer Sprache, mit einem Bild. Das war es, was mich daran so gefesselt hat, obwohl ich nie freiwillig einen Stift in die Hand genommen habe. Nicht die Technik, nicht die Farben, nicht, wie ich es gezeichnet habe, sondern was.

Aber dann habe ich doch nichts gesagt. Doch geschwiegen, mich wahrscheinlich nicht getraut. Auch jetzt weiß ich nicht, wie sie reagieren würde. Selbst nach all der Zeit, oder grade wegen all der Zeit.

Ich atme tief ein, langsam, in den Bauch. Dann greife ich nach meinem Handy, wische die ganzen angezeigten Nachrichten auf dem Bildschirm weg, öffne den Chat und beginne zu tippen, während mein Herz wie verrückt klopft.

###

Als ich wenige Stunden später Schritte im Hausflur höre, werde ich unruhig. Ich setze mich auf die Bettkante, schaue mich in meinem Zimmer um. Ordnung, alle Klamotten, das ganze Geschenkpapier, alles weg, das Bett ist gemacht.

Das Geräusch der Klingel tönt unerwartet schrill, fühlt sich an, als würde mich jemand schütteln, körperlich, wie bei schlimmer Migräne. Ich bleibe auf der Bettkante sitzen.

Es klingelt noch mal, durchdringend.

Ich könnte auch sitzen bleiben, überlege ich. Einfach nicht reagieren, mich später entschuldigen. Nein, Blödsinn.

Mein Handy vibriert neben mir auf dem Nachttisch. Ich laufe zur Tür. Öffne.

»Mann, wir dachten schon, du bist abgehauen!«, ruft Fanny mir entgegen und lacht. Sie, Mona und Emma kommen herein. Wir umarmen uns fest, so als hätten wir uns lange nicht gesehen.

»Wollt ihr was trinken? Kaffee? Tee?«, frage ich.

»Kaffee! Aber hast du auch ’ne vegane Milch?«, fragt Fanny während sie ihren grünen Mantel über einen der Garderobenhaken wirft, ihn verfehlt und dann lachend den Mantel wieder vom Boden aufliest und ordentlich aufhängt.

»Du bist so ein Honk«, sagt Emma und lacht.

»Tatsächlich hab ich Mandelmilch da«, antworte ich Fanny. »Du kannst die ganze Packung haben.« Ich gehe in meine Küche, fülle den silbernen Espressokocher mit Wasser und dann mit dem Espressopulver und stelle beides auf den Herd.

»Ha! Du hast ja den gleichen wie ich!«, sagt Mona hinter mir. »Mann, ich war ewig nicht hier.«

Ich nicke, drehe die Herdplatte auf.

»Soll ich was helfen?«, fragt sie.

»Ach, Quatsch«, antworte ich. »Geht ruhig schon rüber.«

Ich atme tief ein und wieder aus, versuche, mich zu sammeln. Fanny und Mona gehen ins Zimmer. Ich höre sie laut kichern.

Es fühlt sich merkwürdig an, auf einmal ist so viel Leben in meinen vier Wänden. Erst jetzt fällt mir auf, wie ruhig es hier vorher war.

Emma kommt in die Küche gelaufen und geht zum Kühlschrank. »Die beiden?«, fragt sie und holt die Mandelmilch und die normale aus der Tür. Ich nicke.

»Alles okay?«, fragt sie. Ihr Blick hat eine besondere Sanftheit. Wahrscheinlich ein Überbleibsel der letzten Nacht.

»Ja, schon«, antworte ich. Ich stelle vier Tassen auf die Ablage und Emma füllt sie mit der Mandelmilch und der normalen. Stellt sie anschließend in die Mikrowelle.

»Oh, wie süß, die Fotos von uns!«, ruft Fanny aus meinem Zimmer. Wahrscheinlich die über meinem Schreibtisch, die ich nicht wie die von meiner Familie zerstört habe. Von uns beiden in unseren schrecklich coolen Lederjacken, die wir uns damals heimlich nach der Schule gekauft hatten.

»Malst du?«, ruft sie erneut. Scheinbar hat sie das Bild entdeckt.

»Nee, hab alte Sachen durchgeschaut«, antworte ich knapp.

Als der Kaffee zu fauchen beginnt, drehe ich die Platte aus und verteile ihn vorsichtig auf die vier dampfenden Tassen.

Wieder ein lautes Kichern aus meinem Zimmer. Fanny, was hat sie jetzt schon wieder entdeckt?

»Lass das«, höre ich Mona leise sagen. Und dann Fannys lautes Kichern, ein Hüpfer. Sie kommt zu uns in die Küche gehopst, mein Handy in der Hand.

»Was willst du damit?«, frage ich.

Sie kichert verschwörerisch. Fragt: »Hast du schon deine Nachrichten gecheckt?« Und zwinkert mir übertrieben deutlich zu.

»Robin?«, frage ich unsicher. Dann: »Fanny, lass das!«

»Weißt du, was er dir grade geschickt hat?«, fragt sie und schmunzelt.

»Einen Kackhaufen?«, frage ich genervt. Dann mache ich einen Schritt auf sie zu und nehme ihr das Handy aus der Hand. Schaue auf das Banner. Und da ist doch tatsächlich das Emoji, das einen Kussmund macht, das mit dem Herz. Ich starre das Emoji an, als hätte ich es noch nie gesehen. Überhöre Fannys und Emmas Gekicher. Bin einfach nur überrascht, irgendwie verwirrt, aber doch glücklich und, ich weiß nicht, was so ein kleines rotes Teil sonst alles in einem auslösen kann, wenn es von der richtigen Person kommt.

Trotzdem sage ich: »Der Kaffee wird kalt.«

Wir tragen die Tassen nach drüben. Mona steht immer noch über meinen Schreibtisch gebeugt und mustert die Fotowand. Wir stellen die dampfenden Tassen auf meiner Tischplatte ab. Emma schiebt Mona die blaue zu. Dann setzen wir uns auf mein Bett, auf dem ich die letzten Wochen so oft alleine gesessen habe. Nach einer langen Pause, in der sie mich schon komisch anschauen, weil sie wahrscheinlich sehen, dass ich nicht weiß, wie ich anfangen soll, öffne ich doch den Mund: »Mir ist mal was passiert und ich glaube, ich muss darüber reden.« Meine Stimme klingt brüchig, aber ich bin fest entschlossen. Ich spüre Emmas Hand an meiner Schulter. Die Aufmerksamkeit der drei, die plötzliche Ernsthaftigkeit in ihren Gesichtern. Und dann erzähle ich es. Ich erzähle ihnen von Herrn Bender an unserer Ballettschule. Dass ich vor ihnen schon in einer anderen Gruppe war, mit sieben Jahren. Und dann das, was mir dort passiert ist, dass Bender mich angefasst hat, dass ich danach nicht mehr hingegangen bin, wochenlang krank war. Bis zu den Sommerferien, und dann war Ballett erst mal vom Tisch. Bis ich in eine neue Gruppe kam, in unsere, drei Jahre später. Ich erzähle, dass meine Mutter Herrn Bender so nett fand. Und er laut meinem Vater richtige Talente hervorgebracht hätte. Dass ich dachte, dass ich besonders gefördert werden sollte. Und dass ich versprochen hatte, nichts zu sagen, und auch das mit den Süßigkeiten, das wollte ich meinen Eltern auch nicht erzählen. Während ich rede, ziehen die Bilder, die Erinnerungen wieder auf, so einnehmend, dass ich am liebsten wieder wegrennen will. Aber da sind drei Augenpaare, die mich erschrocken anschauen. Die nicht vergessen werden. Und dann kommen mir die Tränen, keine Verzweiflung, keine Panik, kein Stress, keine Gedanken, bloß der tiefe, alles einnehmende Schmerz.

Ich bin froh, als sie mich in den Arm nehmen, erst Emma und dann auch Fanny und Mona, alle drei. So lange, bis ich nicht mehr weinen muss.

Irgendwann, als wir uns wieder entknotet haben, zischt Fanny: »Ich kann's nicht glauben. Bender. Was für ein Monster!« Ihr Gesicht ist plötzlich rosa, die Augen zusammengekniffen, ihre Stimme aufgekratzt: »In was für einer Welt leben wir denn? Wer weiß, bei wem er das noch gemacht hat?« Sie bekommt einen richtigen Wutausbruch, fuchtelt mit den Händen durch die Luft, wird immer lauter: »Den muss man anzeigen!«

Emma greift sie am Arm. Sagt: »Beruhig dich, ist gut. Hörst du?«

»Gar nichts ist gut!«, faucht sie zurück. »Hast du nicht zugehört?«

Ich weiß nicht, was ich sagen soll.

Mona blinzelt ein paarmal. Setzt ihre Brille ab und fährt sich über die Augen. Sagt: »Das ist juristisch alles nicht so einfach. Es ist ziemlich kompliziert, Missbrauch zu beweisen, vor allem, wenn er so weit zurückliegt. Ich weiß nicht, ob ich mich richtig erinnere, aber es sind, glaube ich, nur etwa ein Prozent der Fälle, die in Deutschland überhaupt vor Gericht kommen. Wobei, wenn sich herausstellt, dass es mehrere Fälle an der Schule gab, dann könnte er tatsächlich vor Gericht kommen. Bloß, dann wird auch der Fall größer, dann geht es durch die Medien. Wahrscheinlich so oder so. Ich kann das nicht wirklich einschätzen, aber leicht wird es sicher nicht.«

Emma schaut nachdenklich in ihre Tasse, rührt langsam mit ihrem Löffel darin, trinkt nicht.

»Aber das geht doch nicht!«, krächzt Fanny sie an. »Da muss man doch was machen! Wir können den doch nicht einfach weiter unterrichten lassen. Wie ertragt ihr diesen Gedanken denn?«

Gar nicht. Aber wir anderen schweigen. Emma schaut zu ihr, hebt die Augenbrauen, sagt: »Das hatten wir doch schon. Hab ich dir doch alles schon mal erklärt.«

Mona fährt irritiert zu ihr herum. Fragt: »Was? Was hattet ihr schon?«

Emma atmet tief durch. Antwortet: »Weißt du noch, Thomas?«

»Der Psychopath?«, fragt Mona und rückt ihre Brille zurecht.

Emma nickt, sagt: »Den hätte ich auch anzeigen können.«

Mona blinzelt ein paarmal. Sagt erst gar nichts, dann einfach nur: »Scheiße.«

Wieder sitzen wir eine Weile bloß da, mit unseren Tassen auf dem Schoß, aus denen schon länger kein Dampf mehr aufsteigt. Starren in die kalte Flüssigkeit oder auf unsere Hände, die sie halten, oder das Muster, das der letzte Rest Milchschaum über der hellbraunen Oberfläche verteilt. Ein Vogel, meins sieht aus wie ein Vogel, der die Flügel ausgebreitet hat. Eine Taube vielleicht, oder ein Schwan. Einer, der fliegt.

Ich stelle die Tasse auf dem Nachttisch ab.

Fanny wippt unruhig auf dem Bett hin und her, fährt sich hektisch durch die Haare, schüttelt immer und immer wieder fassungslos den Kopf und murmelt vor sich hin: »Aber soll man jetzt gar nichts machen?«

Ich weiß es ja auch nicht. Ihre Reaktion wühlt mich auf eine merkwürdige Art auf. Sie fühlt sich zutiefst irritierend an. Es kommt mir vor, als würde sie es einfach nicht wahrhaben wollen. Als würde sie sich fest in dem Glauben halten wollen, dass sie jetzt noch irgendwas ändern könnte, dabei ist ja alles schon passiert. Als müssten wir es bloß richtig ergründen, alles zuordnen und dann was beschließen, irgendwas, und dann ist es vom Tisch. Sie sieht mir nicht mal in die Augen.

»Das alles ist ekelhaft. Ich weiß«, sage ich schließlich.

»Er«, sagt Emma, »nicht du.«

»Aber trotzdem«, antworte ich, »trotzdem überlege ich, warum ich mich nicht anders verhalten habe.«

Fanny knirscht: »Mann, du warst ein Kind. Ist doch offensichtlich, dass du das Opfer in dieser ganzen Sache bist.« Noch immer sieht sie mich nicht an.

Sie macht mich wahnsinnig wütend. Ihre Aussage drückt mich erneut zu Boden, lässt mich wieder hilflos dastehen. Zwängt mich ein, legt mir erneut diese Fesseln an, aus denen ich mich doch mühsam befreit habe. Erklärt mir erneut die Hierarchie: Du liegst unten, immer noch. Alles in mir schreit Nein. Ich war zwar damals das Opfer, aber ich will es nicht mehr sein.

»Ich bin kein Opfer«, sage ich laut. »Nicht mehr.«

»Ich finde Überlebende auch besser als Begriff«, meint Mona.

Fanny wendet ein: »Müssen wir uns jetzt über ein Wort streiten? Also, tut mir leid, dass ich mich hier so aufrege. Aber ich versteh einfach nicht, wie ihr so ruhig dasitzen könnt. Soll das alles so weitergehen, auch in Bereichen wie der Filmbrache? Soll es weiter so Leute wie Weinstein und Wedel geben? Da muss man doch was machen! Frauen müssen aufstehen und damit an die Öffentlichkeit! So lange, bis sich endlich ...«

»Ja, bis was, verdammt?«, falle ich ihr ins Wort. Es macht mich alles so wütend. »Bis was?«, wiederhole ich. »Mein Gott, was willst du? Soll ich jetzt zum Fenster rennen und es rausschreien, für alle Frauen auf dieser Welt?« Ich rede immer mehr, immer schneller. »Ist es jetzt meine Verantwortung, Menschen vor Missbrauch zu schützen? Weil ich ihn erlebt habe, deshalb muss ich jetzt alle anderen retten? Warum lebe ich nicht in einem System, das Kinder besser schützt? Das besser informiert? Bessere Schutzmechanismen etabliert? Das die Rechtslage an die Gegebenheiten anpasst? Das Verjährungsfristen bei Missbrauchsfällen abschafft? Und du sagst mir, dass es meine Verantwortung ist? Weil du, verdammt noch mal, keine Ahnung hast! Weil du dagegen ankämpfst. Weil du die Wahrheit nicht aushältst. Mein Gott, weißt du, wie viel Überwindung es mich kostet, das hier zu erzählen? Ich könnte auch gar nichts sagen, ich könnte auch wegrennen, mein ganzes Leben lang. Aber ich bin jetzt hier und ich rede mit dir und jedes Mal, wenn jemand redet, egal mit wem, dann ändert sich was. Auch wenn's nicht die Welt ist. Ich rede mit dir und du schaust mir nicht mal mehr richtig in die Augen …« Ich spüre die Tränen. Aber weiter: »Und ich kann's ja verstehen, ich ertrag es doch auch nicht, ich hab das nicht mal meinen Eltern erzählt. Aber verdammt, es ist nun mal die Wahrheit, und wenn du sie nicht aushältst, dann geh! Ich brauche keine Freundin, die meine Wahrheit nicht akzeptieren kann, ich brauche eine Freundin, die mir in die Augen sehen kann, ohne darin ständig sich selbst zu sehen. Ich brauche eine Freundin, die mir in die Augen sehen kann, trotz allem. Die meine Geschichte sieht, aber auch alles andere. Dass ich noch mehr bin. Ich will kein Mitleid, ich will Mitgefühl. Und wenn du keins hast, dann geh!« Ich will aufstehen, aber Fanny hält mich am Arm zurück. Sieht mir dabei in die Augen, fest entschlossen, kein Zögern. Sagt eindringlich: »Es tut mir leid. Ich … ich bin schwer von Begriff manchmal, aber verdammt, es tut mir leid. Ich werde immer, hörst du, immer an deiner Seite sein. Egal was du tust, egal was war und egal was kommt.«

Ich gebe ihrem Zug nach, lasse mich zurück auf das Bett gleiten. Nehme mir Zeit, zum Atmen, um mich zu sortieren, zum Denken. Dann sage ich: »Okay.«

Wieder Schweigen. Wieder sitzen wir minutenlang einfach nur da. Lassen den Streit langsam abkühlen, keiner geht. Jeder in seinen Gedanken, aber doch gemeinsam. Ein Gefühl tiefer Verbundenheit, absoluter Ehrlichkeit. Ein Gefühl, das ich so nicht für möglich gehalten hätte.

Irgendwann fragt Emma: »Du hast das nicht mal deinen Eltern erzählt, nicht mal deiner Mutter?«

»Nein«, antworte ich.

»Krass«, sagt sie.

»Ja, ich weiß auch nicht«, wende ich ein. »Ich schätze, es war mir unangenehm. Ich wusste nicht, was sie dann von mir denkt.«

»Aber sie ist doch deine Mutter. Sie liebt dich doch, egal was ist«, sagt Fanny. Dabei sieht sie mich an, mit ihren klaren hellgrünen Augen, als hätte sie grade das Natürlichste der Welt gesagt.

Warum wundert mich die Vorstellung so sehr? Und plötzlich ein Gefühl der Erleichterung. Als hätte ich lange gekämpft, gerungen, gerudert. Weg von der Angst, dem Stillstand, dem Untergang. Ohne zu sehen, dass ich gar nicht musste. Dass da doch eigentlich so viel ist, das mich trägt.

Ich schaue zu Mona rüber, die merklich schluckt. Ihre Brille abnimmt und sich über die Augen fährt. Dann, völlig aus dem Nichts sagt: »Mein Vater ist Alkoholiker.«

»Was?«, fragt Fanny irritiert.

Es ist die Stunde der Wahrheiten.

Mona zögert einen Moment, dann erklärt sie: »Ich rede nicht mehr mit ihm, seit ich ausgezogen bin, und ich hasse ihn dafür. Und noch mehr hasse ich, dass meine Mutter ihn nicht hasst, sondern immer noch mit ihm zusammen ist, weil sie so unglaublich gutherzig ist. Dass das einen Keil zwischen uns treibt. Ich …«, sie hält einen

Moment inne, betrachtet das Gestell ihrer Brille in ihren Händen, fährt dann fort: »Ich wollte euch das eigentlich sagen, aber ich dachte, ihr würdet mich dann vielleicht asozial finden. Ich mein«, sie wendet den Blick ab, sagt, mehr zur Matratze, »ihr kommt alle aus schicken Familien und meine ist daneben so … na ja … assi.«

Fanny zieht die Augenbrauen hoch, schaut sie einen Moment an, als wollte sie etwas entgegnen, ihre Irritation zum Ausdruck bringen. Aber dann nimmt sie bloß ihre Hand und sagt: »Ich hatte immer Geld – und schau, was aus mir geworden ist.« Sie grinst und antwortet selbst: »Eine, die irgendwelchen unrealistischen Wunschvorstellungen hinterherjagt. Irgendwelchen Möchtegern-Regisseuren in den Arsch kriecht. Ihre Seele auf Instagram verkauft und am Ende des Tages auch nur hofft, dass ihr Vater sie einmal zum Geburtstag anruft.«

Mona setzt sich ihre Brille wieder auf, rückt sie irritiert zurecht. Entgegnet: »Ich weiß jetzt nicht, ob ich lachen oder weinen soll.«

Fanny antwortet bloß: »Such dir was aus.«

Und dann entscheiden wir uns alle fürs Lachen.

Emma gibt Fanny einen Kuss auf die Wang und sagt: »Wir lieben dich trotzdem.« Dann drückt sie sie fest an sich. Es macht mich so glücklich, die drei hierzuhaben. Wir, denke ich. Und dabei verstehe ich zum ersten Mal, was dieses Wort wirklich bedeutet. Wir!

###

Als ich wieder alleine in meiner Wohnung bin, muss ich mir ein paarmal versichern, dass das alles grade echt passiert ist. Was das für ein unglaubliches Gespräch war, mit diesen drei. Dass wir immer noch Freundinnen sind, trotz allem. Dass jetzt alles weitergehen wird, gemeinsam, nicht alleine.

Ich greife mein Handy, öffne den Chat mit Robin. Betrachte das Emoji mit Kussherz, das er doch tatsächlich vorhin gesendet hat. Auf meine letzte Nachricht, die ja eigentlich Emma für mich geschrieben hatte. Und über die ich irgendwann noch mal mit ihm sprechen muss. Aber nicht jetzt. Jetzt gehe ich die Emoji-Vorschläge durch, wähle das gleiche Emoji aus und drück auf Senden. Und dann gehe ich zu meinem Schreibtisch, hebe vorsichtig das Bild auf. Nehme meinem Schlüssel mit der Blume. Und gehe nach nebenan.

17. KAPITEL

Ein Ende und ein Anfang

Das Sonnenlicht zeichnet ein Muster auf meine Schreibtischplatte durch die kleinen Verzierungen in der dünnen Gardine. Goldgelbe Blätter und Kringel, die auf meiner aufgeräumten Arbeitsfläche wachsen. In ihrer Mitte thront der dunkelblaue Hefter, die fünfundzwanzig Seiten, an denen ich die letzten drei Monate gefeilt habe: Die Darstellung der Figur Mignon in Goethes ›Wilhelm Meisters Lehrjahre‹ und ihre Verkörperung des Ideals einer freien Kunst. Vorgelegt von: Emilia Sophia Mertens. Das dritte Exemplar, nur für mich.

Ich greife nach vorne über den Schreibtisch und ziehe die Gardine zur Seite. Drehe die störrische Klinke nach oben und öffne das Fenster. Atme die frische Luft ein.

Es ist warm geworden. Ich ziehe mir den dunkelblauen Kapuzenpulli aus und hänge ihn über die Stuhllehne. Gehe zum Kleiderschrank, nehme mir ein pinkes T-Shirt heraus und streife es über. Dann setze ich mich auf mein Doppelbett und betrachte die hellen Holzdielen, auf denen ich ein paar Ordner und Blätter ausgebreitet habe.

Ronja stört Unordnung auf jeden Fall nicht. In ihrem Zimmer herrscht immer Durcheinander. Vor allem, wenn sie sich freitagabends zum Feiern fertig macht. Dann versinkt unsere kleine WG im Klamottenmeer.

Es klingelt. Schritte im Flur, Ronja scheint schon aufzumachen. Ein paar Sekunden später klopft es und sie steckt den Kopf durch meine Zimmertür. Strahlt mich mit ihren großen braunen Augen an, die mir in den letzten drei Wochen schnell vertraut geworden sind. Sagt: »Robin ist da.«

»Danke«, antworte ich.

»Und? Party?«, fragt sie mit einem fröhlichen Hüpfen in der Stimme.

»Später vielleicht«, sage ich und grinse. Ziehe das Haargummi aus meinen Haaren und fahre mit den Fingern hindurch.

»Also, ich wär auf jeden Fall dabei«, entgegnet Ronja, »frag doch noch deine Mädels, können alle herkommen.« Ihre Augen leuchten.

Plötzlich noch ein Kopf über Ronjas. Robin: »Lässt du uns nicht rein?«

»Doch, klar«, sage ich. »Kommt rein.«

Robin zieht einen großen bunten Blumenstrauß hinter seinem Rücken hervor.

»Awww«, macht Ronja und legt dabei den Kopf leicht schräg.

Das ist wirklich süß. Ich nehme den Strauß entgegen und gebe Robin einen Kuss. Sage: »Ich hole gleich ’ne Vase.«

Dann trage ich den Strauß aus dem Zimmer.

Die Einrichtung in der Küche ist noch ungewohnt. Ich öffne die Türen der Schränke über der Spüle. Finde schließlich eine große Glasvase. Fülle das Gefäß mit Wasser und trage den Blumenstrauß darin in mein Zimmer zurück.

Platziere ihn auf dem Schreibtisch neben der Bachelorarbeit. Nehme mein Handy und mache ein Foto. Klicke auf teilen, einmal Papa, einmal Mama.

Robin stellt sich hinter mich, umarmt mich.

»Ich lass euch mal allein«, sagt Ronja schmunzelnd und wir verabschieden uns.

Dann verlassen Robin und ich meine WG Hand in Hand. Holen unsere Fahrräder, die vor der Haustür stehen. Schwingen uns in unsere Fahrradsattel und radeln die Tegelerstraße herunter Richtung Plötzensee.

Das Wetter ist perfekt. Der sanfte Fahrtwind, die Sonnenstrahlen auf meiner Haut, die Leichtigkeit, ohne Rucksack mit schweren Büchern und Laptop auf dem Rücken. Freiheit.

Wir rauschen am Nordufer vorbei. Sind nach ein paar Minuten an der großen Straße angekommen.

»Gleich da«, rufe ich Robin zu.

Wir überqueren die Straße und halten bei den kleinen Steinpfosten an, die in die Einfahrt zum See gepflanzt wurden. Der Weg ist sandig und uneben, lässt die Baumwurzeln wie dicke Adern hervortreten, pulsierende Natur in geschützten Grünanlagen.

Es riecht nach Erde und Tannennadeln. Zwischen den Bäumen stehen tatsächlich welche.

Wir laufen den Weg entlang, weiter durchs Grün. Links glänzt der Plötzensee zwischen den Büschen hervor. Darin vereinzelt Leute, die im Wasser stehen. Rechts eine Grasfläche, umringt von Steinsäulen, auf der sich ein paar Grüppchen von Leuten auf Decken und Handtüchern räkeln. Bei den Steintreppen halten wir an.

»Wir hätten auch Badesachen mitnehmen sollen«, sagt Robin.

»Das Wasser ist bestimmt noch kalt«, antworte ich.

Wir stellen unsere Fährräder auf den Pflastersteinen ab und schließen sie dort zusammen. Gehen dann die Steintreppen zum Wasser herunter. Ein Mann sitzt auf den Stufen, liest ein Buch, hält immer wieder inne, um die Augen zu schließen und das Gesicht zur Sonne zu richten.

Wir gehen bis an das Geländer vor, klettern hinüber. Setzen uns auf die Mauer und lassen die Beine herunterbaumeln. Lehnen uns ans Geländer. Auf der anderen Seite sind die Sandstrände mit einer großen Rutsche, einem Steg, von dem aus man ins Wasser springen kann.

Das Sonnenlicht tanzt auf der Wasseroberfläche. Kleine leuchtend gelbe Striche im schimmernden Dunkelgrün, wie in den impressionistischen Bildern von Mama.

»Ich muss mal meine Mutter fragen, wie es bei ihrer neuen Arbeit läuft«, sage ich. »Sie hat noch gar nichts erzählt.« Aber tatsächlich angefangen, vorgestern. Zwar nicht in einer Galerie, aber in einer kleinen Buchhandlung, die viel zu Kunstgeschichte hat. Ein erster Schritt, was Eigenes. Es macht mich stolz, dass sie diesen Schritt gegangen ist. Und auch unser Gespräch, in dem ich ihr alles gesagt habe, was damals passiert ist. Das hat so vieles zwischen uns verändert, was ich nicht für möglich gehalten hätte. Die Aufrichtigkeit, ihr Verständnis, unsere Nähe.

»Sie wird sich heute schon noch melden«, meint Robin.

Ich nicke.

»Wollen wir gucken, wie kalt es ist?«, fragt er.

»Gut«, antworte ich.

Wir klettern noch eine Stufe tiefer. Ziehen unsere Turnschuhe und Socken aus und stellen beides neben uns auf die Steine. Verstauen unsere Handys darin, krempeln dann die Hosenbeine hoch. Ich halte vorsichtig die rechte Ferse ins Dunkelgrün. Kühl, aber eigentlich ganz angenehm.

Er tunkt beide Füße hinein, nickt.

Neben uns steigen zwei junge Frauen in Bikinis über das Geländer zu uns auf die Steinmauer. Springen schließlich mit einem lauten Schrei ins Wasser. Tauchen wieder hervor und prusten los vor Lachen. Schieben sich die nassen Haare aus dem Gesicht.

So kalt kann es nicht sein. Ich ziehe das Handy aus meinem Schuh. Öffne die Wetter-App. Sage: »Zwanzig Grad.«

»Magst du doch?«, fragt Robin.

»Aber wir haben keine Badesachen dabei«, antworte ich.

»In Unterwäsche?«, fragt er. »Aber nur, wenn du dich wohl fühlst.«

Ich betrachte die beiden Frauen, die im Wasser herumwirbeln. Sie tauchen immer wieder ab, stürzen den Kopf ins Wasser, dann den Po in die Luft, bis die Füße wie eine große Flosse mit ihnen unter der Wasseroberfläche verschwinden.

»Fühlst du dich nicht wohl?«, fragt Robin.

»Doch«, antworte ich. »Doch, alles gut.«

Die Wasseroberfläche glitzert so schön. Ich überlege, wie das Vogelgezwitscher, der Wind, wie das alles unter Wasser klingt. Ziehe die Füße vor und zurück durch die Wasseroberfläche. Betrachte die kleinen Wellen, die sie bei jeder Bewegung schlagen. Wie das Wasser Zentimeter für Zentimeter an meinen Beinen heraufschwappt, meine Haut benetzt. Es sieht schön aus, weil es sich schön anfühlt.

Ich schaue Robin an und sage: »Okay, los!«

Ziehe mein T-Shirt aus der Jeans und über die Schultern. Dann auch die Jeans über die Beine. Wir legen unsere Sachen auf den Schuhen ab, nur noch Unterwäsche am Körper. Robin in Boxershorts, ich in grüner Unterhose und BH.

Ich halte Robin die Hand hin. Er greift sie, wir zählen zusammen: »Eins, zwei, drei.« Springen in den dunkelgrünen See, ein lautes Platschen, Blubbern, für einen Moment Stille. Dann tauchen wir wieder auf, ich sehe Robin an, wir küssen uns, lachen.

»Ich würde gern mal irgendwas über Wasser schreiben. Ein Theaterstück über eine Unterwasserwelt, oder so was«, sage ich. Und überlege, wie schade es doch ist, dass ich nie schwimmen gegangen bin. Weil ich mich immer zu nackt, zu unwohl gefühlt habe.

»Eine Love-Story?«, fragt Robin und grinst.

Ich grinse zurück und sage: »Bestimmt!«

Danksagung

Am Ende dieses Romans möchte ich den Menschen danken, die mir die Chance gegeben haben, aus meinem Manuskript ein Buch zu machen: meiner Literaturagentur Petra Eggers, dem dtv Verlag und ganz besonders meiner Lektorin Christine Albach, die ich bis zur Fertigstellung des Romans aufgrund der Corona-Pandemie leider kein einziges Mal treffen konnte und die trotzdem sofort verstanden hat, was ich mit der Handlung und ihren Charakteren ausdrücken wollte (und zufälligerweise auch noch den gleichen Vornamen wie die Verlagsmitarbeiterin im Roman trägt).

Außerdem möchte ich meinen Freundinnen und Freunden und meiner Familie dafür danken, dass sie volles Vertrauen in dieses Buch hatten, ohne es je gelesen zu haben. Danke an meine talentierten Freundinnen Laura und Wiebke und unsere »Alleskönner & Nichtsnutzer«-Gruppe, die mich 2019 in regelmäßigen Treffen durch die Schreibphase begleitet hat. Danke an Lorenz, bei dem ich für die Paris-Recherche in seinem schicken Appartement wohnen durfte. Und danke an die tollen Frauen in meiner Familie, die mich geprägt haben, meine Mutter Gerti, meine Schwestern Sandra und Felizitas und meine Nichte Laura. Danke für eure Liebe, sie fließt durch jede dieser Zeilen.

Hilfe und Anlaufstellen

Es gibt viele großartige Organisationen und Institutionen, die dazu beitragen, Bewusstsein zu schaffen, die Gesetzgebung unterstützen und Hilfe und Unterstützung für Betroffene anbieten. Hier folgt eine Auflistung von Anlaufstellen und Informationsquellen. Bitte denkt daran, dass eure Browserhistorie gelesen werden kann. Greift nur von sicheren Geräten und Orten auf diese Quellen zu.

Polizei: Notruf 110 oder die zuständige Polizeidienststelle
Österreich: 133
Schweiz: 117

Mit dem Anruf bei der Polizei ist automatisch die Erstattung einer Anzeige und eine polizeiliche Untersuchung verbunden. Die Spuren sexueller Gewalt als Beweismittel werden zwei Jahre aufbewahrt, können also auch bei später erfolgter polizeilicher Anzeige verwendet werden.

In sogenannte **Gewaltambulanzen** erhalten Opfer körperlicher oder sexueller Gewalt eine umgehende rechtsmedizinische Untersuchung, eine gerichtsfeste Dokumentation erlittener Verletzungen und eine Sicherung von Spuren. Telefonnummern findet ihr im Internet.

Deutschlandweit Beratung gibt es auch durch die zuständigen Sozialbürgerhäuser und Stadtjugendämter.

Schutz und Hilfe bei sexualisierter Gewalt:
Hilfeportal sexueller Missbrauch des Unabhängigen Beauftragten (der Bundesregierung) für Fragen des sexuellen Kindesmissbrauchs mit Suchfunktion für lokale Beratungsstellen, Notdienste, Therapeutinnen und Therapeuten
www.beauftragter-missbrauch.de
www.hilfeportal-missbrauch.de

Lokale Anlaufstellen des Deutschen Kinderschutzbundes findet ihr unter:
www.dksb.de/de/dksb-vor-ort/

Allgemeine Informationen:
Die Broschüre zum Thema Vergewaltigung »Nein heißt Nein« der Stadt München enthält u.a. Informationen zum Sexualstrafrecht. Download unter:
https://www.muenchen.de/rathaus/dam/jcr:23875483-67c7-4807-841c-1ea509637b08/Nein-heisst%20-Nein-Hilfe-Informationen_barrierefrei.pdf

Allgemeine Notfall- und Hilfetelefone (zum Teil auch Beratung durch Chat und/oder Mail):

TelefonSeelsorge: allgemeine Beratung, deutschlandweit, anonym und kostenfrei, rund um die Uhr, 365 Tage im Jahr

Tel.: 0800 111 0 111 oder 0800 111 0 222
www.telefonseelsorge.de
in Österreich: 142; www.telefonseelsorge.at
in der Schweiz: 143; www.143.ch

Muslimisches Seelsorge Telefon: allgemeine Beratung, deutschlandweit, anonym und kostenfrei, rund um die Uhr, dienstags auch auf Türkisch
Tel.: 030 44 35 09 821
www.mutes.de

Nummer gegen Kummer: das Kinder- und Jugendtelefon des Deutschen Kinderschutzbundes, deutschlandweit, anonym und kostenfrei, Mo–Sa 14–20 Uhr
Tel.: 116 11
www.nummergegenkummer.de

Weißer Ring: allgemeiner Hilfeverein für Kriminalitätsopfer mit 400 Außenstellen, deutschlandweit, anonym und kostenfrei, 7–22 Uhr
Tel.: 116 006
www.weisser-ring.de/hilfe-fuer-opfer/onlineberatung

pro familia: allgemeine Beratung zu sämtlichen Fragen (selbstbestimmter) Sexualität, deutschlandweit, 180 Beratungsstellen und Onlineberatung
www.profamilia.de
www.profamilia.de/fuer-jugendliche/rechte-und-sexuali taet

Hilfetelefon sexueller Missbrauch: deutschlandweit, anonym und kostenfrei, Mo, Mi, Fr 9–14 Uhr, Di, Do 15–20 Uhr
Tel.: 0800 22 55 530
www.beauftragter-missbrauch.de/hilfe/hilfetelefon
beratung@hilfetelefon-missbrauch.de

Save Me Online: Onlineberatung für Kinder und Jugendliche
www.nina-info.de/save-me-online.html

Hilfetelefon – Gewalt gegen Frauen: anonym und kostenfrei, deutschlandweit, rund um die Uhr
Tel.: 08000 116 016
www.hilfetelefon.de/das-hilfetelefon/beratung/telefonberatung.html

Nightlines in Europe: ein Zuhör- und Informationstelefon von Studierenden für Studierende, Erreichbarkeit abends
www.nightlines.eu

Von der katholischen und evangelischen Kirche eingerichtete Beratungsangebote für Opfer und zur Prävention sexuellen Missbrauchs innerhalb der Kirchen:
Prävention in der Katholischen Kirche in Deutschland, mit Verlinkung auf die einzelnen Bistümer
www.praevention-kirche.de

Liste der Missbrauchsbeauftragten: www.dbk.de/themen/sexueller-missbrauch/informationen-fuer-betroffene

Zentrale Anlaufstelle.help, evangelische Kirche Deutschland, anonym und kostenfrei, Mo: 16.30–17.30 Uhr, Di–Do: 10.00–12.00 Uhr
Tel.: 0800 5040112
www.anlaufstelle.help

In Österreich:
Allgemeine Informationen des Bundeskanzleramts, mit Suchfunktion für Beratungsstellen unter: www.gewalt-info.at

Österreichischer Kinderschutzbund
www.kinderschutz.at

TAMAR: Beratungsstelle für misshandelte und sexuell missbrauchte Frauen, Mädchen und Kinder, Wien,
Tel.: 01 334 04 37
www.tamar.at

In der Schweiz:
Opferhilfe Schweiz der kantonalen Sozialdirektorinnen und Sozialdirektoren, mit Suchfunktion für Beratungsstellen unter:
www.opferhilfe-schweiz.ch

Kinderschutz Schweiz
www.kinderschutz.ch

CASTAGNA: Beratungs- und Informationsstelle für sexuell ausgebeutete Kinder, Jugendliche und in der Kindheit und Jugend ausgebeutete Frauen und Männer, Zürich
Tel.: 044 360 90 40
www.castagna-zh.ch

DIESE GESCHICHTE SCHMECKT NACH FERNWEH